坊やはこうして作家になる

片岡義男

水魚書房

坊やはこうして作家になる・目次

I

坊やはこうして作家になる

装丁　和田誠

I

だから三歳児は泣いた

二十五歳のとき、僕は自分の写真をすべて捨ててしまった。ゼロ歳から二十五歳までのあいだに、僕の手もとにいつのまにか蓄積した写真、たとえば誕生日に撮った写真やどこかへ旅行したときの記念写真、親戚の人や友人たちが、なにかのときに撮ってくれたスナップ写真など、一枚も残さずに捨てた。

何冊ものアルバムに貼ってあったり、整理されないままに靴の空き箱やクッキーの空き缶などに入れてあった写真を、そしてネガのあるものはネガも、みんな捨てた。そのような写真が身辺にあるのが、うっとうしかったからだ。捨ててせいせいした気持ちになった。僕にもはや過去はない、などと僕は冗談を言っていた。

十年ほど前、三歳のときの僕の写真を、ハワイの知人からもらった。僕の父親の幼友達の奥さんが、夫を亡くしたあと、ラハイナで静かにひとりの生活を送っていた。彼女の夫が四十年ほど前に、自分で建てた家に、それまでどおり、彼女は住み続けた。僕にとっても懐かしい家だから、たまに僕はその家と彼女を訪ねていた。

「写真を整理していたら、こんなのが出てきた」

と言って、彼女は一枚の写真を僕に見せた。縦が十センチ、そして横が七センチという、じつに正しいサイズの、たいへん良く出来た白黒の写真だ。写っているのは幼い僕だった。この写真には見覚えがあった。捨てた写真のなかにこれもあった、と僕は思った。「ヨシオ、三歳の誕生日」と、裏に英語で走り書きがしてあった。

「誕生日に写真屋さんで撮って、お父さんが私たちにも送ってくれたのよ」

と、彼女は言った。

「これは僕ですね」

「あなた以外の誰でしょう」

自分で持っていなさいと彼女は言うから、僕はその写真をもらった。いまもそれは僕のところにある。

写真はいっさい変色していない。印画紙の出来ばえの良さと質の高さは、いまではどこを探しても手に入らない種類のものだ。縁が浅いレリーフのように浮き出ている。裏からの型押しではないから、このサイズで最初からこう作ってあったのだ。撮った写真館主の腕は確かだ。僕のポーズも悪くない。白黒とひと言で言うけれど、その白さは落ち着いた真珠のような白さであり、黒はごく淡くグリーンを溶かし込んだような、複雑で微妙な黒だ。

この写真が撮影された頃、東京の文化はおそらくその頂点をきわめていたのではないか。その頂点から、戦争への急坂を転げ落ち、底まで落ちて完敗した。戦後は確かに焼け跡から復興したけれど、その復興は江戸以来の一極集中がさらに厳しく統制され、巧妙に強力に遂行されるという中心軸に、からみついてのものだった。いまの東京になにかあるとするなら、それはこの一極集中の成果だけだ。

写真のなかの僕は、三歳になったばかりの、東京の山の手のおぼっちゃんだ。本当のおぼっちゃんなら、写真屋さんが自宅へ出張して来るはずだ。可愛らしい服を着て両親に手を引かれ、写真館まで歩いていって撮ったのだから、これはまぎれもなく庶民のしわざだ。

白い靴、淡いブルーの靴下、白い半ズボンに白いジャケット、淡いピンクのシャツ。色の取り合わせは、おそらくこんなふうだったろう。ぼっちゃん刈りの頭に帽子を載せている。シャツの喉もとにはリボンが結んである。どれもみな、アメリカにいた親戚の人たちが、送ってくれたものだ。これは誰がくれた、これはあの人と、遠い昔、両親が語り合っていたのを、かすかにぎりぎり、僕は記憶している。

写真館のスタジオに、撮影のための背景として作ってあった丸い柱を背にして、三歳の僕は立っている。僕は兎のぬいぐるみを片手に持っている。僕のものではない。持ちなさいといって無理に持たされたものだ。僕は小さな手で兎の片耳を持ち、腹の前にかかげている。

なぜ僕は兎のぬいぐるみを持たされたのか。写真館でその写真を撮るにあたって、僕は泣いたからだ。かなり泣いたらしい。両親がそう言っていた。僕をなだめようとした写真館主は、用意してある小道具のなかから兎を選び、僕に持たせた。ふと泣きやんだその瞬間、写真館主はフラッシュを焚いてシャッターを切った。僕はけっして楽しそうではないが、寸前まで泣いていたようには見えない。写真館主はうまく撮る人だったようだ。

僕は写真館でなぜそんなに泣いたか。よそいきの服を着せられ、写真館へ連れていかれ、そこで写真を撮られるということぜんたいが、少なくともそのときの僕は、嫌だったからだ。僕は無理に連れていかれた。三歳の誕生日に写真を撮ることは、大人にとっては意味のあることかもしれないが、三歳児にとってはなんの意味もない。

写真館という場所は、写真を撮るという現実の行為のための場所だ。はっきりした特定の目的という、大人の現実があらわになっている場所だ。無理に服を着せられた三歳児は、そこへ無理に連れていかれた。両親そして写真館主という三人の大人に見られながら、そこで三歳児は写真機と向き合って立たなくてはならない。

木製のがっしりした三脚は、大きなものに見えたはずだ。その三脚の上に、かなりのサイズの四角くいかめしい箱が載っている。その箱のまんなかから、レンズが自分を狙っている。黒い大きな布を頭からかぶって、館主は三脚と写真機の背後に隠れる。

嫌だ、楽しくない、不愉快だ、怖い、違和感がある、こんなことしたくない、早く家へ帰りたい、というような気持ちがひとつになると、三歳児としては泣くほかない。泣かない三歳児は多いはずだ。言われるとおりにして、にこにこと笑顔になったりもするだろう。僕は違っていた。僕は泣いた。持たされた兎のぬいぐるみによって、僕の気持ちはほんの少しだけ、落ち着いたのではなかったか。自分よりもはるかに小さな柔らかいものが手のなかにある、という状態が生む安心感のようなものが、ほんのしばらく、僕を泣きやませた。

僕は三歳の夏に初めて海を見た。このときの僕も泣いたという。三歳の夏の日、僕は鎌倉の材木座の海へ連れていかれた。息子に海を見せてやろう、と思った父親が連れていった。薄曇りの日だった。これは覚えている。海は濃い緑色の、平らで広い景色だった。嫌いな野菜ジュースによく似た色だった。野菜ジュースがこんなにたくさんある、さあ困った、どうしよう、というのが海に対する僕の第一印象だった。

三歳の坊やは砂浜に降り立つ。父親に手を引かれ、波打ち際へと歩いていく。そして途中で立ちどまり、泣き出す。理由ははっきりしている。波が怖かったからだ。波が怖い、と言って僕は泣いたそうだ。

砂浜に寄せていたその日の波は、ごくおだやかな日の砕け波の、いちばん最後の部分だった。寄せては返すという、あの波だ。波打ち際へ這い上がりきると、あとはただ退いていくだけという、ただそれだけの波だ。

ただそれだけの波ではあっても、横に長く一列につながり、いっせいに砕けながら、その音とともに砂浜に向かって移動してくる様子は、それを初めて見る三歳児にとっては、かなり異様なものなのではないか。海だとか波だとか、三歳児にはなんのことだかわからない。横に長く不気味につらなり、上のほうから砕けつつ、聞いたこともない音をたてて、こちらに向けてそれはいっせいに動いてくる。そのぜんたいが怖く泣いたのが、三歳の僕だった。波が怖いと言ったそうだから、すでに波という言葉は知っていたのだ。

四歳の春に、僕は東京から山口県の岩国へ、引っ越した。その頃の日本はアメリカを相手に無謀な戦争をしていて、こてんぱんにやられつつあった。東京はB－29という爆撃機によって、無差別に爆撃されていた。東京は危険だから岩国まで離れればいいだろう、と両親は思った。爆撃は日本全国の都市を対象に、徹底しておこなわれた。岩国も爆撃を受けた。

祖父の出身地の近くにあった祖父の家に、僕は住むこととなった。時代と状況とを反映した言葉を使うなら、身を寄せることとなった、という言いかたがもっとも近いかと思う。いまのJR岩国駅から、西に向けて歩いて二十分くらいのところに、その家はあった。

僕たちの乗った汽車が岩国駅に到着したとき、日はちょうど暮れたところだった。歩いていくにつれて暗くなり、夜の始まりとなった。歩いていく道は、中国山脈の南側の、山裾のいちばん端に向けて、少しずつ接近していった。山というほどのものではないのだが、僕は山というものをそのとき初めて見た。

四歳の子供にとって、その山は充分に大きいものだった。黒いシルエットになって高く立ちふさがり、不思議なかたちでずっと向こうまで続いていた。歩いていく道は山裾へと接近していく。黒い山は自分たちに向けて動いてくる、と四歳の僕は感じた。山が怖いと言って、僕は泣き始めた。

道はやがて民家のならんでいるあたりへ出た。家々の明かりが見えた。東京の目白とはまるで違うから、違和感は大きい。僕はますます泣いた。待っていた祖父や親戚の人たちの前に、四歳の僕は泣きながらあらわれた。

写真館も鎌倉の海も岩国の山裾も、手続きとして最初に一度だけ泣いてしまえば、あとはなんともないという性質のものだ。その後の山や海は、けっして唯一ではなかったけれど、気持ちとしては無二の遊び場となった。写真館のことは、四歳のときにはすでにとっくに忘れていた。

書き順と習字

僕が小学校に入る日が近づいてきていた頃について、いまの僕は思い出そうとしている。かなり昔のことだ。充分に遠い。忘れてしまったことが多い。忘れてはいないまでも、記憶は淡い。淡さは不正確さでもあるだろう。

というようなことだけについて、落ち着いた状況のなかで冷静に客観的に考えをめぐらせていると、やがてわかってくることがひとつある。小学校の生徒としての自分、あるいはその日々を、いまの僕が美化することはあり得ない、ということがわかってくる。

美化しなければならない理由がなにひとつない。美化に値するものでもない。美化を引き受けることとの出来るほどのものでもない。美化は誇張の一種だとすると、いま思い出す小学生の日々について、誇張したくなるような部分が、ひとつもない。

その昔、この僕が小学生であった頃は、要するにただ小学生であったという、ただそれだけのことだ。小学校に入学する日、つまり入学式の日が接近していた頃について思い出すと、それは小学校に関して僕が持っている最初の記憶であることに、僕自身が気づく。

小学校のために用意するさまざまな物品が、どんどん増えていった様子を、ごく淡い不快感とともに、いまの僕は思い出す。もっとも強く記憶しているのは、習字という勉強科目の道具についてだ。硯《すずり》。何本もの筆。墨。半紙の束。筆をまとめて巻いておく、小さなすだれのようなもの。水を入れる小さな壺。半紙を置くための、白い線で枠が印刷してある、妙なオレンジ色の台紙。洗った筆を拭くための、小さな雑巾のような布。おお、そうだ、それから文鎮。

習字のために必要だという、こういったものをひとつにまとめると、それだけで立派な荷物なのだ。試しにランドセルに入れてみると、習字の道具だけでランドセルはほぼ一杯となった。そのランドセルのかたわらには、教科書とノートが積み上げられ、その数は日ごとに増えていった。

荷物はほかにもたくさんあった。上履きという名のスニーカー。上履きとはなになのか、小学校の校舎の構造と具体的に接するまで、僕にはよく理解出来なかった。雨の日のための傘。長靴。筆箱。何本もの鉛筆。色鉛筆。鉛筆のキャップ。下敷き。消しゴム。鉛筆を削るための小さなナイフ。

物差し、というものがあった。三角定規。分度器。コンパス。弁当箱。箸箱。箸。工作の糊。鋏。箸箱を入れておくための、細長く作った布製の袋があった。算盤。水彩絵の具のセット。パレット。水を入れる壺。何本かの絵筆。スケッチブック。画用紙。彫刻刀のセット。

入学の日が近くなるのと比例して、こうしたいわゆる学用品と称する品物が、机の上にどんどん増えていった。初めのうちは珍しいから、手に取って観察したり少しだけ使ってみたりしていると、それだけでしばらくは遊べた。

学用品はさらに増えていった。学校へは毎日これをみんな持っていくのだ、と僕は誰かに聞かされた。嫌だ、そんなこと、とんでもない、というような反応をしたことを、僕はいまも覚えている。僕は学用品の数をなんとか減らそうとした。しかし、減らなかった。それどころか、増えるいっぽうだった。

学校へは毎日いくとは思っていなかったから、毎日いくのだと教えられた僕は、毎日とはいったいどういうことなのか、真剣に考えた。月曜日から土曜日まで、朝は九時から学校の教室で授業があり、雨の日も風の日も、そして快晴の日にも。それは嫌だ、そんなことは好きではない、と僕は思った。

このあたりから、入学式の日の接近は、僕にとって圧迫感となった。入学式の日という圧迫感が接近してきて、僕を一方的に圧迫する。圧迫感をなんとか引き受けるためには、単なる圧迫感をなにか別のものに転換しなければならなかった。たとえば、義務感のようなものへ。子供には小学校へいく義務がある、というふうに。

そしてその義務は、完全には回避出来ないまでも、多少は軽減が可能なのではないか、と僕は希望的に思った。入学式の当日は、子供は学校へいくという義務感が、具体的な重さとして、そしてどうしてもこなさなければならない行為として、幼い僕にもっとも大きくのしかかった日だった。

小学生としての服を僕は着せられた。なにからなにまで新品で、しかも違和感の大きく強いものばかりだった。ランドセルは限度いっぱいに荷物を詰め込まれ、閉じた蓋のいっぽうの端から、布の袋に収まった算盤が突き出ていた様子を、いまも僕は思い出すことが出来る。ランドセルが前後に傾くと、そのたびに算盤の珠が小さな音を立てた。

服は窮屈、ランドセルは重い、しかも両手に荷物。小学校まで子供が普通に歩いて十五分ほどの道は、いまもほとんど変わらずにそこにあるのではないか。ここから僕は歩き始め、このルートでこう歩き、ほら、あれがその小学校ですと、僕は指さすことが出来ると思う。地図で見るとその小学校はいまもおなじ場所にある。

子供はなぜ小学校へいくのかと子供が訊くと、勉強するためだ、と大人たちは答える。確かに、勉強にはなる。入学式のあった日、自宅から小学校まで歩いていくあいだにも、僕はひとつ勉強した。こんなにも重いたくさんの荷物を、毎日、学校へ持っていかなくてはいけないということは、あり得ないはずだという確信を、僕は持った。

これほどまでにたくさんの物品による、こんなに重い荷物を毎日持ってくることを要求するほどに、小学校は不合理なところではないはずだ、と僕は結論した。つまり、毎日なんらかの荷物は持っていくにしても、それは適当でいいのではないか、きっとそうだ、ということだ。

小学校へいく義務が子供の僕にはあるに違いないが、僕でもさほど無理をせずにこなせる範囲で、その義務を果たせばそれでいいのではないか。そうでなければ、小学校は成立しない。いま僕が書いているこのとおりに、幼い僕が考えたわけではないけれど、重いランドセルと両手の荷物をとおして、僕は以上のようなことを感じ取り、以後の自分にとっての方針としたのは確かだ。

小学校の校庭を僕が目の前にしたとき、その校庭ぜんたいに、全校の生徒が散らばっていた。広い校庭なのだが、小さな子供たちでびっしりと埋まっているように、僕には見えた。校庭は上下二段になっていて、上の校庭は下の半分以下のスペースだった。

昔の国鉄の車両のあずき色をもっと濃くしたような色の、どっしりと頑丈そうな、重苦しいと言うならそうも言える、重厚さそのもののような、木造の校舎だった。校庭いっぱいに散らばって騒いでいる子供たち。黒く重厚でいかめしい校舎に規則的にならんでいる、数多くの窓。このふたつのものの対比は、小学校の全景を目にした瞬間、僕によってなされた小学校というものの本質の、認識だった。

当時の僕のような子供にも、このくらいの認識は可能だ。なるほど、こういうものなのか、とその子供は思った。いま初めて見る小学校は好きではないし、許されるものなら一日も来たくはない。しかし、まったく来ないわけにはいかないようだし、来れば来たでなにかあるだろう。勉強とはなにだかわからないが、しなくてはいけないもののようだ。しかしこれだけたくさんの子供がいるのだから、僕としてはなにごとも適当でいいのではないか。入学式の日、まだ校庭に足を踏み入れる前に、僕はこんなふうに思った。

なにごとも適当でいいとは、ごまかす、さぼる、ずるく立ちまわる、というようなことではない。自分に出来る範囲が自分であるという決意、つまり、そのときの自分自身を、いったんは全面的に肯定することだ。

入学式のあった日の小学校に関しては、これ以外に僕はいっさいなにも記憶していない。いち早く適当モードに入ったせいではないか。小学校が巨大な水槽なら、僕はざるになるのがいちばんいい、というような考えかたないしは態度だ。

まったく別の場所の別の小学校を、通算六年で卒業するまで、僕は適当モードに入ったままで過ごした。それ以外の過ごしかたが出来なかった、と解釈するともっとも正しい。学校へは原則として毎日いくことになっているけれど、けっして毎日いく必要はない、適当に間をあけていいのだという、自主的なお休みモードを中心に、僕の小学生の日々は経過していった。

一日一科目にしろ、教室のなかにいた日は、六年間で合計三百日ないと思う。僕の計算では、登校日は平均して月に五日だったことになる。それで切り抜けることの出来た時代だった、という言いかたをしておこう。そんな時代ではなかったなら、とうてい切り抜けることは出来ないのだから。

教室のなかで自分の机に向かって椅子にすわっていると、先生が喋るのを聞いているだけとなる。僕のありかたはひとつに固定される。しかし教室に入らなければ、僕のありかたはきわめて不定型つまりまったくの自由であり、どこでなにをして過ごしてもいいという、じつに豊饒な時間があることを、僕は早い時期に発見した。

これはごく当たり前の発見だ。毎日きちんと学校へいく子供にとっても、いちばん豊かな時間は、休み時間、放課後、夏休み、冬休み、春休みなどの、自由時間なのだから。教室のなかで我慢している時間との対比があってこそ、自由時間は豊かに輝く、と僕自身は言わないけれど、そのような意見がもしあるなら、なかばまでは賛成してもいい。

近所の子供たちすべてが学校へいっているとき、自主的なお休みモードに入っている僕は、ほとんど常に、圧倒的にひとりだった。ひとり、という状態をどうすればいいのか。小学校低学年にして早くも、僕にとってはこのようなことが、重要な主題となっていた。

学校へいった日が、小学校の六年間をとおして三百日くらいだと、どういうことになるか。小学校で教えられて誰もが知っていることを、ほとんど知らないという奇妙な子供になるのはどうでもいいとして、自動的にまず確実にマイノリティの一員となる事実は、いろんな意味で興味深い。

当時の小学校には、どの学年のどのクラスにも、マイノリティがかならずいた。僕もその一員だったマイノリティとは、どんな子供たちで構成されていたか。足の具合が不充分な子供。ひどい蓄膿症の子供。脱腸の子供。知能にやや遅れのある子供。僕がいまも記憶しているのはこの四人であり、さらに僕が加わって合計五人が、ひとクラスのなかのマイノリティだった。ひとつのクラスのなかで五人という数は、マイノリティとして位置を確保することの出来る数なのだ。

六年間で僕の登校日はおまけして三百日だったとして、一年では五十日だ。授業があるのは十か月だとすると、ひと月あたり五日、僕は教室にいたことになる。この数字は、僕の記憶のなかにいまもある感覚と、重なる。ひと月に五日の登校、しかも一科目で帰ってしまったりすると、いわゆる勉強はまったく出来ない子供になる。だからマイノリティとならざるを得ない。

ある日の国語の授業を、いま僕は思い出している。その日は父兄参観日と言って、教室での勉強ぶりを親たちが見物に来る日だった。教室のうしろに、父兄つまり母親たちがたくさん立ち、授業の進行を見守っていた。

「それではカタオカくん、田という字を黒板に書いてごらん」と、先生は僕を指名した。いまにして思えば、これはわざわざのご指名だった。田という字が僕には書けないことを知っていて、田という字を黒板に書いてみせろと、先生は僕に言った。

小学校の三年生くらいだったか。国語の授業の、漢字の書き順を学ぶ日だった。いくら僕でも田という字は知っていた。田んぼの田だということだし、田中というやつの名前にある字だ。しかし自分では一度も書いたことがないから、黒板に書けと言われても、正しい書き順で書くことは、僕には出来なかった。

当時の僕の認識によれば、田という字は、ひとつの正方形が縦横それぞれ一本ずつの線によって、四つの等しい部分に分かれている字、というものだった。黒板へ出ていった僕はチョークを持ち、おなじ長さの横線を、等間隔で三本、引いた。そしてそれに重なるように、おなじ長さの縦線を、これも等間隔で三本、引いた。これで田という字の出来上がりだ。

みんな笑った。父兄とともに先生も笑っていた。「それは田という字ではない。小さな四角が四つあるだけだ」と、先生は言った。小学校での勉強をなにかひとつのことに象徴させると、それは漢字の書き順ではないか。世のなかには無数にルールがある。世のなかに出ていきたければ、ルールを知って守れ、ということだ。横、横、横、縦、縦、縦の六本の線で田という字が出来ましたと言っても、誰も相手にしてくれない。

ランドセルにいっぱいの重い荷物の問題は、入学して十日ほどたって、すべて解決した。これらの荷物は学校へ持ってきて使うのだから、持って帰らずにそのまま学校に置いておくなら、重いものをいちいち持ってこなくてもいいはずだ、と僕は考えた。机のなかにランドセルごとすべて押し込み、持って帰るのは弁当箱だけとした。

ある期間、すべてはうまくいき、たいそう快適だった。そしてある日、ランドセルもなにもかも、すべてが忽然と消えた。そして消えたままとなった。誰かがどこかへ持っていき、いつまでも返してくれない、と僕は思って現在にいたっているが、こうして書いているいま思いついたのは、たとえば用務員のおじさんが、忘れ物として先生のところへ持っていき、先生はそれを保管してくれていたのではなかったか。僕の登校は月に五日だから、先生もいつしか忘れてしまった、という可能性は充分にあった。授業中の僕が教科書もノートも持っていないとわかると、先生は僕を叱った。しかし、なにしろ月に五日の登校だから、僕はいっこうに目立たない存在でとおすことが出来た。

習字の道具まですべて消えたのは、いい気分だった。習字の授業のときには、右隣の子供から半紙をもらい、左隣の子供に筆を借りて、墨をつけさせてもらう。そのかわりに、僕が水をくんでくる、墨を擦る、授業が終わったら硯や筆を洗う役を引き受けるという取り決めで、すべては滑らかに進行した。

小学校での勉強で僕にとって印象が深いのは、さきほどふれた書き順と、習字だ。どちらもなんとなく似ている。そしてどちらも、ルールを何度もなぞることによって、それを身体にしみ込ませる、というような営みだ。

六年もかけていいかどうかは別として、小学校は必要だと僕は思う。しかし、けっしてさほどのものではない。あまりに過大な期待は持つべきではないと思うし、なにからなにまで小学校に要求してもいけない。そして小学生の頃の僕がしばしば思ったのは、もっと世のなかと直接につながった事柄を学んだほうがいいのではないか、ということだった。勉強の内容は現実から乖離し、教室のなかだけで完結しているような気がした。

いちばんいけないのは、先生の側から子供たちに対してなされる、なおざり、乱暴、自分勝手、無思慮、無配慮、画一や一律、強制、無視、問答無用、禁止、抑圧、というようなことだ。そしてこのようないけないものすべてを一身に体現しているのが、教科書だと僕は思う。営利を目的とする会社が編纂し、国家機関が検定し、会社の営業努力によって学校単位で一律に採用されるという、現在の教科書のありかたは、小学校の本質と大きく矛盾している。

小学校の先生としてひとまず社会に足場を獲得している人たちが、教科のぜんたいを正しく俯瞰しつつ、それぞれに自分で教科書を作ればいい。完璧を目ざす必要はどこにもないし、そんなものはあり得ず、それは小学校の役目でもない。先生が自前でなにをどこまで、どう考えるか。これが少なくなればなるほど、それによって出来る隙間を、さきほど列挙したいけないことばかりで、埋めていくことになる。

子供は遊んだ

学校へいかないと一日は長かった。特に小学校の低学年の頃は、そうだった。まだ幼い。行動の範囲は限られている。長い一日を遊んで過ごすとしても、遊びのために思いつくことの範囲は、まだ広くはない。しかも同年令の友人たちは、全員が学校の教室のなかだ。たまたま相手にしてくれる大人がいるとき以外は、原則としてひとり遊びの時間が続く。

歩くのはたいへんいい、とその頃に僕は発見した。僕の歩くペースと、時間そのものが経過していく速度とが、質的に合致するときがあった。そのようなとき、子供の感覚はその全身から周囲に向けてのびていき、のびたどこかで寂寥感のようなものと、かならず触れ合った。

どこへいくでもなく、なんの目的も用事もなしに、子供の足で歩く。今日はこっちのほうへ歩いてみよう、という小さな決定のもとに、ひとりでただ歩く。歩いていけばその一歩ごとに、自分のいる場所は変化する。さきほどまではなかったものが、道ばたにあらわれる。景色に対する僕の視線の角度は、一歩ごとに変化し続ける。

途中で道草を食う。すわってひとときを過ごすのによさそうな場所があると、そこにすわる。

鞄を持っているときもあり、そんなときには本を取り出して読む。雑誌はページを繰るごとに世界が変わるから、こんな時間には最適だった。

それまで一度もいったことのない、まったく知らない隣町まで歩くと、自分の町とはずいぶん様子が違うことに、子供は驚く。その町のちょうどまんなかあたりで、もうこのくらいでいいだろうと思い、引き返していく。来たときとは別の道を歩くには、別の道がなければならない。そのような道はないと判断した子供は、おなじ道を帰っていく。

来るときにすわって過ごした場所にさしかかる。おなじ場所へ反対側から接近していくのは、面白い体験だ。かつてよく知っていて、いまは久しぶりに訪ねる場所、というような錯覚を楽しむことが出来た。

そこにふたたびすわる。鞄からノートを出して遊ぶ。鉛筆で絵を描く。自分がよく知っている場所、たとえば自宅の建物を正面から見た様子を、思い起こしては描いていく。町の映画館の入口とその周囲、八百屋の店先、そしてそこのおじさんとおばさん、友だちの顔。自宅のすぐ前には川があった。海の潮の満ち引きに合わせて、水位が低くなったり高くなったりしていた川だ。この川にかかっている橋を、自宅から近い順に、思い出しては描く。略地図も楽しい。自宅を中心に、ノートのスペースに描けるだけ描く。

歩き始める。学校まで戻ると、その日の授業がちょうど終わったところだ。待っていると友人たちが校舎から出てくる。何人かと合流した僕は、夕方まで彼らと遊ぶことになる。

雨が降っている日、学校へいくと言って家を出て、引き返す。自宅に誰がいようとも、まず気づかれることなく二階の部屋に入るルートが、いくつかあった。窓枠は幅が広く、ベンチのようになっていた。だからそこにすわり、雨の降る景色を眺める。これは飽きなかった。

本や雑誌を読んでもいい。玩具はいろいろある。ノートを出してみる。先生が黒板に書いた言葉が、ページの最初の行に、ひと言だけ自分の字で書いてあるのを見る。「平和な社会」などと書いてある。平和な社会について先生がなにを喋ったのか、思い出そうとする。なにも思い出せない。

窓の外に見えている景色が、じつは「平和な社会」そのものだったのだが。さきほど書いた川を、窓から斜め下に見下ろすことが出来る。夏の日の満潮時、海水パンツ一枚の子供は、玄関からたったたっと走り出て川の縁までいき、そのまま水深二メートルの水のなかに飛び込むのを、習慣のようにしていた。

川の向こうは高い土手だ。その向こうには畑や湿地帯が広がり、そのまんなかを、鉄道の軌道が土手のように高く、ほぼまっすぐに抜けていた。山陽本線だ。煙を噴き上げて蒸気機関車が牽引する貨物列車が、ずっと向こうから見え続ける。遠くから斜めに接近してきて、すぐ目の前と言っていいほどに近いところで、機関車とその列車は川を鉄橋で越えていく。鉄道の向こうは塩田や野原だ。そして瀬戸内の海があり、港からのびている防波堤の突端が、いつも見えていた。この防波堤の突端も、僕の好みの場所のひとつだった。夜中に懐中電灯を持ってそこまでいってみるのが、冒険だった。

雨の日のまだ午前中、二階の部屋でひとりノートのページを繰っている僕は、何日か前、ひとりで歩いたとき、すわって描いた絵を点検する。よく知っている場所や人を、思い出すままに描いたいくつもの絵だ。この絵を現実とつき合わせてみる、という遊びを僕は思いつく。

窓から見た景色は、かなり違っている。僕は絵の上から訂正を描き込んでいく。別のページに、現実の景色を見ながら、スケッチを描いてみたりもする。そのスケッチと、僕が現実を思い起こしながら描いた絵を、僕は比較してみる。ぜんたいにわたってまんべんなく、違いがあるのを僕は認識する。こんなはずではなかったのに、なぜこれほどまでに違うのか、などと幼い僕は思ったはずだ、といまの僕が思う。

自宅の正面を描いた絵を、自宅の外へ出て僕は現実とつき合わせる。いろいろと違っている。こんなはずではなかったのに、と僕はまた思う。ほかの場所へも僕は傘をさしていってみる。違いは多い。しかし、びっくりするほどに正確なディテールも、いくつかある。そのことをうれしく思う。と言うよりも、その正確さに我ながら感心してしまう。

ノートと鉛筆を持ち、傘をさした僕は、雨のなかをさらに歩く。川にかかる橋を順番に観察してまわる。誰も歩いていない雨の日の道と、その道に沿っている川。橋の近くに立ち、その橋を観察してノートの絵と見比べる、傘をさした十歳の僕。

橋の絵はいろんなふうに違っている。僕は町も描いた。だからそのまま雨のなかを歩き、町までいってみる。そして絵と現実とをつき合わせる。違いはいくつもある。だからどうした、だからどうする、という問題ではない。思い出しながら描いた絵だ、いろんな部分が違っていて当然だろう、とも僕は思う。

思い出しながら描いた自分の絵と、その絵の発生源になった現実とでは、ずいぶん違うのだ、という思いが僕の頭のなかに残る。残るからには、そこから僕は、なにほどかの影響を受けたのではないか。よく知っているはずの現実を思い出しながら、それを絵にしていくという趣味のような遊びを、僕は何年にもわたって続けた。

現実は要するに現実なのだ。現実のとおりに、それはそこにある。では、それを思い出しつつ絵に描いた僕とは、いったいなになのか。思い出しながら描いた絵と、現実とのあいだにあるいくつもの相違点、それが僕なのではないか。

思い出しながらノートにいくつも描いた絵は、僕の記憶だ。僕の記憶とは、まさに僕自身のことだ。その僕自身が、現実とさまざまに違っているのは、どういうことなのか。すべてを正確に記憶することなど、出来っこない。現実との違いが僕であるなら、僕とは現実とは別のなにかなのだ。自分が現実のなかにいることは確かだが、その自分とは、現実とは違ったなにかなのだ。

思い出しつつノートに描いたいくつもの絵に則して言うなら、その絵は記憶されたもの、思い出されたもの、そして描かれたものだ。現実とつき合わせて、どこがどう違っているかは、さほどの問題ではない。重要なのは、記憶されたり思い出されたものの主体は、僕ひとりであるという事実だ。その僕は現実とは別のなにかであるときめるよりも先に、現実とまっ正面から対立している存在である事実を、幼い僕は認識しなくてはいけなかった。

『ヒロ・マーチ』は遺伝する

僕がまだ十歳になったかならないかの頃、記憶によれば真夏の日曜日の午後、たまたまかかっていたラジオで、僕はハワイ音楽の番組を聴いた。ハワイからの実況中継だったから、『ハワイ・コールズ』という番組であったことは、まず間違いない。放送していたのは当時の占領米軍だ。

なんとなく聴いていた僕の気持ちを、ひときわ強くとらえた曲があった。歌はなく演奏だけだった。演奏が終わると、そばにいた父親が、「いまのはヒロ・マーチという曲だよ」と言った。初めて聴いてほとんど覚えてしまったほどに、僕はその曲を好きになった。

それから数日後、ひとりで遊びながら『ヒロ・マーチ』のスティール・ギターを口真似していた僕に、「その歌ぁヒロ・マーチよのう」と、祖父が言った。祖父、父親、そして僕の三代は、『ヒロ・マーチ』によってなんとなくつながれている。『ヒロ・マーチ』は当家三代にわたって遺伝している、という冗談として楽しもうか。

『ヒロ・マーチ』は傑作曲だ。僕の好みとしては、『ヒッロ・マーチ』と書きたい。大きく領域分けするなら、ハパ・ハオレだろう。ハパ・ハオレとは半分は白人という意味で、使用される範囲はきわめて広い。大衆音楽の世界では、アメリカにおけるヒット・ソング制作の手法をハワイに関しても適用して生まれた、流行歌のような歌や曲、そしてそれらの演奏や歌いかたを意味する。

僕はたまたまハパ・ハオレからハワイの音楽に接していったが、半分は白人であろうと何人であろうと、ハワイの人たちのすぐれた音楽的な才能が生み出す歌や曲には、ハワイらしさがかならずその隅々まで、じつにきれいにいきわたっているから、それはすべて文句なしにハワイだ。ハワイを音楽にしたらこうなるという、才能豊かな人たちによる実例が、ハワイの音楽のなかに充満している。

僕はいまでも『ヒロ・マーチ』とともにある。特にヒロではそうだ。なじみの食堂へ朝食を食べにいく。注文したものがカウンターに揃うのを待ちながら、鼻唄のかわりに僕はふと『ヒロ・マーチ』の演奏を口真似する。十歳の頃の真似からさほど進歩していないが、食堂の日系の主人は笑って許してくれている。

僕の肩書は（お利口）としたい

僕が十三歳の頃、小田急線の車両はまだあずき色だった。少なくとも各駅停車の電車は、そうだった。十三歳のある日、夕方近く、各駅停車の上りにひとりで乗って、僕は座席にすわっていた。経堂の友だちの家へいった帰りだった。

電車が豪徳寺を出てすぐに、僕はふと気づいた。僕のすぐ斜め前に、ひとりの若い女性が立ち、片手で吊り革につかまり、もういっぽうの手には文庫本を開いて持ち、気持ちを集中させたような表情で、読んでいた。

二十代のなかば、あるいはなかばを過ぎたばかり、という年齢だった。いまと違って当時では、そのくらいの年齢の女性たちは、完全に大人の人だった。彼女も大人の雰囲気をたたえた、じつに堂々とした、姿のいい美人だった。

平日の夕方近い時間の、上りの各駅停車のなかという、日常らしさをきわめた日常の光景とその雰囲気のなかで、彼女は異彩を放っていた。彼女は明らかに周囲から浮き上がっていた。ことさらに派手な服装、濃すぎる化粧、あるいは美人すぎる美人、といった要素はまったくなかった。美人であることは確かで、姿も良く、おとなしいものではあるけれど良く似合ったきれいな服を、なんの無理もなく彼女は身につけていた。

きちんと髪を作って化粧している彼女は、だからそのままでどこへ出しても、立派すぎるほどに通用する出来ばえだった。彼女に特殊なところはなにもなく、特別な存在でもなかった。それでいてなお、小田急線の各駅停車の車両のなかで、彼女は相当に強力な違和感の発生源となっていた。

電車のなかで吊り革につかまって文庫を読んでいる状態は、彼女にとっては日常以外のなにものでもなかったはずだ。しかしその日常は、どこにでもある日常とは、まるで質が違っていた。だからと言って、彼女が普通の日常とは無縁の、特別な世界の特殊な人であるというわけでもなかった。

日常という平凡なレリーフのなかで、彼女ひとりだけは、ひときわ深く彫られ、ひときわ高く浮き出ていた、とでも言えばいいだろうか。吊り革につかまって文庫本を読んでいる彼女の周囲、三百六十度、全方位に、彼女のそのような魅力が放たれていた。

ひとりで座席にぼんやりすわっていた僕が彼女にふと気づいたとは、彼女のそのようなパワーに僕が反応した、ということだ。反応したとたんに僕は誘発され、反射的に席を立ち、「どうぞおすわりください」と、彼女に言った。

小学校の学芸会のお芝居で、台詞がそれひとつしかない端役の子供のように、僕はそう言った。普通の言いかたをしなかったのは、彼女が放っている非日常へと志向するパワーに、十三歳の僕が精いっぱいに合わせようとした結果のことだ。

彼女の視線が移動した。人の目から放たれている視線というものが、A点からB点へとはっきりと動くのを、僕はそのとき初めて見た。A点は彼女が読んでいた文庫本の文章、そしてB点はこの僕だ。僕へと視線を移動させた彼女は、一拍の間を取って次のように言った。

「あら、ありがとう。でも、私はいいのよ。あちらのかたにすわっていただきましょうね」

艶と張りのある声の、美しい軽さをたたえた口調で、おそろしく滑らかに、そして明らかに早口に、彼女はそう言った。

当時のあずき色の車両では、フロアの何か所かに、フロアのまんなかから天井まで、支柱が立っていた。少し離れたところの支柱につかまって、着物を着た小柄な年配の女性がひとり、立っていた。

その女性のところへ、美しい彼女は、じつに優美にそして素早く、歩み寄った。優しくかがみ込んで、なにか言った。席におすわりください、とでも言ったのだろう。年配の女性は笑顔で彼女を仰ぎ、礼を言った。美しい彼女に肩のあたりに片手を添えてもらい、年配の女性は僕が立った席まで歩いて来て、そこにすわった。そして美しい彼女にもう一度、礼を言った。

美しい彼女は片手で吊り革につかまりなおした。そして絶妙の一拍を置いて僕に顔を向け、向けてから笑顔になり、にっこりと微笑し、

「お利口なのね」

と、言った。

そしてふたたび絶妙の一拍ののち、すでにページを開いてかかげていた文庫本に、彼女は視線を移した。今度はB点からA点へと視線が動くのを、このときも僕は見た。

一件は完璧に落着した。小さな出来事は、そこで完全に終わった。電車は梅ヶ丘に停車し、すぐに発車した。そして僕は次の世田谷代田という駅で降りた。

ということをすでにすっかり忘れていたある日、僕は下北沢を歩いていた。かつての下北沢には、もっとも多いときで、四軒の映画館があった。その四軒の映画館で上映されている映画のポスターが、横一列ですべて掲示してある場所があった。

四軒とも二本立てならば、そこには八枚のポスターがならぶ。八枚のポスターの取り合わせは常に面白く、そこを通りかかればかならず僕は立ちどまり、ポスターを観察した。

その日もそこを通りかかった僕は、八枚のポスターを観察した。日本の映画を専門に上映している映画館の、日本映画のポスターを見て僕は驚いた。二枚ならんでいるポスターのうちの一枚には、まんなかに大きく、席をゆずった僕に「お利口なのね」と言った、あの若い女性の、あの笑顔があったからだ。赤い唇のかたちが素晴らしく、歯はまっ白、そして瞳はきらきらと輝いていていた。

そうなのか、あの女性は主演女優だったのか、と僕は思った。彼女が放っていた独特なパワーに関して、納得のいく説明がついたように思った。ポスターのまんなかに、ほかのなによりも大きく出ているからには、主演女優にきまっている。出演者の名前の、いちばん最初に大きく出ている女性の名前を、僕は見た。

聞いたことがあるような、ないような、見覚えのあるような、ないような、そのときの僕にとっては、確たるつかみどころのない名前だった。僕より年上の世代なら、この女優の名と顔を、全員が知っていると言っていい。主演作の多くを、彼らは映画館で見て、彼女に憧れたはずだ。あるひとつの時代から次の時代までの日本の大衆文化のなかで、彼女だけが立つことの出来るアイコンの位置を、彼女は獲得している。

あずき色の小田急線の電車のなかで、この女優のただならぬパワーに偶然に触れた十三歳の僕は、そのパワーに誘発された反射として、彼女に席をゆずった。その席にはとある年配の女性がすわったが、美しい主演女優の彼女は、あの笑顔で、あの声で、この僕に、そして僕だけに、至近距離から、直接に、「お利口なのね」と言ったのだ。

いまその僕の名前が雑誌や新聞に印刷されるとき、名前の下に括弧で囲んで、（作家）とか（小説家）というふうに、肩書がつく。僕はこの肩書を、（お利口）としたい。なにしろあの女優が、あの笑顔で、あの声で、この僕に、そして僕だけに、至近距離から、直接に、「お利口なのね」と言ったのだから。

小田急線と僕のロマンス

小田急線の電車に関する僕の最初の記憶は、二両連結であったということだ。すべてが二両だったのではなく、暇な時間に短い区間を走る電車、たとえば経堂発新宿行きというようなのが、二両だったのではないか。いつ頃のことですか、と訊かれても僕には答えようがない。当時の僕は、この程度のことならなんとか記憶しているという程度の、子供だった。

ＮＨＫに続いて民放でも、ＴＶの本放映が開始された頃だったことが、日本史年表を見るとわかる。青山に紀之国屋というスーパー・マーケットが出来た頃でもあるそうだ。なんとなくわかる気もするけれど、いまひとつ体感が淡い。この頃から日本の庶民生活の全域に、蛍光灯が急激に普及していった、という記述を年表に見つけると、体感はいま少し彫りを深める。蛍光灯のあの直管を、不思議なものだなあと思いつつ見た子供の僕は、二両連結の小田急線の電車をも見ていたのだ。

やや押し黙った暗い印象のある、しかし堅実きわまりない働き者としての印象も併せ持った、あずき色の車体だった。二両連結だったという淡い記憶よりもさらに淡い記憶として、ドアは客が手で開けていた、という記憶がある。すべての電車がそうだったのではなく、暇な時間に古い車両をふたつつなげて短い区間を走る各駅停車だけが、そうだったのではないか、などと思ったりもするが、これは小荷物電車の記憶との混同だろう。小荷物電車のドアは、乗っている作業員が手で開閉していたから。

僕が利用する駅は、下北沢か世田谷代田だった。世田谷代田の駅は、上下線の両側に短いプラットフォームがあるだけの駅だった。プラットフォームの中央には、いまでも田舎へいくとあるかもしれない、蓋のない木製の大きな箱を横に立てたような、待合室とはとても言えないから待合箱と仮に言う、そんなものがひとつずつあった。壁を背にして腰かけの部分が一列にあるという、あの様式だ。

駅舎は切符売り場を兼ねた小さな事務室だけであり、線路を越えて向こうのプラットフォームへいくための橋はなかった。線路を越えるための歩道橋のような橋は、鉄道用語としては跨線橋と言うらしい。線路を跨いでいる橋だから、跨線橋なのだ。線路を越えたり渡ったりする行為が、ある一定以上の高さのところでおこなわれるから跨線橋なのだ、と言うべきか。

この跨線橋がなかった頃には、プラットフォームの梅ケ丘寄りに、駅構内のものとしての踏切があり、人々は電車に気をつけながらそれを渡っていく、という方式だった。跨線橋が出来たのは、一九五〇年代の後半だったと思う。東京に人口が増え始めた。電車の本数が多くなった。向こうのプラットフォームへの橋を作らなければどうにもならないから、橋が作られた。

高校生の頃には、学校へ電車でいくなら小田急線だった。大学生になっても、まず小田急線で新宿へ出なければならなかった。いまでも小田急でまず新宿なのだが、連結してある車両の数が増え、急行や準急が頻繁に走るようになり、車体の色が変わり、プラットフォームが長くなり、というような変化いっさいに関して、記憶はほとんどない。日常の反復行為としてただ電車に乗るだけだったから、その電車に関してことさらになにかを記憶する必要は、なかったのだ。

朝の通勤時間に電車に乗ることを、一九六〇年代の前半に、僕は少しだけ体験している。電車は混んではいたけれど、車掌にうしろから押されてぎゅうぎゅうに詰まる、という状態は体験していない。プラットフォームで電車を待つ人の数が、日を追って多くなりつつある、という感想を持った記憶はある。

ロマンス・カーがごく薄いレリーフのようになっているのを、記憶という光景のなかにいまの僕は見る。ロマンス・カーにはオルゴール電車と呼ばれた期間があった。新宿駅を出発すると同時に、ロマンス・カーは屋根からオルゴールの音を放つ。そして箱根湯本や江ノ島の終点まで、オルゴールは鳴り続けたからだ。僕の自宅からでも、その音は聞こえた。ごく短い期間、オルゴール電車は、そのままに許容されていた。

そしてそのあとすぐに、沿線住民という種類の人たちから、あの音はうるさい、という苦情が盛んに出るようになった。特にうるさい音ではなかったが、耳に届いて快適な音でもなかった。下手な音なのだ、要するに。だから苦情が出る。小田急線沿線に民家が建て込み、住民の数が増えたなによりの証拠だ。

人の数が増えると、電車のオルゴールの音がうるさい、と苦情を言う人がかならず出現する。ある一定の面積のところに、限度を越えて人の数が増えると、その面積のなかでの生活の質は低下していく。人の数が増えることと比例して実現される、生活の質の低下は、東京では花のお江戸からの伝統だ。江戸から始まっていまもまだ続いている、すさまじく極端な東京への一極集中の、成果のひとつだ。

オルゴールは多摩川を越えてから鳴らすようにする、という変更が実施されたと記憶している。多摩川を越えてからは、箱根や江ノ島まで、オルゴールは鳴らしとおされたのだろうか。ほどなくオルゴールは廃止となった。

ロマンス・カーはビール電車と呼ばれたこともあった。ビールは日本では夏の季語だ。だからビール電車は、もっと正確には、納涼ビール電車だ。駅にポスターが貼ってあったのを、僕は見た記憶がある。納涼ビール電車とはなにか。会社のおじさんたちが会議を開いて検討を重ね、よし、やってみようじゃないか、ということになったのだ。

ビアホールでいまも使われている、分厚いガラスのあのジョッキで、ロマンス・カーの座席にすわった客が、夏にビールを飲むことの出来た電車、それが納涼ビール電車だ。若い女性たちがウエイトレスを務めていた。

あの頃のロマンス・カーは通路も座席も狭く、「おい、お姐ちゃん、こっちもビールだ、早く持ってこい。なにか食うものあるか」というような客を相手に、ビールを満たしたジョッキを片手に三つずつ持って、彼女たちが奮闘している光景は、少なくとも僕の好みではなかった。

大学生のとき一度だけ、友人たちとビール電車に乗り、江ノ島までいったことがある。少しも楽しくなかった。

納涼ビール電車は、ほんのいっとき、たいへんに繁盛した。そして時代の進展というものに追いつかれ、追い抜かれ、廃止となった。いまのロマンス・カーでは、売店で買った缶ビールを、帰宅途上のサラリーマンが飲んでいる。ビールがただビールとしてそこにあるだけなのに、そのようなビールがなにか特別なものでもあり得た時代というものが、かつてこの日本にすらあったのだ。

四十年以上にわたって、僕は小田急線の電車を利用している。いろんなものが激変したのだが、たとえば下北沢の駅はなにひとつ変化していない。駅として重要なもの、たとえば駅へ上がる階段の大きさや位置、改札口の位置と数、プラットフォームの位置や広さなどは、僕が子供の頃とおなじであるという意味において、基本はなんら変化していない。乗降客の数だけは、破壊的に増えたというのに。

このような種類の変化のなさは、土地が自由に使えない制度的な事実に起因している。駅を取り巻く周辺の土地は、かたっぱしから細分化されていて、そのどれもが個人の所有であり、どの個人もがその土地でなんらかの営業をおこなっていて、その営業はしばしば言われるとおり、どの個人にとっても死活問題なのだ。駅を広げようにも配置を変えようにも、社会的なまとまりはつかない。そしてそのことが、社会そのものの足を引っぱる。

日本は土地が狭いという言いかたは嘘なのだ。土地政策が恐るべき後進性のなかにとどまったままである、という言いかたが正しい。土地政策のような基本システムがそれほどまでに後進的なのだから、ほかの領域のあらゆることが推して知るべし、右にならえと、それぞれの後進性のなかに、いまも固くその身を守っている。

ロマンス・カーとは、じつに奇妙な名称だ。ただの特急電車が、なぜ、どうして、ロマンスなのかという問いに、僕はまだ答えを得ていない。何年も前に、僕よりもずっと年上の人が、「ふたりならんですわるからでしょう」と言ったのを記憶している。ふたりならんですわると、ただちにロマンスなのだろうか。ロマンスが始まる可能性は、しかし、そこになくはないけれど。

ふたりならんですわり、窓の外を流れ去る景色を見ながら親しく語り合えば、それはロマンスへと発展するかもしれない。いま窓の外に見える景色は、ぜんたいとして陰気な印象のある、住宅地の景色だ。いったいなにを語り合えば、ロマンスへとつながり得るか。

ロマンス・カーという言葉の発生原点は、『東京行進曲』という昔の流行歌ではないだろうか。ロマンス・カーが走り始めた時代に、この歌が自分の青春の歌だった世代の人が、かつて小田急の上層部にいたのだという推測は、推測として平凡なぶんだけ、的中している可能性は高い、などと僕は楽しむ。

『東京行進曲』はマーチではない。東京という都会の情緒の先端イメージを、男女の恋模様という遊興のフィルターをとおして、とらえた歌だ。いまに伝わる大ヒット歌謡だ。歌詞を引用してみたい気もするが、なにしろ昔の歌だから、引用には注釈をつけなくてはいけないかもしれない。この歌の時代には僕はまだいなかったから、注釈者として僕は適任でもない。

歌詞のなかから片仮名語を拾い出すと、次のようになる。ジャズ。リキュール。ダンサー。丸ビル。ラッシュアワー。シネマ。デパート。これらが都会情緒というイメージの先端をかもし出す言葉だった時代の歌だ。

西条八十による歌詞の三番に、次のような部分がある。

シネマ見ましょかお茶のみましょか
いっそ小田急で逃げましょか
かわる新宿あの武蔵野の
月もデパートの屋根に出る。

不適任者の遊戯としての注釈を試みよう。「かわる新宿」というのは、急速にどんどん姿を変えていく新宿、という意味ではなく、東京の新しい盛り場として、新宿が勢いよくかたちを整えつつある、というような意味だ。

「小田急で逃げましょか」の逃げるは、今度の週末は箱根の奥まったところにある人目につかない旅館で、ふたりだけでひっそりと過ごしてみましょうか、という程度の意味か。新しい盛り場としてふくれ上がっていきつつあった新宿は、イメージの触手を西へとのばしていた。その西には、箱根と江ノ島があった。そして西へと向かう経路は、小田急線の電車だった。

戦後の混乱期を抜け出た次の時代の、先端を走る新しい特急電車がロマンス・カー。わかるような気がする、という言いかたをしてみたい。自分が青春にあった頃の先端イメージを、半分は郷愁にかられつつ、現在の先端の名称に応用する、という命名術だったのではないか。会議の席上、鶴のひと声できまった、と想像するともっとも楽しい。

西条八十には、『東京行進曲』に続いて昭和十四年に、同工異曲とも言うべき、『東京ブルース』という歌がある。この歌の歌詞にも、四番というしめくくりの部分に、小田急が出てくる。

更けゆく新宿　小田急の窓で
きみが別れに　投げた花

という歌詞をいまのロマンス・カーの光景にあてはめると、TVドラマにはふさわしい場面かもしれない。見るからにOLの女性が、改札口を駆け抜けてくる。最終のロマンス・カーが、おもむろに発車する。その最後部車両に彼女は駆け寄り、持っていた赤い花の小さな束を、ロマンス・カーの窓に向けて投げる。その窓の内側には彼がいる。笑うのすら馬鹿馬鹿しいような場面ではあるけれど。

いまでも小田急線に乗っている僕は、新宿から帰るときはほぼかならず、ロマンス・カーの乗客だ。ロマンス・カーの座席にひとりすわって、ロマンス・カーという名称について思うことが、ときどきある。ロマンス・カーという名称が、別なものに変更される可能性が、あるだろうか、ないだろうか。もしあるとすれば、それはどんな理由によるのか。特急の「特」の字が消えるとき、という将来について僕は思う。ロマンス・カーという名前は、特急つまり特別急行の「特」の字と、対になっている。特急が消えるとき、ロマンス・カーも消えるだろう。

ロマンス・カーというのは、そのように作った車両の総称であり、運行される列車としては、さがみ何号とか、あしがら何号という、個別の名称を持っている。帰宅する会社通勤者が乗客の大半となる、夕方から夜にかけてのロマンス・カーから、この個別の名称が消えた。そのかわりに、通勤帰宅者用のロマンス・カーは、ホームウエイと総称されることになった。午後六時の新宿始発がホームウエイ1号で、そこから順番に、2号、3号と続く。

いまも現役であるロマンス・カーという片仮名語に、ホームウエイという後続の片仮名語が、ついに出現した。ザ・ウエイ・ホームと言えば、いつものあの家路、という意味だ。ホームウエイは、そこから発想された日本語英語だ。ホームワードとするなら英語だが、ハイウエイやマイ・ウエイなどをとおして、ウエイのほうが日本語としてのなじみははるかに深い。

ロマンス・カーはオルゴールや納涼ビールの時代を遠く背後に置き去りにし、いまは通勤帰宅者という平凡きわまりない現実のなかを走る。特急の特の字は、全席が座席指定である、という意味だ。座席指定がなくならないかぎり、特急の特の字は消えない、とも言えるようだ。

一九五一年八月三十一日、吉田首相をはじめとする講和全権団の一行が、アメリカへいくために乗った飛行機は、パン・アメリカン航空の、空のロマンス号という愛称を持った、ボーイング製の飛行機だった。ボーイングとしての愛称は、ストラト・クリッパーと言った。交通機関とロマンスという言葉の結びつきは、ずいぶん昔という時代のなかでは、けっして奇異なものではなかった。空のロマンス号は、英語ではロマンス・オヴ・ザ・スカイズだ。

いまも思い出す、あのひと言

僕がまだ二十歳か二十一歳だった年の、もうそれほど寒くはない季節、三月の誕生日が過ぎたばかりの頃の、よく晴れた日の午後。この程度でよければ、いまでもまだ僕は記憶している。僕よりずっと年上の編集者とふたりで、僕は歩道を歩いていた。その場所も、現場へいけば特定出来る、と思う。

その頃の僕は、原稿料のともなう原稿を、わずかではあったがすでに書いていた。僕の原稿を受け取って活字にしてくれるだけではなく、もっと書くといいと言ってくれていたのが、そのときいっしょに歩いていた人だった。

歩きながらの気楽な雑談の延長として、「僕も編集の仕事を覚えるといいでしょうか」と、僕は言った。そのひと言を聞くなり、その人は顔をまっ赤にした。そして、とにかくこれだけは言っておくというあわてた様子で、「きみは原稿を渡すほうの人になりなさい」と、その人は言った。

まだごく若い頃の自分に対してなされた、あのときのあの人によるあのひと言、というような文脈で引用することの出来るひと言は、僕の場合はこのひとつしかない。これひとつあればそれで充分だ、と僕は思う。

その人が顔をまっ赤にしたのは、編集のような仕事がきみに持続的になせるわけがない、という意味であったはずだと、いまの僕は解釈している。善し悪しがちょうど半々で差し引きゼロという、海のものとも山のものともわからなかった僕に関して、その人は自分なりの判断のすべてを端的なひと言に託して、僕へと引き渡した。受け取った僕としては、そこから先の責任はすべて僕ひとりのもの、というわけだ。

僕に関する判断のすべてを、その人がきわめてわかりやすいひと言に託し得たのは、その人の人生経験と能力の問題だ。ただの青年でしかなかった僕は、幸いにもそれに接触することが出来た。あとにも先にもこのとき一度だけの、しかもほんの一瞬の出来事だった。

あの頃、という過去を彼女によって記憶する

四月の一日から六月の三十日まで、僕は会社に通勤した。初めの一週間はバスを利用した。淡島通りを渋谷までバスでいくのだ。そして渋谷から地下鉄銀座線に乗り、京橋で降りた。平日の午後という空いている時間なら、そのバスで渋谷まで十五分ほどだった。しかし朝の通勤時間には、一時間かかった。バス停には人の列が長く出来ていて、一台につき乗れる人は六、七人ということもあったから、なかなか乗れなかった。それにバスのなかはぎゅうぎゅう詰めに混んでいた。

バスではらちがあかない、と僕でさえ思った。だから僕はバスを使うのをあきらめ、世田谷代田の駅まで歩き、小田急線の各駅停車に乗り、ひとつ先の下北沢までいくことにした。下北沢で井の頭線に乗り換え、渋谷へ出る。そして渋谷からは銀座線だ。渋谷の改札口を出てそのまま前方へ歩き、途中で右側の階段を上がると、そこは銀座線の改札だったと記憶している。

初めのうち、起床の時間が一定していなかった。なにしろ眠いという、ただそれだけの理由からだ。起床の時間が一定していないから、乗る電車もおなじではなかった。慣れてくるにし

たがって、起きる時間が定まっていった。自宅を出るまでの行動とそのための所要時間が、ルーティーンとなった。

結果として、月曜日から金曜日まで、毎朝、僕はおなじ電車に乗るようになった。下北沢での乗り換えに都合のいい位置に立ち、各駅停車のおなじ車両の、おなじドアから乗るというところまで、通勤者である僕の行動は一定するようになった。

毎朝おなじ人が、プラットフォームで僕の周辺に立つことに、やがて僕は気づいた。顔なじみとまではいかないが、見覚えのある人たち、見なれたいつもの人たちとともに、僕はプラットフォームのおなじ位置に立った。

おなじドアから乗る人のなかに、女性がひとりいた。僕とほぼおなじ年齢だったと思う。当時はまだ生きていた言葉で言うなら、会社勤めのお嬢さんだ。ごく普通の家庭に育ち、ごく普通に高校や短大を出て、どこかの会社に普通に就職し、毎日きちんとそこへ通勤しながら結婚相手の登場を待つ、という日々のなかにあった女性たちは、会社勤めのお嬢さんと言われていた。彼女たちの結婚最適齢期は、二十一歳くらいだった。

お勤めとか会社勤めといった言葉は、いまでも主として年配の女性たちの、日常的な語彙のなかに残っている。しかし、会社勤めのお嬢さんという言いかたは、もはや死語のひとつだ。OLやってますとか、仕事してますといった言いかたが、いまではもっとも普通だろう。

会社勤めという言いかたは、OLしてますや仕事を持ってますという言いかたへと、変化した。会社勤めという言葉に漂うのんびり感が、現状と合致しなくなったからだ。お嬢さんという言葉も、したがって消えざるを得なかった。社会を成立させる多数の人たちの、膨大な関係の網の目のなかに、お嬢さんという状態あるいは機能、役割を持った人たちの、居場所がなくなった。

誰もが社員でしかなく、性別がたまたま女性であるだけの人を、わざわざお嬢さんと呼ぶのは面倒、つまりコストだ。社員という言葉も、遠からず消えるはずだ。社員という状態もまた、コストだから。社員は雇用者に変わる。いまは雇用されている、という状態の人だ。

世田谷代田の駅から、各駅停車のおなじ車両のおなじドアからともに乗った彼女は、四十年くらい前の時代における、会社勤めのお嬢さんの、典型だった。どこからも絶対に文句の出ないような、きちんとしてきれいな、そして良く似合う服で統一して端正に着こなした、姿のいい、もの静かな、普通の美人だった。

月曜日から金曜日までの毎朝、おなじ時間におなじ駅のプラットフォームの、おなじ位置に僕は彼女とともに立った。興味を抱いたとか関心を持ったというところまではいかなかったが、毎日のことだから彼女は僕の目にとまる、そして目にとまれば少しは見るし、見ていると今日もあそこに彼女がいるな、という程度のことは思う。

そのようにして彼女を見ていてやがてわかったのは、服や靴、そして化粧や髪などに関する、彼女の好みないしは方針のありかただった。どこからも文句の出ない、きちんとしたきれいな服、とさきほど僕は書いた。それ以外には言いようがないほどに、そのとおりだった。当時の会社勤めのお嬢さんが通勤時に着る服として、着こなしや似合いかたなども含めて、彼女の服は最高の水準にあったと僕は思う。

足の先から頭のてっぺんまでと言うが、その言いかたのとおり、彼女のどこにも、乱れがいっさいなかった。身のこなしやたたずまいは、もの静かな端正さに統一され、表情は落ち着きの底に常に安定していた。完璧と言うならひとまず完璧な統一のなかに、彼女は常にいた。

晴れた日の朝の陽ざしのなかで、彼女の化粧がきわめて入念にほどこされているのを、僕は何度も見た。化粧のしすぎではないのだが、若い彼女の顔に対してなされた丁寧すぎる化粧は、たとえば朝の陽ざしのなかでは、化粧のほうが際立っていた。しかしその際立ちかたは、服や身のこなしの静かにきれいな統一のなかに、正しく収まっていた。

彼女のような女性たちは、当時は先のとがったハイ・ヒールを履いていた。いつもきれいな色の、しかしおなじようなかたちの靴を履いて、静かに美しくじっと立ち、彼女は電車を待っていた。電車が駅へ入ってくる。プラットフォームをいっぱいにふさいで、電車は停止する。ドアが開く。そのドアへおだやかに歩み寄る彼女の足の運びを、僕は朝の儀式のように見ていた。

彼女が先に電車に入り、僕がそのあとから入っていく。通勤電車は混んではいたけれど、バスのようなぎゅうぎゅう詰めの状態ではなかった。人と人とのあいだに、ほんの少しにせよ、まだゆとりはあった。僕と彼女は、ほとんどいつも、おたがいに至近距離に立った。僕は下北沢で降りた。彼女はひとまず新宿まで向かったのではなかったか。ある日のこと、おはようございます、というひと言でもいいから僕が言えば、土曜日あるいは日曜日に下北沢でデート、というようなことがあったかもしれない。

彼女に関する記憶のなかで、たとえばいまのように思い起こすためのもっとも強い手がかりとして機能しているのは、彼女の髪のまとめかただ。平凡と言うなら確かに平凡な、よくあるスタイルだ。しかし誰にでも似合うというわけでもなく、彼女のような人にこそ、そのスタイルは最適だった。肩に届くか届かないかの長さの、おだやかな内巻きとなった、左から分けた優しく豊富にある黒髪だ。

彼女のように似合う人にとっては、それは雰囲気の充分にあるヘア・スタイルだ。思いのほか雄弁なスタイルだったかもしれない。この彼女の髪が、毎日、完全におなじだった。寸分たがわぬ、まったく同一のスタイルに髪をまとめて、彼女は朝の駅にあらわれた。服や靴そして化粧とおなじで、彼女の髪には乱れというものが常になかった。

一糸たりとも乱れることのない毛髪は、すべてが毎日おなじ所定の位置にあった。自分に似合う髪のスタイルをすでに見つけている人が、通勤するときいつもそのスタイルでいることは、不思議でもなんでもない。と同時に、基本的にはおなじであっても、日によって多少の変化が視認できたとしても、これもまた不思議ではなかったはずだ。

通勤する朝、まず最初に髪を、彼女は整えたのではなかったか。完璧に整えきると、そのスタイルは前日とまったくおなじとなった。ただそれだけのことだ。髪を作ったあとで、彼女は化粧をした。静かな丁寧な人なのだ。だから化粧も丁寧になっただけだ。服を着る。バッグを持って玄関へ出てきて、靴を選ぶ。

三か月という短い期間だったけれど、彼女の髪はついに変化することなく、毎日かならずおなじだった。あの乱れのなさは、ヘア・スプレーによるものだったかもしれない、といまの僕は思う。当時といえどもヘア・スプレーくらいはあっただろう。しかし、当時のは相当にごわごわしたのではないか。ごく淡く、霧のようにさっと、彼女はスプレーしていたのか。スプレーで固めた感触は、しかし、彼女の髪にはなかった。

なにかといえば髪をかき上げる動作を、彼女は一日じゅう一度もしなかったのではないか、と僕はいま頃になって推測する。彼女だけではなく、当時の若い女性たち全般が、髪をかき上げたり撫でたり、髪先をふとつかまえて顔の前へ持ってきて観察したり、というような動作をおこなわなかった。こんな細部まで思いを浸透させてようやく、あの彼女が通勤していた時代は、いまからずいぶん遠い時代なのだ、と僕は体感する。

彼女が通勤していた頃は、部分的には僕が通勤していた頃でもある。僕の記憶のなかで、一九六〇年代前半という期間を体現してくれている女性は、彼女だ。世田谷代田駅から遠くはないところに、彼女は住んでいたはずだ。

一九六〇年代なかば、土曜日の午後、下りの各駅停車のいちばんうしろの車両から、僕は世田谷代田駅に降りた。降りた人たちはほかにも何人かいた。改札口を出ていくその人たちのなかに、僕は彼女のうしろ姿を見た。あの女性だ、と僕は思った。改札を出て、踏切のほうへ下り坂を歩いていく彼女を、改札口の手前で僕はふたたび見た。

彼女を一九六〇年代前半という時代の具現だとするなら、その時代は、駅を出て下り坂を踏切に向けて歩き、そこでどこへとも知れず消えた。そしてそのときから、時代は一九六〇年代の後半となった。

万年筆についての文章

原稿料のともなう文章を、僕は大学生の頃から書き始めた。原稿料がともなう文章とは、この場合は、商業的に出版されている雑誌に書く、という意味だ。

そのような文章には、当然のことだが、締切りがある。なにを書くにしても、そのための時間は限定されている。指定された文字数の文章を、一定の期間内に書かなくてはならない。

大学を卒業してからも、書く作業は続いていった。二十代のなかばの僕は、いまの言葉で言うなら、フリーランスのライターを仕事にしていた。固い意志や明確な目的のもとに、そうなったのではない。自然の成りゆきであり、その成りゆきを周囲の状況が可能にした。

当時のフリーランスの雑誌ライターは、コラムを署名入りで書くときにも、雑文書きと呼ばれた。雑文業だ。雑な文章だから雑文なのではなく、いろんな雑誌の編集者の求めに応じて、種々雑多な文章を書くからだ。雑文書きという言いかたは、端的で正確で、僕は好きだ。

書き始めた頃から二十代のなかばあたりまでの僕は、筆記具や原稿用紙はなんでもいい、という態度だった。どこかの出版社がくれた手帳の背に入っている、細くて短い鉛筆を使い、いろんな出版社の原稿用紙に書いていた。ひとつの原稿を数社の原稿用紙に書く、ということを平気でしていた。

当時の街にはいたるところに喫茶店があった。原稿はあちこちの喫茶店で書くことが多かった。手帳の鉛筆をポケット・ナイフで削っていると、美人のウェイトレスが灰皿を持ってきて、「これに削ってください」と、僕をたしなめたことをいまも覚えている。僕は芯は削らない。だからそのぶん、罪は軽かった。

この時期、つまり東京オリンピックのあと、日本の経済は高度成長という急坂を、轟々と駆け登っていた。人々の生活のあらゆる領域で、未曾有の拡大を続けていく経済の力というものが、いろんなかたちで実感されていたはずだ。

二十代のなかばのフリーランスの雑文書きにとっては、短い時間のなかで大量の原稿を書くのが、仕事の方針となった。好んでそうしたのではなく、ほっておいてもそうなったのだ。拡大しつつ高度に成長していく日本の経済は、大衆向けの活字メディアつまり雑誌を、増やしたからだ。

それまではどこにもなかった若者向けの活字メディアが、急激にそしてたくさん、生まれた。僕が原稿を書き始めた頃には、おじさん用の雑誌しかなかった。そこに二十一、二歳の僕が文章を書くという一種の珍現象として、僕はスタートしている。

短い時間に大量の原稿を書かなくてはいけなくなった僕は、そのためにもっとも適した筆記具を見つける必要を感じた。もっとも適した筆記具とは、出来るだけ筆圧をかけなくてもすむもの、という意味だ。鉛筆やボールペンは紙にこすりつけて書く。かなりの筆圧をかけなくてはいけない。万年筆はペン先を紙の上で滑らせ、インクを紙へ移していく。筆圧は低くていい。手に入れるべきは万年筆だ、と僕は思った。

人にもらった万年筆を、子供の頃から何本も僕は体験していた。しかし切実な必要とは常に結びついていなかったから、どの万年筆もいつのまにかどこかへ消えていた。どこへ消えようと、いっこうに気にはならなかった。

お茶の水や神保町のあたりを、仕事に関係して、僕は毎日のように歩いていた。駿河台下に金ペン堂という万年筆の専門店があるのを、僕は知っていた。万年筆の必要を感じている人にとって、まさにぴったりの店名ではないか。僕はそこへいき、「万年筆を買いたいと思っています」と、店主の古矢さんに言った。

「どんな字を書くのか、見せてもらえると選びやすい」と、古矢さんは言った。持っていた書きかけの原稿を僕は見せた。ひと目、というよりも、ほんのちらっと、古矢さんは僕の字を見た。「その字ならこれです」と言って一本の万年筆を取り出し、インク壺でペン先にインクをつけ、僕に差し出した。

僕は字を書いてみた。これだ、と僕は思った。だから僕はその万年筆を買った。モンブランの22という、いっさいなんの変哲もない、徹底した普及品だ。それから十年間、僕はこの万年筆を何本も書きつぶした。たいへんに書きやすい万年筆なのだが、ペン先の減る速度は早かった。使いつぶしたのと買い置きを合わせて、多いときには五十本も、おなじ万年筆が机の引き出しにあった。

いろんな紙とインクを使った。パーカーのインクがいちばん水に近く、したがって僕の好みどおりの量で、紙の上へ流れ出た。小さなガラスの瓶を、いくつ空にしただろう。

ペン先が早くにすり減ったのは、書く量が多かったのも一因だが、僕の書く字のせいでもあった。原稿用紙の横長の枡目いっぱいに引きまわした字を、その頃の僕は書いていた。僕が字がへたで、自分の字は見たくない、という気持ちがいつもあった。しかし原稿用紙に自分で書いていくのだから、見ないわけにいかない。

自分の字を見たくないという気持ちを出来るだけ軽減させるためには、字をデザイン的に書くほかなかった。けっしてうまくはならないから、次善の策としてデザイン的に書く、というわけだ。枡目いっぱいに書くと、枡目も文字の一部となり、なんとなくデザイン的だった。

いちばん好ましいサイズの枡目をきめ、紙を選び、二百字詰めの原稿用紙を注文して作ったのを、記憶している。一介の雑文書きも、こうなってくると専門技能者の一種だと言っていい。原稿用紙は五万枚作った。たくさんあるなあ、使いきれるだろうか、と僕は思った。二年くらいで使いきったような記憶がある。

そして十年が経過した。十年くらい、あっというまだ。僕は三十代のなかばとなった。書く字が変わってきた。肉体の微妙な変化によるものだ。そして内面的な変化も、相当なところまで影響していたはずだ。書く文章の内容が、以前とはまるで異なったものとなっていた。

原稿用紙の枡目いっぱいに引きまわして書く字ではなく、もっと小さな字で、それまでよりもさらに軽く、トットコトットト、という感じで字を書きたくなった。そのように書いてみると、じつに調子がいい。万年筆と原稿用紙を変えるといい、と僕は判断した。

金ペン堂へいった僕は、最近の字を古矢さんに見せた。今度もその字をちらっと見ただけで即座に一本を選んだ彼は、ペン先にインクをつけて僕に差し出した。その万年筆を僕はたいへん気にいった。五本まとめて買った記憶がある。ペリカンの普及品で、ペン先には750と刻印してあった。そのときすでに、750番は生産停止となっていた。

必要にして充分でなおかつ最小限の、すっきりとした線と面で構成された、じつに美しい造形の万年筆だ。造形的にも機能的にも、完成度は高い。僕の手にちょうどいい。まるで計測してそう作ったかのようだ。軽い。バランスが素晴らしい。そしてペン先は、書きやすさの極致だ。少しだけ変化した僕の字とその書きかたに、この万年筆はぴったりだった。

枡目のサイズを変え、紙も別のものにして、僕は二百字詰めの原稿用紙をふたたび作った。万年筆による手書きは、さらに十年、あるいは十年近く、続くこととなった。自分の字が好きではない僕は、自分の書く字によって原稿用紙の枡目が埋められていく快感と、まったく無縁だ。

書くべき文章は、書くはじから頭のなかに出来ていく。原稿用紙に書くのは、頭のなかで出来ていく文章を、誰にでも読めるかたちで、紙の上に文字で固定しておくだけのことだ。最終的な目的は、活字として印刷されることにある。その目的のために、出来るだけ楽に書くための工夫をしたのが、以上のような万年筆物語だ。

ペリカン750が三本、僕の手もとにいまもある。手書きするときに使っている。凝った高価な万年筆に、僕はなんの関心もない。けれど良く出来た普及品は好きだ。だからいまでもときどき買う。アメリカの通販カタログを経由して買う。おおまかに言って、日本の半値だ。高価なものはどこまでも高価であり、カタログにたくさん出ている。しかし、美しくて使いやすい普及品も多い。

そのような万年筆を僕は何本も持っている。ときたまでいいから、文章は原稿用紙に手書きしようか。一枚ごとに、違う万年筆に持ち替えて。

じつはホットなままに

僕が初めてワープロを使ったのは、一九八〇年代のなかばではなかったか。オアシス・ライトという機種だった。直訳すると、オアシス軽だ。この軽便型のワープロは、蓋を閉じてデスクの上に置いてある様子を観察すると、信じがたいほどに安物のポータブル・タイプライターに見えた。黒灰色としか言いようのない、趣も美意識の発露もおよそ皆無の、小型なのに押し黙って妙に重い、造形的にはどうにもならないものだった。

量販店で見かけて、使ってみようか、となんとなく思った。だからそれを買って自宅へ持って帰り、夜にさっそく使ってみた。ある程度までの機械や電子装置、キーボード操作などに、僕はいっさい抵抗を覚えない。操作のしかたはマニュアルを見ればわかった。たいそう単純な機能だったからだろう。

液晶表示の画面は小穴と呼んだほうがいいほどのサイズだった。万年筆のキャップを横に置いたくらいの大きさの表示窓だ、そしてこの窓に表示されたのは、じつにわずか七文字だった。七文字しか表示しないワープロは、社内で試しに作ってみたらみんな笑った、という程度のものではないかと僕は思う。けっして製品ではないし、試作品ですらないはずだ。しかし日本の会社は、それを新製品として市販した。いい度胸だった、と書いておきたい。

しかし七文字で僕には充分に役に立った。キーボードを見ながら片手でつまびくようにキーを操作した。平仮名の部分はいっさい確認しない。そして漢字の確定だけを、表示窓を見て確認した。表示窓の基本機能は、少なくとも僕にとってはそれだけのことでしかないから、表示数は七文字で充分だった。

書くべき文章は頭のなかで出来ていく。万年筆で紙に書くにしろ、ワープロのキーをつまびくにしろ、頭のなかに出来ていく文章を、目に見えるかたちで固定していくだけだ。万年筆で書いていくときには、いままさに書きつつある一文字を中心的に見ながら、書いたばかりの数文字をなんとなく見ている。手をとめて読みなおしたりしないなら、七文字しか表示しない窓をときどき見ながら書き進んでいくのと、ほぼおなじことではないか。

このワープロには逐次印刷という機能があった。確定するはじから、文字が印字されていくのだ。書いた部分をどうしても見たければ、印字されているのを見ることが出来た。短いエッセイを僕はこのワープロでたくさん書いた。締切りが毎日あった。僕にとってはこれがバブルだ。バブル期には多くの企業がだまされて情報誌を発行したからだ。

このワープロをどのくらいの期間にわたって使ったか、正確には覚えていない。三年も使っただろうか。使用していた期間には、短いエッセイはすべてこのワープロで書いた。短いエッセイならこのワープロ、という条件づけのなかに僕はあったようだ。

次に市販されたオアシス・ライトの表示窓は、二十字で二行だった。これでもまだ試作品の域を出ないはずだと僕は思う。しかし市販されたこれを使って、小説にせよなににせよ、すべての文章を僕は書いた。書いたばかりの文章が、都合のいいことに二十字で二行いつも見えているのだし、僕が書くのは文書ではなく、終わりまでひとつにつながった文章だから、二十字二行の表示は、たいへん適していたとも言える。しかし会社の文書を作る人にとっては、ほとんど使いようがなかったのではないか。

このワープロが市場にあった期間は短かったろうと思う。それでも僕は五年以上は使ったような気がする。四台つぶしたのを覚えている。じつに故障らしい故障を起こして、四台ともある日のこと使えなくなった。修理はせず、おなじ機種の新品を買って使った。故障したのをひとまず物置に入れるとき、ふと裏を見たら、型番や社名が記載してあるところに、文書作成機という言葉が使ってあるのを、僕は見た。ワープロとは文書を作成するための機械であり、基本的には会社の備品となるべきものなのだ。

いま使っているワープロは、二十字詰めで二十行の文章が、画面に表示される。一行ずつスクロールされていくから、ひとまず二十行だけ書けば、そこから先はいつも、四百字詰めの原稿用紙一枚分の文章を、僕は画面で点検することが出来る。

僕のデスクの上にあるそのワープロの造形は、いまだに美しくない。キーボードのタッチはたいそう重要な問題だと思う。七文字や二十字二行の表示しか出来なかったワープロは、キーのタッチもひどいものだった。いま使っているワープロのキーは、それらにくらべるとはるかにましだが、僕が考えている標準値には、まだ到達していない。最新の機種では、もう少し改良されているかもしれない。

限られた時間のなかでかなりの量の文章を原稿用紙に手書きするのは、その作業のために書き手の体のほとんどすべてがかなり強く拘束されるという意味において、肉体的には使役ないしは労働だと言っていい。

机の上をある程度まではかたづけ、原稿用紙をきちんと置き、好みの万年筆とインクとを用意し、机に向かって正しくすわり、片手で原稿用紙をほどよく押さえつつ、もういっぽうの手に持った万年筆で、枡目ひとつひとつのなかに、自分の手で文字を書かなくてはいけない。

自分の字を見るのが嫌な僕でも、この労働を苦痛だと思ったことはない。かたちとしては使役や労働であっても、それを中和してあまりある快感の、発生源でもあるのだろう。枡目を埋めていく自分の字に心酔することの出来るタイプの人なら、快感はもっと大きなものとなるはずだ。

文章を作っていく頭と、それを固定する手先とは、おそらく複雑きわまりないかたちで、連携している。手書きのときの頭と手との連携と、ワープロのときの頭と手の連携とのあいだに、質的な差はあるだろうか。質的な差とは、書いていく文章の視点や組み立てに、違いが生まれるかどうか、というようなことだ。

差はある、と思っていたほうが、態度としては科学的だろう。手書きの場合、頭と手とは、どちらかといえばホットにつながっている。とにかくここまでこう書いたのだから、ここから先もこの方向で書き進むほかない、と手書きの場合は思うのではないか。確たる根拠はなにもない。僕がそうだというわけでもない。仮説だとしておこう。

ワープロで書く場合、画面に表示されている文章をふと点検すると、弱点が一目瞭然だ。少なくとも僕の場合はそうだ。視点の取りかた、書き進めていく順序、ひとつひとつの事柄にふさわしい適量の文字数、最適切な言葉、どのような論理のもとに句点を打ち、どこで行を改めて節としていくか、といったことすべてにかかわる判断が、きわめて冷静に、そして願わくば正しくなされていく状態というものは、ワープロが作り出した領域だ。

基本的には頭で書く性質のものである文章というものは、生来的にはホットなのだ、と僕は思う。その人なりにホットである主観を、いかにしてクールに抑制し、客観に見せかけるか。文章を書くにあたってなされるあらゆる工夫は、このことのためになされる。主観のままでは多くの人を説得するのは難しいからだ。

僕が書く文章は、すべての責任は自分だけにあるという種類の、まったく個人的な文脈の文章だ。出来上がった文章にホットさは感じられなくても、このような文章はじつはホットなのだ。ホットなものをホットには見せずにおくという体験を、ホットな手書きで大量に積んだのち、ホットなものをクールに点検出来るワープロで、じつはホットなままに、いまも僕は書いている。

僕は明治十五年には人力車の車夫だった

一八五三年に生まれて一九三五年に八十一歳で他界した、ウーグ・クラフトというフランス人男性は、一八八二年、世界旅行の途中で、明治十五年の日本を訪れた。シャンパーニュ地方のランスで生まれた彼は、いまもシャンパンにその名を残す、シャンパン財閥の長男だった。

一八六七年と一八七八年に、パリで万国博覧会が開催された。そして一八七三年には、ウイーンで万国博覧会が開かれた。万国博覧会とは、世界を見るための窓だった。その窓から見えたもののひとつに、当時のヨーロッパで盛んだった、ジャポニズムというものがあった。ウーグ・クラフトは、少年期から青年期にかけて、このジャポニズムの影響を大きく受けたようだ。日本とはいったいどのようなところかという、強い憧れに支えられた興味が、彼の胸のなかに植えつけられた。

彼が二十歳のときに父親が他界した。彼は莫大な遺産を引き継ぐこととなった。二十八歳のとき、彼は世界旅行に出た。準備期間に八年もあてた、用意周到に計画された旅行だった、と理解するといいようだ。

一八八一年の十月から一八八三年の三月までの、世界旅行だった。この期間のうち、一八八二年の八月から一八八三年の一月までを、彼は日本で過ごした。彼が書き残した感想記のうち日本の部分は、一冊の本として日本語に翻訳されている。

三菱の外輪船で上海を出発して二日後、その船は長崎に寄港した。港で働く日本の男たちは精悍で、日本の景色は深く濃い緑の植物に覆われた、静かで美しいものであったようだ。

この船に長崎で日本の外務大臣が乗ってきた。東京へ船で帰るのだ。このひとりの大臣をめぐって、主として見送りの日本人たちがおこなう、「数えきれないほどペコペコと頭を下げる動作の連続」を、ウーグ・クラフトたちは観察した。そのような不思議なおじぎを何度も繰り返す日本人たちについて、ウーグは次のようにも書いている。

「まるで着こなせていない西洋風の見苦しい服装は、その土地の風土を好む者にとってはなんと残念なことであろう！」

彼が書いた文章を読んでいくと、明治十五年の日本を、ひとりのフランス人男性の視点で、さまようこととなる。「どこでも電信線が引かれており、何年も前から鉄道も走って」いる日本だ。

八月十五日に彼らの船は神戸に寄港し、三十六時間の停泊をした。ウーグたちは上陸し、布引の滝を見物しにいった。途中まで人力車でいき、そこからの登り坂は歩いた。周囲には樹々がうっそうと茂る、狭い山道だった。「いたるところに休憩所や橋、小屋が点在していて、店の女たちが通行人に、立ち寄って一息ついていくよう呼びかけて」いたという。

頂上の茶屋に近づくと、「二人の気取った女たちがわざわざ出迎えにやってきた。さまざまな身振り手振りをしながら私たちを歓迎し、案内するために手を取った。ござに座らせ、小さな陶器の茶碗に、あまり色はないが香りの良いお茶を注いでくれた。そして白い歯をのぞかせて楽しそうに笑いながら、至れり尽くせりの世話をやいてくれた。ヨーロッパの同じ階級の娘たちと比較した場合、気取らず親切で、優雅で優しいこの娘たちに軍配が上がる」と、ウーグは書いている。

水浴びをしに来た日本人女性のグループを、彼らは観察した。彼女たちは人の目をまったく気にせずに裸になり、屈託なく明るく振る舞い、ふざけるでも騒ぐでもなく、ヨーロッパ人の目にとっては「考えられないほど丁寧に体を洗った」という。日本人が清潔であることは、この頃すでに、広く世界に知られていた。「おそらく世界中で最も水と親しんでいる民族ではないか」とも、ウーグは書いている。

彼らの乗った船は、八月十八日に横浜に着いた。船旅はひとまずここで終わり、彼らの日本滞在が始まっていった。上海から来た人たちの目には、当時の横浜は、「低く簡素な家の並ぶ居住地は、まるでフランスの田舎町のよう」に見えたという。

居住地とは、外国人居住地だ。租界とも呼ばれた。外国人はすべてここに住め、と日本政府が定めた区域だ。横浜では租界は半径三十五キロで、ここから外へ出るときには、パスポートが絶対に必要だった。旅行のときには、いく先々で、外国人のパスポートが、地方の警察によって綿密に調べられた。計画以外の寄り道をしただけでも、パスポートは無効にされたりしていた。

外国人居住地であった横浜の山の手の高台には、木造二階建ての、白く塗ったいわゆる洋館が、たくさんあった。このような建物には、バンガローという言葉が、もっともふさわしい。オランダ人が所有していた、山手六十番のバンガローを借り、ウーグたちはそこに住むことになった。快適な生活に必要なありとあらゆるものを、四十八時間のうちに、イギリスの運送業者がすべて揃えたという。イトーという日本人ガイドも、彼らは手にいれた。イトーは完璧な英語を喋ったそうだ。

外国人居住地でも、使用される通貨は円だった。しかしこの円は、横浜にあった証券取引所での相場変動に、影響された。相場の動きによっては、朝と夕方とでは、おなじ円でも価値に差が生まれた。

五か月におよんだ彼らの日本滞在と旅行について、横浜を出てサンフランシスコに向かう船の上で書いた最後の文章まで読んでいくと、興味はつきない。現在の日本と直線でつながる部分がたくさんある。明治十五年も現在も、本質はおなじなのだ。そして現在では、変わらぬ本質は捩じれるだけ捩じれていて、正常さへの復元はおそらく不可能だろう。

「これほどまでの独自の芸術、文化を築いた偉大な国民が、自分自身を否定するような態度を目の当たりにするのは、非常に残念なことだ」という文章を、ウーグの言葉として読むことができる。「古き良き日本は消え去ってしまったのだ。昨日の日本がなくなったのは、明日の日本に取って代わられたからだ。世界全体がそのうち染まってしまうであろう現代文化の単一的な色が広がっているのだ」という正しい感想もある。「この大がかりで根底からの変革の行く末は、どうなってしまうのだろうか」という疑問もあるし、「これほどまでに、一つの国を外国の支配下に開け放してしまっていいのだろうか」という指摘もある。明治十五年になされた観察のどれもが、いまもそのまま、現在の日本にあてはまる。

横浜の居住地に落ち着いたのち、ウーグたちは旅に出た。東海道と中山道を中心に、一千キロ、六週間、人力車を十四台つらねての、旅だった。十四台の人力車のうち五台には、写真のための道具と荷物を、ウーグは積んだ。

当時の最新の写真術を、ウーグ・クラフトは習得していた。そしてこの世界旅行の日々のなかで彼が写真を撮ったのは、日本だけだったと言っていいほどに、彼は日本を写真に撮った。彼にとって日本は、それだけ魅力に満ちていた、ということだろう。

ガラスの板に感光剤を塗って乾燥させた、ガラス乾板というものが、フィルムの機能を果たしていた。フィルムが登場する以前の話だ。それ以前の湿板にくらべると、乾板の感度は二十五倍にも高まっていた。晴天の日の戸外でなら、まずたいていの被写体を、それらがいつもあるままの状態で、写真に撮ることが出来た。

ウーグが日本で撮ったガラス乾板の数は、三百枚に達した。現在なら小さなケースに入ったフィルムで十本に満たないが、ガラス乾板で三百枚という数は、たいへんなものだ。魅力を感じている日本および日本人を写真に撮ることに、ひとりのフランス人が、ガラス乾板を三百枚も注ぎ込んだ。

この三百枚のなかから選ばれた百五十六点の写真に、日本に関する部分の文章の日本語訳を合わせて、『ボンジュール・ジャポン』(朝日新聞社)というタイトルで一冊の本になっている。写真をひとつずつ見ていくと、明治十五年の日本を、本のページに印刷複製された写真のなかで、視線によってさまようことが出来る。

明治十五年の日本人の誰もが、いつもの自分のあるがままの状態で、臆することなく、不必要に構えることもなしに、じつに無理なく、優美だとさえ言っていいほどの自然さで、フランス人男性の写真機と向き合い、写真に撮られている。この事実は、けっして小さくない驚きに値する。

明治十五年は誰にとっても遠い。歴史年表を見ても、実感的にわかることはなにひとつない。六月に新橋から日本橋まで、鉄道馬車が開通したという。道路に敷いてある線路の上を、サンフランシスコのケーブル・カーをもっと小さくしたような車体が一両だけ、二頭の馬車に引かれて走る。それが鉄道馬車だ。

これなどわかりやすいが、真になにかがわかるわけではない。なるほど、まだそういう時代だったのかと、ごく表層的にそして部分的に、納得するだけのことだ。ウーグ・クラフトが撮影した、明治十五年の日本の風景や建物の写真を見ても、これは確かに日本だと断言出来るほどには、その日本は自分に近くない。

江ノ島の景色が写真に撮られている。鶴岡八幡宮もある。あの階段が見える。しかしいまの自分にとって、共感の出来る部分はない。写真にこう撮られているからには、現実にもこのとおりだったのだろう、と思うだけだ。

当時の日本は植物の多い、清潔でもの静かな景色ばかりだった、と思っていいようだ。構造も大きさも、すべてにおいて控えめな民家が、そのような景色と調和して共生していた。清潔とは、余計なものがいっさいなく、必要なものだけがごく素朴に存在している、という意味だ。衛生的には、東京でコレラが発生し、それが全国に広まったりしていた。

明治十五年の日本の男たちは、たいへんいい。臆したり構えたり、あるいは逃げたりしない気質の男たちだけが、フランス人が立てた三脚とその写真機に向き合った、という推測は成立する。それにしても、明治十五年の日本の男たちは、まず肉体的にたいそう精悍だ。そして自分たちのありかたに、いっさい無理がない。自分の役割を心得きっている様子が読み取れるし、彼らは機転がききそうだ。ユーモアのセンスも充分にあるように見える。ものごとの理解は迅速で正確だったはずだ。

明治十五年の日本の庶民の男たちはこんなだったのか、という驚きを僕は楽しむ。現在の日本人男性と比較すると、そのような驚きは大きくなるばかりだ。日本の女性たちも写真に撮られている。彼女たちについて、ウーグ・クラフトは次のように書いている。

「この進歩の嵐の中において、ほぼ元のままのものを見たい人には、非常に保守的な精神の象徴ともいえる日本女性の役割をぜひ観察することをお勧めする。優しく、辛抱強く、服従の教育を受けた彼女たちは、自分の存在を主人の幸せのために捧げるのだ。いつも陽気で明るく、教えられた自然な慎みによって、見かけは弱々しいが、生活の細部にわたって影響を及ぼしている。もしかすると日本女性は、ひそかに彼女たちの支配下にあるこの国の重要な魅力の一つではないかと思う」

これはウーグ・クラフトというヨーロッパの人が、日本の女性たちについて抱いた感想だ。彼は日本の女性たちをこのように見た。正しい部分もあれば、正しさが誇張されている部分もあるはずだ。そして彼が撮影した日本女性の写真は、いま少し異なった彼女たちを伝えている。

彼女たちの姿と顔はたいへんいい、と僕は思う。男たちとおなじく、自分のありかたに無理がなく、誰もがじつにすんなりと自分自身だ。男たちが精悍であるのと正しく比例して、彼女たちはたおやかに丸みをおびて、明るく優しそうだ。人の世話をやくのがうまく、たいていのことはもの静かに楽しんでしまえる能力を、深くたたえているように見える。妙な屈折は持たず、屈託がなく、正しい量と質の自信が、髪から足指の先まで、まんべんなくいきわたっている。彼女たちは信頼できそうだし、頼りになりそうだ。なによりもいいのは、見るからに安定している様子と、そのなかにある静かな満足感だ。

日本について書いた文章の最後の二行で、ウーグ・クラフトはこう言っている。

「ダイ・ニホン（大日本）の女性たちが、家庭の忠実なる守護者として、息子たちの忘れかけている民族の誇りという美徳を、過去の良い伝統を通して、まだ教え続けることを願ってやまない」

一冊の本のなかで僕が体験した明治十五年の日本は、ウーグ・クラフトのこの言葉に重なる僕のため息で、ひとまず終わる。終わったあと、僕はふと思った。明治十五年の日本の男たちのなかに、僕によく似た人はいるだろうか。ウーグ・クラフトによって撮影された日本の男たちを、ひとりずつ点検していったなら、そこに僕とよく似た男がいるかどうか。

僕は探してみた。そして見つけた。僕に似た男がひとりいた。非常によく似ている。『ボンジュール・ジャポン』の百十六ページ。このページには写真が三点、三角形に配置してある。そのいちばん上にある写真のキャプションは、「車夫の後ろ姿」となっている。

こちらに背を向けて立っている、ひとりの車夫の全身像だ。車夫とは、人力車を引いて走る男のことだ。この車夫は手拭いで頬かむりをしている。半纏を着ている。半纏の裾の下に、彼の裸の尻が少しだけ見えている。ふんどし姿なのだろう。尻から下は、なにも履いていない素足まで、逞しい両脚があらわだ。

彼の体型のぜんたい、そしてそれがかもし出す雰囲気、脚のかたちなど、僕とそっくりだと言っていい。いまの僕をこのとおりのいでたちとポーズで写真に撮ると、明治十五年の車夫と区別はつかないのではないか。それほどまでに、写真のなかの彼と現実の僕とは、よく似ている。

明治十五年の写真のなかに、僕にそっくりの男をひとり見つけて、僕はたいへんにうれしい。明治十五年までさかのぼると、僕は体型とそれが生み出す雰囲気においては、車夫なのだ。そして車夫であることに関して、僕はいっさいなんの不足も覚えない。

キャデラック小説

僕が最初に運転した本物の自動車はキャデラックだった。当時の僕は十歳くらいだったと思う。父親がつきあっていた人たちは、ほとんどが日系二世だった。そのなかのひとりに、子供の僕から見ても、相当に風変わりな男性がいた。

四十歳になったかならないかという年齢の、なにを考えているのか、なにをしたいのか、どんな方針で生きていくのかなど、少なくとも僕にはまったくつかめない、そのときまかせの風のような、奇妙な軽さのある人だった。その軽さの一端で、彼は幼い僕を友人のように相手にしてくれていた。僕も相当に変わっていたからではなかったか。僕が運転したキャデラックは、その人の所有するものだった。

おそらく一九五〇年の、じつにきれいに晴れた初夏のある日、僕の家に二、三日泊まっていた彼は、「これから出かけるけれど、ついて来るかい」と、僕に言った。

僕は自主的な判断にもとづいて、学校へはいかないことにしていた子供だった。だから僕はほとんどいつも、自由に過ごすことが出来ていた。キャデラックで出かけるという彼に僕は同行した。キャデラックは内庭に停めてあった。内庭の外は山裾だった。隣接する何軒かの家の裏を、その山裾づたいに抜けていき、わき道をへて瀬戸内の海沿いの国道に出た。

一時間ほど走ると、海に面した静かで小さな町に到着した。その町はずれの、とある一軒の家に、彼は用事があった。この家でも、彼はキャデラックを内庭に入れた。おもての道から戸をいっぱいに開いた玄関を入ると、そこは土間のようなスペースだった。奥に向けてまっすぐにあるその土間の横幅は、キャデラックの横幅すれすれだった。最徐行でそこをすり抜けると、広い内庭があった。

なにしろ時代は一九五〇年だから、おもてにキャデラックを停めておくと人目を引いてかなわないという配慮が、彼といえどもあったのだろう。「ここで待っててくれ、すぐに戻ってくる」と言い残し、彼はどこかへ消えた。

彼が言ったすぐとは、二時間以上のことだった。僕はひとりで待った。運転席の感触を楽しみ、車体の周囲を歩きまわり、当時のキャデラックの造形ディテールを、手で撫でたり観察したりした。人は誰も出てこなかった。内庭に飽きると、土間から外へ出て海までいってみた。そして家へ引き返し、キャデラックの後部シートで昼寝の真似をした。彼がキーを持っていかなかったなら、僕は内庭でキャデラックを動かして遊んだに違いない。

二時間以上たってから、彼は戻ってきた。広い内庭をぐるっとひとまわりして、入ってきたときとおなじく、車体の横幅すれすれの土間を抜け、僕たちの乗ったキャデラックは家の外へ出た。

家の前に女性がひとりいた。アメリカのもの以外のなにものでもない夏服を見事に着こなした、びっくりするほどに美しい大人の女性だった。映画の主演女優のようだと思ったのを、僕はいまでも覚えている。

彼女を乗せて三人で、海沿いの道を僕たちはしばらくドライヴした。彼女はおそらく彼の恋人だったのだろう。そして用事とは、彼女と会うことだった。彼女は僕のことを坊やちゃんと呼んだ。坊やちゃんと呼ばれたのは、あとにも先にもこのときだけだ。このことを接続プラグのようにして、僕は彼女を記憶している。

ドライヴのあいだ、ふたりの大人たちは、きわめてけだるい会話を交わしていた。親密な時間が終わったあとのけだるさだ、といまの僕は書く。やがてドライヴは終わり、彼女を家まで送り届け、僕たちは帰路についた。

走り始めてしばらくしてから、「運転してみるかい」と、彼は僕に言った。キャデラックを陽ざしのなかに停め、ふたりとも外に出た。僕たちは席を替わった。運転するにはなにをどうすればいいのか、僕はすでに知っていた。その僕を彼が右隣からコーチした。シートの縁にかろうじて尻の端を置き、僕はキャデラックを運転した。

自宅へ帰りつくまで、そのまま僕が運転した。本物の自動車の操作感や、走っていく車体の動きの感覚、外を流れ去る風景、窓から入る風など、十歳の僕はいっきにキャデラックで体験した。あのきれいな女性の残り香が、その体験におまけのようについていた。

こんな体験をそのとおりにエッセイに書くのではなく、短編小説へと組み立てなおしてきちんと書くならば、それはなにであるよりも先に、キャデラック小説になるのではないか、といま僕は真剣に思う。

まず最初に、敗戦直後の一九四〇年代後半の日本を舞台に、キャデラック小説の短編をひとつ書く。以後、一九五〇年代、一九六〇年代と、十年きざみで現在まで時代を区切っていくと、五つの区分けが可能だ。その区分けごとに、キャデラック小説はひとつの短編として成立するはずだ。

いかにもその時代らしい物語と雰囲気でまとめ上げるなら、一九四〇年代後半のストーリーを加えて、六篇のキャデラック小説という世界が出来る。キャデラック小説は、読んで楽しい一冊の本となり得る。

片岡なんとかという小説家の、あのキャデラックの出てくる小説。あってもいいではないか。うまくいけば、というただし書きつきだが、キャデラック小説は魅力的だ、と僕は思う。書き手は僕ではなくてもいい。書きたい人が書けばいい。

戦後五十数年の日本を、時代区分ごとに、それぞれの時代のキャデラックが走り抜ける。戦後の日本を物語へとからめ取る、六台のキャデラック。そしてどのキャデラックも、一篇ずつの短編小説を担う。キャデラックという象徴的な自動車だからこそ、可能なことではないか。

キャデラック小説を構成する六篇の短編は、それをもし僕が書くなら、連作になるだろう。現実の僕であってもなくてもいいが、「僕」と称する同一人物が、時代の進展とともに年齢を重ねつつ、それぞれのストーリーを支えていく。

あるときは彼が主人公、そして別のときは狂言まわし。いろんなことが出来そうだ。ストーリーごとに、背景となる時代が十年きざみで前へ進んでいくことが、小説を作るうえで有利に使える。有利であることを越えて、便利すぎる危険もあるだろう。細心の注意が必要だ、などと僕は早くもその気になっている。

植草さんの日記に注釈をつける

『植草甚一スクラップブック』というタイトルで、かつて植草さんの全集が刊行された。一九七〇年代のなかば過ぎから、ある期間にわたって毎月一冊ずつ、刊行されていたような記憶がある。毎月、本のなかに月報がついていた。本とは独立した、数ページの小さなパンフレットのようなものだ。業界の言葉では、投げ込みと言っている。普通の投げ込みよりは、手のかかったものだった。

植草さんの日記がひとつの柱になっていて、何人かの人たちがエッセイを寄せていた。植草さんの日記は、一九七六年の一月一日から書き始めたものが、収録されていった。この月報に使う目的もあって書き始めた日記だったのではないか。一九七六年一月二十四日の日記には、次のような一節がある。

「用事がすんだあとで渋谷の横町の石井さんのところへ古本を買いに行きたくなる。ここんところの洋書の古本は石井さんのところが一番おもしろい。二時。やっぱり十五冊あって、いつものように大幅にまけてくれて四一〇〇円。さがしながら二時間ばかり遊んだとなるとこんなに安あがりなものはない。ヒサモトでコーヒーを飲んだが、寒いので六時半に帰って風呂に入り、買った本をパラパラめくった」

この一節に、僕に出来る範囲で注釈をつけたい、と僕は思う。

まず「渋谷の横町」だが、これはヨコマチという名の特定の区域ではなく、ヨコチョウだ。植草さんは普通名詞のように使っているが、ひょっとしたら恋文横町の省略形かもしれない。道玄坂下という信号を頂点にして、道玄坂ともう一本、東急本店のほうへ向かう道とが作る三角地帯には、いまは109という建物と、ザ・プライムとかいう建物がある。

このふたつの建物を作るためにすべて取り壊される以前には、この三角地帯のなかは狭い路地が複雑に入り組み、その路地の両側にさまざまな商店のつらなる商店街となっていた。恋文横町はこのなかにあった路地だ。この三角形の底辺は、ザ・プライムの前をとおり過ぎてなおも道玄坂を登っていくとある、右へ入る細い道だ。この道は、道玄坂下から東急本店へ向かう道へと、つながっている。

ここにかつて恋文横町ありき、と書いた小さな看板がいまでもあるから、探してみるといい。この看板には相当な思いがこもっている、と僕は感じる。三角地帯の底辺を越えて、スロープの上へ上がった一帯が、百軒店《ひゃっけんだな》だった。百軒店という名のとおり、入り組んだ路地に面して、小さな店がたくさんあった。三軒茶屋の三角地帯に、少なくともいまはまだ残っている仲見世という商店街が、少しだけ似ている。恋文横町や百軒店が、つまらない建物のために跡形もなく消えたのは、渋谷にとってたいへんな損失だった。

「渋谷の横町」について僕に出来る注釈は、以上のようだ。「石井さんのところ」とは、この横町のなかにあった、洋書専門の古書店のことだ。石井さんとは、そこの店主だ。この古書店の正式な名称を僕は知らない。石井洋書、というような名だった記憶もある。確かではない。

道玄坂の下から、右側の歩道を登っていく。ザ・プライムの正面を過ぎたあたり、と僕が見当をつける位置に、右へ入っていく路地があった。路地と店舗で構成されていた三角地帯の内部へ入っていくための、いくつかあった入り口のひとつだ。

その路地の入口の片側は、化粧品や女性の洋品を売る小さな店だった。向かい側は喫茶店だった、とかつて僕自身が書いた文章のなかに、書いてある。この路地を入っていくと、両側には小さな店がびっしりとならんでいた。男性の服を売る店と飲み屋が、なぜだか多かったという記憶がある。「石井さんのところ」は、この路地の奥の、右側にあった。

この洋書専門の古書店のフロア面積は、四畳半ほどだったのではないか。形は正方形だったと記憶している。この店に関するいちばん最初の記憶は、四畳半ほどの床面積の、箱のようなスペースだ。みかん箱と呼ばれていた木製の箱をいくつか、地面むき出しの土間に配置した上に、雨戸のような作りの板を二、三枚ならべ、その上にアメリカの雑誌やペーパーバックが、なんとなく積んであった。中年の男性がふたり、店番をしていた。ふたりのうちひとりが石井さんだった、と思う。

それから何年かあと、友人に誘われてその店へいってみると、店の三つの壁は、天井に届くほどに積み上げた古雑誌やペーパーバックで、何重にもふさがれていた。いろんな雑誌の最新号が、壁や天井から吊るしてあった。商品である雑誌や本に埋まるようにして、白髪の石井さんがいた。客がふたりも入ると、店はいっぱいになった。客が三人いるときには、石井さんが店の外に出ていた。

いつも石井さんが店にいるようになる以前には、スーツをきちんと着て黒い靴を常にぴかぴかに保っていた青年が、静かに店番をしていた。店が休みの日には鉄のシャッターが降りていた。

道玄坂からではなく、東急本店へ向かう道からも、三角地帯のなかの石井さんの店へいくことが出来た。男性の服の店が両側にあった路地を入る。セメントを何度も重ね塗りしては補修した路地は、けっして平らではなかった。かと言って凸凹でもなく、不定型に波打っていて、しかもいつもなかば水に濡れていた。

夕方なら、ニラを中心にキャベツその他の野菜をラードで炒める匂い、あるいは焼き魚の匂いなどが、この路地には濃厚に漂っていた。土曜日や日曜日の午後だと、ラジオの競馬中継が、どの店からか聞こえていた。この路地を入ってすぐに、左へ曲がる。曲がらずにまっすぐにいくと、このあたり一帯の店へ来る客のための、共同トイレットがあった。これはのちに一軒の店の専用となった。

左に曲がると、石井さんの店の向かい側にある飲み屋のガラス戸に、古洋書の山が映っているのが見えた。大量の古雑誌やペーパーバックが、壁に寄せて何重にも、うず高く積み上げてあった。雑然とした印象があったが、どの山もみな石井さんによって、ある程度までは仕分けされた山だった。石井さんの店を構成するいくつもの本や雑誌の山のなかには、新しく入荷したものだけを植草さんのために積んでおく、植草山があった。店へ来た植草さんが点検するのは、この山だった。石井さんがそう言っていた。

「ここんところ洋書の古本は石井さんのところが一番面白い」と、植草さんは日記に書いている。面白いかどうかは、当然のことだが、仕入れによる。仕入れに関して多少とも積極的になれば、店頭に山積みされる本や雑誌に、他の店にくらべて多少の違いはあらわれたはずだ。植草さんが買ってくれるからという理由だけで、石井さんが仕入れに積極的になった時期が、確かにあったようだ。

仕入れる商品は、ご用済みのもの、つまり米軍の基地や施設の人たちが捨てたものだった。その処理を請け負う業者がいて、雑誌やペーパーバック、そして本などは仕分けされ、一定のルートで石井さんのような小売商に卸されていた。

「さがしながら二時間ばかり遊んだ」と、植草さんは日記に書いた。「遊んだ」という言いかたは、植草さんにとって、まさに実感だったと言っていい。一冊ずつ手に取り、タイトルや表紙を点検する。ページを繰って内容の見当をつける。植草さんの目をとおして英語で頭に入ってくる情報は、すでに蓄積されている膨大な知識や情報、体験などと、縦横無尽に、複雑な連関を一瞬のうちに結ぶ。

「十五冊あっていつものように大幅にまけてくれて四一〇〇円」と、植草さんは日記に書いた。僕も石井さんの店で何度も買った。安かった、という記憶がある。安い値段がつけてあるから安いのではなく、合計した金額から、ほとんどなんの理由もなしに突然、石井さんは大幅に値引きしてくれていた。

「ヒサモトでコーヒーを飲んだ」という記述のなかの、ヒサモトという店名には、聞いた記憶はあるけれど、自分だけでは僕はほとんどなにも思い出すことが出来ない。植草さんの日記に書いてあるのを見ると、そう言えばそんな名前の店があった、と思うのがやっとだ。あのあたりにあったあの店ではないか、というぼんやりした見当なら、つけることは出来る。ガラスを多用した明るい造りの店が増えつつあった時期の、そのような店のひとつだったような気がする。

カスミという名の喫茶店はよく覚えている。ザ・プライムの前を上がりきると、右へ入っていく細い道がある。この道の途中に、かなり急な階段がいまもあり、この階段に向かって右脇に、喫茶店カスミはあった。植草さんが月報の日記を書いた一九七六年には、カスミはまだ存在していた。一九六〇年代、さらには五〇年代までもが、店のなかぜんたいに残っている貴重な店だった。植草さんはこの店でも、買ったばかりのアメリカの雑誌を見ながら、コーヒーを飲んだはずだ。

「買った本をパラパラめくった」という最後の記述は、植草さんの核心となる部分だ。だから、「パラパラめくった」という行為について注釈をつけていくと、それは一冊の植草甚一論になる。

読者からの手紙

横が八・五インチ、そして縦が十一インチという、標準サイズのリフィルを大量にはさんだ、背幅の広い、つまりリング径の大きい三穴バインダーが、本棚に何冊もならんでいる。このバインダーは、おなじものをいっぺんに二十冊、僕は買った。まだ使っていないのが何冊かある。

興味や関心の度合いを測る計器が僕の頭のなかにあるとすると、その計器盤の針が少しでも動いたものは、すべてこの三穴バインダーのリフィルに保管してある。切り抜いて貼ったり、要点を走り書きしたり、という方法による保管のしかただ。

あとでなにかの役に立てよう、という思いにもとづいた保管ではない。保管しないままに僕の手もとから離れていき、おそらくはそれっきりになってしまうのが残念であるような事柄は、なにであれすべてこのバインダーのリフィルに保管することにした。ただそれだけのことだ。

小説のなかに使えるかなと思いつつ保管したものが多いような気がするが、実際にこの何冊ものバインダーのなかに見つけたものを小説に使ったことは、僕の記憶では一度もない。ただとっておくだけなのだ。とっておき始めて、十七、八年になるだろうか。

本棚のなかでの位置を移動させたついでに、僕は一冊を抜き出した。ふと開いたところから、リフィルを何枚か見ていった。読者から届いた手紙の貼ってあるページがあった。三穴バインダー用の紙一枚に、きれいに収めたいい手紙だ。二十二歳の女性が、なんの無理もなしに、いまの自分について書いている。いつ受け取った手紙なのか、記録してないから不明だ。どこの誰だったかも、わからない。手紙だけが貼ってある。

手紙のぜんたいは六つのパラグラフに分かれている。パラグラフごとに一行あけてある。そのとおりに、全文を引用しよう。

一日ずつ確実に、いい季節が近づいていますね。私は夜七時から八時までの一時間、今の季節を味わっています。午前九時から午後五時十五分のあいだは、ビルのなかで隣のビルが陽ざしを浴びてキラキラ光っているのを、大きなガラス窓ごしにながめるだけです。

七時少し前に帰宅し、窓を開け放して外の空気を部屋に入れ、シャワーを浴び、コーヒーを入れ、FENのルイス・フォスターをきく。気が向けば、こんなふうに、ノートに、言葉をならべたりします。

私は二十二年間、今の季節がこんなに穏やかなものだとは知りませんでした。それは、きっと幼稚園から、入社するまでの間、毎年四月に新しい生活が始まり、その新しい環境に慣れるのに精一杯で、季節を味わう余裕さえなかったからだと思います。

今、それも陽が傾いた時から、眠りにつくまでの時間が、一番自分らしさが出ているような気がします。

こうして時間をすごすと、まるで男の人に恋をしたように、胸がときめいてくるのです。

不思議ですね。

季節、という言葉が四回、出てくる。一日のなかの特定の時間を言いあらわした言葉が、四回。この手紙を書いたときの彼女にとって、もっとも大切だったのは、このふたつのものだ。彼女がそのなかに身を置き、穏やかな感触を感じ取っていた季節は、春が終わって初夏へと向かう頃だったようだ。その季節と、会社の仕事が終わったあとの、自分だけの自由な時間との結びつきのなかに、心地良い密度でつながれて、彼女の感覚がやすらいでいる。

この結びつきが、彼女の全身の感覚によって美しく実感されるとき、彼女にとってもっとも自分らしい自分が、そこにある。そしてその自分は、心地良さや気持ち良さという、快感だ。「不思議ですね」という最後のワン・センテンスは、そのような意味だ。「不思議」という言葉を、こんなふうにも使うことが出来る。

振り向くと前方が見える

二十五歳のある日、ふと思いついた僕は、ゼロ歳から四歳まで住んだ家を、見にいった。四歳の春に引っ越しをして、それ以来のことだから、二十一年ぶりだった。その家がまだそこにあるのかどうか、僕は知らなかった。あってもなくても、とにかく見にいこう、と僕は思ったのだ。

目白駅からの道順を僕は記憶していた。幼い僕が体感として記憶した道順が、僕の体のなかにまだ残っていた。幼い頃に毎日のように見たもの、たとえば右へ曲がる前にずっと続いている生け垣とか、小さな三角形の交番があった曲がり角など、基本となるべき部分は昔とほとんどおなじでもあった。

一度も迷うことなく、いつも歩いている道を歩くのとまったくおなじに、幼い自分が住んでいた家の前に、僕は立つことが出来た。家はまだあった。戦前に建てられた木造二階建ての、きわめて平凡な一軒の民家だ。家や門は当時のまま、そして家の周辺にもさほどの変化はなかった。記憶していたよりも、家の周辺はせまく感じた。これはよくあることだ。

家の前の道は、奥までいくとそこでいきどまりとなる。幼い僕が三輪車で遊んだ道だ。その道を何度も往ったり来たりしながら、僕はかつての自宅を観察した。無理に思い出すなら、断片的ではあるにせよ、記憶は二歳くらいから残っている。二歳、三歳、四歳といった年齢の僕を、ときたま、ほんの一瞬、二十五歳の僕は見た。

見たとは言っても、空想に近い出来事だったはずだ。しかし、なんの根拠もない空想ではなく、確かに僕は幼い頃その家に住み、家の前の道で遊んでいたのだ。二十五歳という自分から、三歳や四歳の頃の自分をその現場で見ることは、確実に出来た。そしてそれは、とてもいい体験だった。

こういうことをするには、二十五歳という年齢は若すぎるかとも思うが、その家から引っ越して二十一年ぶりという時間は、時間の長さとしては充分だったはずだ。このときのことを、それからさらに二十年以上の時間が経過したいまも、僕はよく覚えている。二十五歳のある日の思いつきを、実行しておいてよかった。あれはいい体験だった、とそれ以来の僕は思っている。

ゼロ歳から四歳までの自分が現実に住んだ家を見ながら、そして昔とそれほど変化していない周囲を歩きまわりながら、二十年以上前の自分をいまの自分のなかにはっきりと感じ、そのことについて思う、という体験だ。体験したからと言って、なにがどうなるわけでもないけれど、体験の質そのものが、自分というひとりの人にとっては、たいへんに貴重だった、と僕は思う。

いまという現実にかまけ、それしか見えていない状態に対して、自分自身の遠い過去は、均衡を図ったり回復したりしてくれる力として、いつもかならず、きちんと作用してくれるはずだ、と僕は考える。ただ懐かしむだけのために過去を振り返る、という方法がある。この方法だと、せっかくの過去は、単なるいきどまりでしかない。

振り向くと前方が見える、という振り返りかたが、確実にあるのではないか。現在だけにかまけきっている状態に、自分の過去を重ね合わせることによって、自分に対して作用している現在というものの比重を抑制すると、現在は正しい現在のありかたに向けて、なにほどか方向を修正するのではないか。

目白のあの家は、もうないと思う。ありっこない、と言ったほうが正確だろう。しかし、目白のあの家から引っ越した先の、山口県岩国で住んだ家は、人づてに聞いたところによると、まだそのままあるという。潮の満ち引きに合わせて水位の上下する川の向こうに畑が広がり、さらにその向こうには山陽本線があり、それを越えると塩田の広がりは瀬戸内海に接しているという、素晴らしい場所だった。

この家には四歳から九歳くらいまで住んだ。そして広島県の呉へと、引っ越しをした。ここも場所はたいへん良かった。背後はおだやかな中国山脈の山裾、そして目の前には瀬戸内海を見晴らすことの出来る、高台の上だ。ここで十二歳まで住んだ家も、数年前まではそのままに建っていたことを、僕は間接的に知っている。おそらくいまもあるだろう。

この二軒の家を訪ねるなら、四十数年前の自分を、僕はそこかしこに見ることが出来る。いまの僕という現在を、そのような過去は、大いに修正してくれるのではないか。東京へ戻ってきてから住んだ何軒かの家は、どれもいまは存在しない。二年前まで、二十年にわたって住んだ家は、現在の自宅から歩いて三分ほどのところに、いまもある。

引っ越しをしてから一度も見ていないその家を、この文章を書き終わってふと見にいくなら、二十年前の自分を僕はそこに見るはずだ。二十年前の自分から、いまの僕をとおして、さらに前方の僕を、僕はかならず見ることになる。

五年かけて作る飛行機

ロッキードC－130という輸送機の胴体に、僕は手を触れたことがある。滑走路にただ存在しているだけで、その様子はすさまじい容積感と重量感だ。爆撃機に重爆撃機という言いかたがあるなら、この輸送機は文句なしに重輸送機だ。愛称はハーキュリーズという。日本語だとヘラクレスだ。

絶大な信頼を寄せることを当然の前提として許容する、途方もない力持ちの、誠実さをきわめた働き者、という印象を誰にもあたえる輸送機だ。僕がこの輸送機の胴体に手を触れた五月の晴天の日、はるか頭上に仰ぐ操縦席の窓ガラスの内側には、華やいだ金髪の女性パイロットが見えた。三十歳になったかならないかの年齢の、アメリカ空軍の凛々しくも美しい人だった。

このハーキュリーズが轟々と離陸していく様子を眺めるのは、僕のひときわ好きなことのひとつだ。かつて滑走路から仰ぎ見たような女性の軍人が、すべてをまかされて操縦しているのだろうかと思うと、ただそう思っているだけに過ぎないのだが、受けとめるスリルに僕は地表から少しだけ浮き上がったような気持ちとなる。空気抵抗を利用して減速の効果を高めるためのものだろう、大きなパラシュートを三つも四つも後方になびかせつつ、堂々と着陸する様子も見飽きるものではない。

気にいったプラモデルをときたま買うという、趣味とも言えないようなごく軽度の趣味が、僕にはある。買ったまま、ほとんどは組み立てない。そんなプラモデルが百点ほど手もとにある。飛行機が多い。なかでもプロペラの飛行機は好みだ。戦闘機。爆撃機。輸送機。旅客機。プラモデルというものは、いちばん外側のかたちだけが、問題とされている。だからかたちが気にいると、僕はそれを買う。かたちで買うとなると、プロペラの飛行機が多くなるのは当然だろう。

ロッキードC－130のプラモデルも、ある日のこと外国製のを見つけ、手を触れた現物の大きさとかたちを思い出し、買ってしまった。縮尺は七十二分の一だ。ひと時代前の戦闘機を七十二分の一に縮めると、可愛らしく小さい。しかしC－130ほどになると、箱を開いて部品を見ただけで、完成したときの存分な大きさを感じることが出来る。

買って帰ってひとしきり眺めたあと、本棚のいちばん上という定位置に積んである、ほかの多くのプラモデルに、僕はそれを加えた。たまに本棚の上から降ろし、箱を開いて部品のままの状態を眺めるプラモデルのひとつとして、僕のC－130は時間を経過させていくこととなった。

五年前の秋、雨の日の午後、本棚の上に積んであるプラモデルの箱を眺めていて、僕の視線はC－130の箱にとまった。僕はそれを作りたくなった。だから僕は作り始めた。ひと頃はよく作ったのだが、それ以後はあまり作っていなかった。C－130は久しぶりに作るプロペラの飛行機となった。プラモデルという言葉は商標なのだが、一般的には普通名詞として通用している。プラスティック・モデルなどとは言わず、ここではプラモデルでとおすことにしよう。

プラモデル、特に飛行機は、部品の成形のしかたや組み立てかたに、一定のルールのようなものが、とっくに出来上がっている。すべての飛行機は、そのルールに忠実に従って、模型化されている。C－130といえども、そのことに変わりはない。

作ろうと思えば、短い時間で作れてしまう。僕のように、とにかくかたちが出来ればそれでいいという方針だと、なおさらだ。C－130も簡単に作ることが出来る。際立った特徴であるあの太い胴体は、垂直尾翼と一体のものとして、まっぷたつに分けて成形してある。このふたつを貼り合わせるなら、垂直尾翼の雄々しく立った胴体のぜんたいが、たちまちデスクの上に出来上がる。

C－130を僕はいっきに作ることをしなかった。少し作っただけで作業を中断させ、そのまま五年という時間が経過した。その五年のあいだに、作りかけのハーキュリーズの箱を目にするたびに、そうだ、これを作らなくてはいけないのだが、と僕は思った。しかし、作らなかった。ごく最近、じつに五年ぶりに、僕はハーキュリーズの箱を本棚から降ろした。

箱を開いた僕は、なかの部品そして作りかけの部分を、観察した。五年前がそのままそこにあった。五年という時間など、あっというまに経過してしまう現実を、飛行機のプラモデルが教えてくれる。あっと言っただけで五年が消えてなくなるのだから、大いにあわてたり焦ったりしなくてはいけないのかもしれないが、僕としては作りかけのプラモデルを観察する。

なぜいっきに作らずに途中でやめたか、その理由を僕は五年ぶりに思い出した。このC－130に関しては丁寧な作業をしよう、と僕は思ったのだ。丁寧な作業とは、ひとつはいつもよりは注意深い組み立てであり、もうひとつは、隙間をパテで埋めることだ。

C－130のような巨体となると、部品の成形は精密でも、組み立てると隙間が出来る。小さな戦闘機でも、あるいは大きな爆撃機や輸送機でも、隙間はうれしいものではない。うれしくはないが、僕はさほど気にしない。しかし、ハーキュリーズは大きいから、隙間は気になるのではないか。五年前の僕は、そんなふうに考えたようだ。

だから隙間はすべてきれいに埋めることにしたらしい。片方だけ作った主翼の隙間にはパテが詰めてあり、サンドペーパーできれいにならしてあった。目の細かいサンドペーパーが、何種類も箱に入っていた。

いつもよりはるかに丁寧な組み立て作業を、C－130のプラモデルに関して、僕は再開しなければならない。かなり細かな作業をしても、かたちだけはあっというまに出来てしまう。あっというまに消えた五年という時間は、だから、あっというまに取り戻せるのではないかという、愚かな錯覚的な期待を、僕はまず楽しんでいる。

人生は引っ越し荷物

僕は久しぶりに引っ越しをした。五丁目から二丁目まで、歩いて五分かからない距離の引っ越しだ。五丁目の家にはちょうど二十年、住んだ。五丁目の旧邸、と言いたい。コンクリート二階建ての大きな家だ。部屋数がいくつあったのか、指を折って数えながら、思い出さなくてはいけない。

もちろん僕が建てた家ではなく、僕で三代目の中古だ。おおざっぱな間取りの、住みやすい家だった。ぜんたいのスペースには充分すぎるほどの余裕があったし、収納のためのスペースも、あちこちに広くあった。入る必要のない部屋は、どれもみないつのまにか、納戸や物置のようになった。

歩いて五分の引っ越しでも、すべての荷物は、いったんは引っ越し荷物にまとめなくてはいけなかった。さあ、引っ越しだ、荷造りだ、という段階にいたって、二十年分たまった物や本その他のさまざまな物体を相手に、僕は孤軍奮闘することになった。

たいしたものはなにもないのだが、本はとにかく大量にあった。その本を中心にして、日常生活のためのありとあらゆるがらくたが、収納スペースのすべてに、二十年分、蓄積されていた。収納スペースに入れてしまえば、邪魔にならないからそれっきり忘れてしまう。そのようにしてたまった物が、ほんとに二十年分、家のなかのいたるところにあった。手前から順番に整理していくと、いちばん奥には、二十年前がそのままじっとそこにあるのを、僕は見なければならなかった。

捨てた物の量がすさまじかった。キャデラックが三台入ります、と二代目の人に言われたガレージが二度、捨てる物で満杯となった。生活のためにきっと必要だ、これはあると便利だ、これはいい、これは使えるよ、などとそのつど、熱心に納得して買った物品だ。しばらく使ったあと、収納スペースに置いておくだけとなった物が、キャデラック三台分のガレージを二度にわたって、ぎっしりと埋めた。この様子を目のあたりにしたときには、さすがの僕も内省的な状態となった。

生活とはなになのか。人生とは、いったいなにか。生活とはがらくたの山ではないか。そして人生とは、そのようながらくたを次々に買っては少しだけ使い、捨てていくことなのか。

引っ越しは二度に分けておこなった。一度で済ませるつもりでいたのだが、これは一度ではとうてい駄目だ、と僕は思った。二度に分けることを可能にする状況だったのは、たいへんに都合がよかった。

五丁目の家には買い手がついた。しかし売買が成立するまでの四か月ほどは、僕の所有物のまま空き家にしておく状態が続いた。家族ぜんたいの生活に必要なものを最初の引っ越しですべて運び出した。大量の本を中心に、季節違いの服その他、僕個人のあれやこれやを、大きな空き家に残した。

最初の引っ越し荷物が三台のトラックで五丁目を去っていくのを見て、生活とはなにか、人生とはなになのか、僕はさらに考えた。そして四か月後、五丁目の家に残した物を、僕はひとりで引っ越し荷物にまとめた。荷物とは、最終的には、段ボール箱の山だ。山とは、この場合は、二百五十個だった。その山を見渡しながら、自分とはなにであるのかについて、僕は考えざるを得なかった。

僕とは本である、と言いきることがまず可能だろう。個人の持ち物としては大量と言っていいほどに、本がたくさんあった。僕には書画骨董などの趣味はないし、偉そうな雰囲気の重厚な家具を置く好みもない。集めている物もなければ、執着して身辺に置いている物もない。生活そのものはきわめて単純で簡素なものだ。

だから本はよけいに目立った。かなりの分量を古書店に売った。すべてが英語の本だった。僕とは本であるという言いかたは、僕とは英語の本である、と修正しなくてはならない。本ほど買いやすい物はない。手に取って気のすむまで、観察したり拾い読みしたり出来る。これはと思う部分が少しでもある本は買っておく、という方針は二十代の前半にはもう自分のものとなっていた。アメリカの本はコスト・パフォーマンスが高いし、買っておけばなんらかのかたちでかならず役に立つのだ。

二丁目の家にもガレージはある。キャデラックが一台は入るけれど、左右のドアをフルに開くことは出来ないと思う。そのガレージの空間を、いまも段ボール箱の山が、ほぼ完全にふさいでいる。

僕とはなにか。僕は引っ越し荷物だ。このことにまず間違いはない、と僕は思う。十年に一度くらい、自分の引っ越し荷物を観察する機会を持つといい。自分とはなになのか、ほんとによくわかる。たとえばこの僕の、衣服を詰めたいくつもの段ボール箱のなかみを点検して、上下揃ったいわゆるスーツが一着もない事実に、僕はあらためて気づく。

スーツが一着もないことと関連して、白無地のいわゆるワイシャツが、一枚もないことを僕は知る。ネクタイはといえば、フランスへいった人からおみやげにもらった、タンタンのタイが一本あるだけだ。ワイシャツではないシャツ、ジャケット類、楽なセーターなどが、たいへん多い。白いシャツにタイを締めてスーツを着る、という生活から僕は遠いところにいる人なのだ。

引っ越し荷物をまとめるにあたって、二十年分の自分の断片を、僕はすべて手に取って確認した。その荷物をほどくとき、確認はもう一度おこなわれた。日常生活は多くのがらくたの上に立っている。このことにも間違いはない、と僕は思う。ほとんどの人生は、がらくたのような人生なのだ。

二十年分の荷物を目の前に積み上げると、自分とはなになのか、誰の目にもはっきりとするはずだ。僕の荷物のなかには、外国製のノート類が、日本語の本よりもたくさんあった。ノートとは、本になる以前の、まだどのページもまっ白いときの、本なのだ。英語による大量の本に接しながら、日本語で文章を書いては本にしていく人。きみとはそのような人だ、と僕の引っ越し荷物は言っていた。

本の量に圧倒されていると、僕の引っ越し荷物はたいへん多い。しかし、本を想像のなかですべて消したうえで荷物を観察しなおすと、僕の所有物は驚くほど少ない事実もわかった。高価な物、凝った物、集めた物など、いっさいない。個人的に大事なものすら、ほとんどない。いつも使っている道具その他も、なければまた買えばいい、という種類や性質のものばかりだ。うれしいことに、僕はきわめて単純で簡素な人でもあるようだ。

クロスワードの碁盤の目に消えた

クロスワード・パズルについてかつて自分の書いた文章が、『昼月の幸福』（晶文社）という本に収録してある。その本のために何年か前に書いたものだ。全文をここに引用する。せっかくだから語句を少し訂正し、改良を加えつつ。

クロスワード・パズルのために僕が費やした時間を、子供の頃から現在まで積算すると、数千時間であることはまず間違いない。じつは僕は英語のクロスワード・パズルが大好きだ。これさえあれば、たとえ地球上に人間は自分ひとりだけとなっても、一年くらいならなんの苦痛もなしに過ごすことが出来そうに思う。

ほかの多くのことのためにも時間は使わなくてはいけないから、クロスワードの誘惑を僕は勇気をもって退けることにしている。手もとにクロスワード・パズルがあると、僕はそれをかたっぱしから解いていくことだけに、時間を使いかねない。

現在の僕はクロスワードを厳しく制限している。『ニューヨーク・タイムズ』に掲載されるクロスワード・パズルを使った一年間のスケジュール・ノート、というものが市販されている。一週間にひとつずつ、ほどよい難度のクロスワードが添えてある。いまの僕は、クロスワードをこれだけに限定している。一週間にひとつだ。クロスワードを制限する人生なんて、いったいなんの意味があるのかと、ふと思わなくもないのだが。

クロスワード・パズルに使う時間というものは、自分がなにかのために使う時間としては、きわめて純度の高い時間なのだと、僕は考えている。純度はおそらくもっとも高いのではないか。僕の実感では、眠っているときよりも純度は高い。そしてこの純度の高さは、気分のいいものだ。

縦と横の鍵を次々に解いては、白い碁盤の目を埋めていけばそれでいいのだが、自分の能力を越えた難度のパズルを相手にしていると、そう簡単にもいかない。いくつかの縦と横の鍵を、ブロックごとに手がかりにしては、碁盤の目を埋めることに熱中する。

鍵を解くとは言っても、最終的には鍵ごとにひとつの言葉が正解として浮かび上がってくるだけであり、その言葉はすでに知っている言葉か、あるいは、まったく知らなかった言葉かの、いずれかでしかない。知っていた言葉は要するに知っていた言葉であり、鍵のひと言からその言葉へ、いかに到達するかだけが問題となる。知らなかった言葉は、鍵を解いて初めて知ることになる。しかしそこで知ったあとは、クロスワード・パズルで使う以外には、二度と使うことも遭遇することもないような言葉であることが、圧倒的に多い。

クロスワード・パズルのための辞書がたくさん刊行されている。新しいのを見かけると、僕はそれを自動的に買う。しかし、辞書を使ってクロスワードを解くことは避けたい、と僕は思っている。使うなら掌に収まるような小さなのを一冊だけ、ときめている。ただし、たいへんに難しいクロスワードを、何冊もの専用辞書を駆使して解いていくのは、それはそれで楽しみかたのひとつだとは思う。

クロスワードを集めた本も、数多く出版されている。むきになって集めたら、きりがない。目についたものだけを、僕は買うことにしている。多くのページのクロスワードが、僕による書き込みで埋まっている。ひと月に五通の新作クロスワードが一年間にわたって郵便で届くという、たいへんにアメリカ的なギフトを、かつて僕はもらったことがある。その一年間はたいへんに充実していた。

どこへいくにも僕はそのパズルを持っていき、鍵を何度も読んでは鉛筆を構え、碁盤の目をにらんでいた。このクロスワードは優秀作ばかりだった。パズルごとにテーマが明記してあった。テーマを知ったうえだと、クロスワードを解くのが容易になる場合が、しばしばあった。言葉を探す範囲が限定されるからだろう。通し番号がつけてあり、正解は次に届くパズルの片隅に掲載してあった。

昨年の『ニューヨーク・タイムズ・クロスワード・アポイントメント・ブック』がここにある。五十二週分のクロスワードすべてが、僕によって正解を書き込まれている。僕がそのためだけに使った、純度の高い時間の残骸だ。そしてその残骸に対して、おなじく純度の高い満足を、僕はいまも覚える。

解いてしまったクロスワードを、時間を置いてふたたび見るということは、僕の場合はまったくない。自分が解いたクロスワード・パズルをすべて保管しておき、何度も繰り返し見る人は、少ないのではないか。昨年のアポイントメント・ブックの、一月第一週のクロスワードを見てみよう。

左肩のワン・ブロックから、このクロスワードは始まっている。アクロス、つまり横の鍵の第一番目は、「ノット・テンプ」となっている。テンプはテンポラリーの略で、それがノットだから、反対語のパーマネントの略語である、片仮名ではパームとしか書きようのないそのパームが、正解だ。

だからPERMの四文字をアクロスの1に書き込むと、ダウンつまり縦の鍵四つの、頭の文字がきまったことになる。それを頼りに今度はダウンを1から攻めるなら、ダウン1の鍵は「アン・セクストン・クリエイション」となっていた。彼女が創造したのは詩だから、正解はポエムだ。これを枡目に書き込むと、それによってアクロス三本の頭の文字がきまる。

ダウンの2は「アイスランドのエピック」となっていた。これは知らないが、縦と横との連関で、自動的に解ける。ダウンの3は「紙の量」という鍵だった。これは簡単、リームだ。だからこれも書き込む。

さきほどのパームのすぐ下のアクロスは、「ミュージック・ホールズ」となっている。すでに書き込んである文字から推測していくと、正解はオディーアしかない。ミュージック・ホールという意味の、オーディアムという言葉の複数だ。だからこれも記入する。

アクロスの3は「ダッチ・チーズ」という簡単な鍵だった。四つの枡目にはまるのはエダムという言葉しかない。だからこの正解を記入する。アクロスの4はぜんたいで八文字だが、前半の四文字はすでにママと埋まっている。鍵を見ると、「故人のポップ歌手」となっている。その人がママとくれば、ママ・キャスだろう、それしかない。

そしてこのブロックの最後のダウンは、ここでもその前半がすでにママと埋まっている。鍵は「童話の主人公」とあるではないか。童話の主人公なんて、もっとも簡単な鍵のひとつだ。肩すかしをくった気分だが、ママベアという正解を記入する。

以上のようにして、最初のワン・ブロックが正解されていく。そして、アクロスとダウンがひとつずつ、次のブロックへの手がかりとして、つながっている。ほんの一部分を説明しているだけで、僕はなんとなく興奮してきた。もうやめておこう。

僕がこれまでに体験したクロスワード・パズルでもっとも意地が悪かったのは、イギリスの高級な新聞に掲載されていたものだったと、ついでに書いておく。

クロスワード・パズルという名称の、「パズル」の部分は、厳密にはクイズなのではないか、と僕は思う。物知りクイズのクイズだ。正解として求められている言葉を知っているか知ってはいないか、あるいは縦と横の枡目を手がかりにして、いかに思い出すか、たどりつくか、それがクロスワードだ。思い出す部分に関しては、基本的にそれはクイズなのではないか。そして縦と横とのいくつもの連関のなかで、いつのまにか解いていく部分に関しては、パズルと言っていいのだろう。

ニューヨークというテーマのクロスワードで、「河馬の名前」ときたら、これはウィリアムだ。「世界中でもっとも年寄りのエアライン・ステュワデスの名前をイニシアルで」という鍵には、MFが正解だ。彼女の名はモーヴ・フリッカートということになっている。「猥褻なジョークと――」とあったら、縦線の部分にくるべきは、ビールだ。こういうのは、すべてクイズだと僕は思う。

クロスワード・パズルはきわめてすぐれて人間のものだ、という考えも僕は持っている。人間は言葉によって生きる。言葉がなかったら、どうにもならない。だからいかなる抽象物でも、そしてどのような具体物であっても、それらにはすべて呼び名がある。この無数の名称を手がかりにして、人は世界を創造し、世界を認識し理解する。

いくつかのアクロスといくつかのダウンの白い枡目に、正解の言葉を書き込むことによって解かれていくクロスワード・パズルというものは、アルファベットの二十六文字でほとんどすべての表記をまかなうことの可能な、英語という言語であるからこそ成立するものだ。アクロスとダウンの交差連関は、アルファベット二十六文字だからこそ、可能になる。

僕が好んで解く『ニューヨーク・タイムズ』のクロスワード・パズルは、15×15で合計二百二十五個の枡目による、正方形の碁盤の目だ。この枡目のすべてに文字が入るのではない。文字の入らない黒い枡目もたくさんある。この黒い枡目の作る模様が、二百二十五個の枡目のある碁盤の目のなかで、左右対称になっているというような芸当は、アルファベット二十六文字にのみ出来ることだ。

アルファベット二十六文字で人間世界のすべてを言いあらわすと同時に、そのすべてを認識し理解していくことの可能な言語、それが英語という言語だ。そして英語によるそのような世界理解の派生物のひとつが、クロスワード・パズルだ。

ごく最近、クロスワード・パズルをめぐって、短い文章を僕はふたつ書いた。そのうちのひとつを、まず引用する。さきほど引用した文章のなかに出てくる、『ニューヨーク・タイムズ』のクロスワード・スケジュール帳について、書評として僕は書いた。


僕は子供の頃から英語のクロスワード・パズルを好いている。子供向きに作成されたものを、目につくはじから夢中で解いたという基礎の上に、いまようやく中加減の実力に到達している。

相手にするクロスワードでもっとも手ごたえがあるのは、『ニューヨーク・タイムズ』に掲載されているものだ。僕くらいの実力だと、二時間は夢中になれる。純粋に熱中して過ごすことのできる唯一の対象、それはクロスワード・パズルだ。

『ニューヨーク・タイムズ』にこれまで掲載されたクロスワードの傑作をたくさん集めた、大きなサイズの分厚い辞書のような本がある。それを手に入れたいと思っているのだが、通販で注文して届いたその日から、僕の残りの人生はクロスワードとともに過ごす余生のようになるのは、確実だ。

だからいまはまだ、クロスワードは週にひとつときめている。『ニューヨーク・タイムズのクロスワードのあるスケジュール帳』という、僕のために考案されたようなスケジュール帳が何年も前から発行されていて、今年も楽しんだ。そして来年の版も手に入れた。見開き二ページの右側に、一週間の予定を記入するスペースがある。罫にしろ日付にしろ、こんなに黒々と印刷してあると、赤いボールペンでも使わないことには、記入しにくいし書いても見えない。だからこのスペースは、クロスワードを解くときのメモ用に使っている。左のページに、その週のクロスワードが、ひとつある。クロスワードごとに、ぜんたいはテーマで統一されている。難易度は難のほうに相当に高い。僕は素手では太刀打ちできない。クロスワード用の辞書や電子辞書などを使うのは邪道なのだが、邪道で解くのすら難しいクロスワードはいくらでもある。

週に一度、クロスワードを相手に、二時間の純粋熱中。なんとも言いようがないほどに、それは気持ちがいい。

もうひとつの短い文章も、引用しておく。クロスワード用に開発された、小さな電子手帳についてだ。これさえあれば、どんなに難度の高いクロスワードでも、たちどころに解けてしまうのではないか。アメリカ製で二十五ドル。三千二百円ほどだ。きれいな革のケースに入っていて、専用の鉛筆が一本ついてくる。クロスワードを解くとき、たいていの人はボールペンを使うと思う。しかし、クロスワードを解く人の正しい姿の核心は、一本の鉛筆なのだ。黄色い軸の、突端に消しゴムのついた、二番という芯の鉛筆だ。いったん記入した文字を、消しゴムで消す回数が問題だ。五回以下でありたい、と僕は思っている。

もの心ついたときすでに、僕は英語のクロスワード・パズルをたいへんに好いていた。子供向けのクロスワード・パズルを見つけては、かたっぱしから解いて得意になっていた。クリスマスや誕生日のプレゼントが、クロスワードの本に頭に消しゴムのついた鉛筆が六本、というようなことがしばしばあった。あの子供にはクロスワード・パズルさえあたえておけばいい、と身のまわりの人たちは誰もが思っていた。

成長していくにしたがって、僕が相手にするクロスワード・パズルは、すこしずつ難しくなっていった。アメリカでは、クロスワード・パズルの新作の、大量の供給が常に維持されているから、自分の実力に則して、解くべきクロスワードはいくらでもある。だからいまにいたるまでずっと、僕はクロスワード・パズルを欠かしたことがない。

実力に合ったのを素手で解いていくのが正しい姿だが、実力をはるかに越えているクロスワードを、秘密兵器を駆使してあっというまに解いてしまうのも、捨てがたい楽しみかたのひとつだ。これまで秘密兵器と言えば、クロスワード用に工夫された辞書だけだったが、いまではマイコンの得意技を応用した、クロスワードの高速解決用の電子辞書が市販されている。禁断のこの武器を、僕は自分で自分に進呈してみようと思っている。誕生日にでも買うなら、大義名分は充分に成立するから。

ホテルの部屋の写真

ホテルの部屋はきわめて人工的な空間だ。ホテルという大きな建物のなかに、機能としてはまったくおなじ、そして造りとしては似たような部屋がたくさんあり、そのなかのひとつが、僕なら僕にとっての、ホテルの部屋だ。

人間の人工性がホテルの部屋にそのままあらわれている。一夜を過ごすとき、人間は野原にごろっと寝るわけにはいかないのだ。泊まって一夜を過ごすという基本軸を中心に、必要最小限を旨として、ホテルの部屋は整えられている。一夜を過ごすという基本の周辺に、ひとりで過ごす、あるいは何人かで個人的に過ごす、という使いかたが広がっている。

整えられたホテルの部屋の静かな空間にも、時間は流れている。しかしホテルの部屋にとっては、その時間は、比喩で言うなら死んだ時間だ。経過していく時間を一日単位で区切って、ホテルの部屋は時間貸しされる。人に借りてもらえることによって、ホテルの部屋のなかを流れる時間は、生きた時間となる。たとえば僕が部屋をひとつ借りてそこに一泊すると、僕が一夜を過ごしたという意味が、時間に重なってひとつになる。ホテルの部屋はそのようにして意味を獲得する。

チェック・インして部屋に入ったとたん、それまでは死んでいた時間の名残を、僕は感じる。ドアを閉じて荷物台に鞄を置き、部屋のまんなかまで歩き、部屋を見渡す。その部屋のなかを流れる時間は、やおら、おもむろに、生き始める。

現実に起こり得る範囲でなら、まずどんな意味でも、その部屋に作り出すことが出来る、と僕は部屋を見ながら思う。その範囲はピンからキリまで、つまり情事から殺人まで。マニュアルどおりに整えられきってひとりの客を迎え入れたばかりのホテルの部屋は、潜在的にはいろんな意味の場なのだ。

そのような潜在的にさまざまな意味を写真に撮りたいと思って、機会のあるたびに実行に移していた時期が、僕にはある。国内での小旅行が頻繁にあった時期と重なっている。だから僕は日本全国各地のホテルの部屋を、さまざまに写真に撮った。使ったフィルムの駒数は、五千は軽く超えたと思う。

自分の本のなかにも、そのなかから何点か使った。ブランケットをなかばまで斜めにめくったベッド。置いてあるふたつの枕。かたわらのナイト・テーブル。ナイト・テーブルの電話。ベッドのヘッド・ボード。そしてナイト・テーブルの明かりが、このような平凡な光景を照らしている。明かりは写真のなかではオレンジ色のようになった。

このような平凡な光景を撮った写真を、僕は自分の本のなかに使った。僕の常としては、こういうことはきれいさっぱり忘れてしまうのだが、この一点の写真に関しては、いまも記憶している。僕よりいくつか年上の男性の友人が、この写真を見て、「おい、これは猥褻だよ」と言った。このひと言を手がかりのようにして、その一点の写真をめぐるぜんたいを、僕は記憶している。

平凡なホテルの部屋の、ひとつのベッドの枕もととその周辺が、オレンジ色の明かりのなかで静かに撮影されているだけの写真だ。しかしその友人は、その写真を見てこれは猥褻だと言った。彼にとってホテルの部屋というものは、まずとにかく、猥褻さを連想させるものなのだ。ホテルの部屋における猥褻な体験が豊富なのかもしれない。その逆もあり得る。ホテルの部屋に泊まるたびに、ああ、ここで猥褻をしたいなあ、と思っているというような。

彼は僕のその写真を見て、そこに猥褻な意味を読んだ。僕が撮ったその写真には、ホテルの部屋が持ってもなんら不思議ではない猥褻な意味も、写し取られていたのだ。ホテルの部屋が持つさまざまな意味のうちのひとつを撮影することに、僕は成功した。

『オール・マイ・ラヴィング』のシングル盤

おもに仕事の打ち合わせの場所として、その頃の僕は、その小さな喫茶店を毎日のように利用していた。ある日、彼女は、そこにいた。ウェイトレスをしていた。僕の注文を彼女が受けてくれた。注文したものを彼女がテーブルまで持ってきてくれた。水も注ぎ足してくれた。夏の始まりの季節だった。

その日以来、その喫茶店へいくといつも、彼女がいた。彼女を見る機会が重なれば重なるほど、僕は彼女の魅力にひかれることとなった。彼女の顔立ちは、シャープに彫りの効いた、美貌と言っていい出来ばえだった。表情は少なく、どちらかと言えば冷たい印象があった。彼女自身はまったく意識していなかったようだが、寄らば切るぞという雰囲気が、いつも濃厚に漂っていた。そしてそのような雰囲気は、彼女に良く似合っていた。

小柄でも大柄でもない、微妙な中間域の身長の体は、きわめてバランスがとれて骨格が良く、引き締まった強さを持ち味としていた。動きかたが素晴らしかった。

目から入った情報が脳を経由して体の神経に伝達され、その命令を受けて人の体は動く。視神経による情報の受け取り能力が抜群に高いから、動きの途中で先を見越した微調整が、無意識にいくらでもくっきりと可能になる。太腿の裏の筋肉がよく働いている、と僕は判断した。

ある日の夕方、日本橋の三越百貨店のライオンの前で、僕は彼女に呼びとめられた。姉に頼まれて中元の注文伝票を書きに来た、と彼女は言った。いつも仕事をしている喫茶店は姉の店であり、いまの自分はそこを一時的に手伝っている、というような立ち話をライオンの前でした。

夕食の時間が近かった。夕食に誘うと、「あらうれしい」と、彼女は言った。彼女の声と口調によるこのひと言を、いまも僕は記憶している。見た目には鋭角的な彼女の雰囲気とは、まるで異なった口調だったからだ。

天麩羅が食べたい、と彼女は言った。白木のカウンターがきれいな、落ち着いて食べることの出来る店を、たまたま僕は知っていた。だから僕たちはその店へいった。

自分はストリッパーであり、十九歳のときから踊り始めていまは六年めになる、と彼女は語った。僕はそのとき二十八歳だった。いろんな話をした。彼女がステージで踊るときの曲についての話もあった。ビートルズの『オール・マイ・ラヴィング』が好きでそれを使っているのだが、シングル盤が手に入らなくて困っている、と彼女は言った。テープはすぐにのびるから使いものにならず、シングル盤がいちばんいいということだった。では僕が何枚か手に入れておこう、と僕は約束した。

明日にも梅雨は明けるかという頃、彼女から葉書が届いた。ストリッパーとしての旅先からだった。向こうひと月ほどの出演スケジュールと劇場の名前そして所在地などが、丁寧な字できっちりと書いてあった。『オール・マイ・ラヴィング』のシングル盤を十二枚、僕はすでに手に入れていた。

梅雨が明けた。いきなり始まった真夏の日に、僕は上野駅から急行に乗った。彼女が出演している劇場のある町へいき、劇場に彼女を訪ねた。彼女は風邪をひいて休んでいると劇場の人は言い、泊まっている旅館を教えてくれた。地方都市の真夏の陽ざしのなかを歩いて、僕はその旅館へいってみた。

彼女は浴衣を着て部屋でひとり寝ていた。昨日は舞台に立ったけれど、夜のあいだ悪寒が止まらなかったから、今日は一日こうしているつもりだ、と彼女は言った。十二枚の『オール・マイ・ラヴィング』を、僕は彼女の枕もとに置いた。「あらうれしい」と、彼女は言った。三越のライオンの前で夕食に誘ったときと、まったくおなじ言葉と口調だった。

愛の物語でも恋のストーリーでもいい、ここからなにか始まっていれば、それはそれでなかなか良かったのではないか、と僕は思う。しかし、彼女とはここまでとなった。その日の午後遅い急行で僕は東京へ帰り、それっきり彼女には会っていない。喫茶店は夏の盛りに閉店した。ごくたまに『オール・マイ・ラヴィング』を聴くと、少なくともその曲のあいだは、あの小さな喫茶店で、彼女が客にコーヒーを運んだり水を注いだりしている。

五つの夏の物語

1

常夏、という種類の夏がある。一年をとおして季節はひとつ、そしてそれは夏。毎日、目が覚めるたびに、自分は夏のなかにいる。一年じゅう、そのような日が続く。雨が降っていて気温の低い日、あるいはハリケーンが接近しているときでも、基本が夏であることに変わりはない。常夏とはよく言ったものだ。文字どおり、そこでは常に夏なのだ。このような常夏の場所は、僕にとってはハワイしかない。

日本にいるときに体験する四季の変化や季節のうつろいは、かたときも止まることなく経過し続ける時間というものを、象徴的に感じさせてくれる。そしてその日本からハワイへと場所を移すと、そこはなにしろ常夏だから、時間は止まってしまう。時間が本当に止まることはあり得ないのだが、常夏の場所では、時間が夏のまま止まったような錯覚のなかで、毎日をやり過ごすことが可能だ。

どの日も昨日のリプレーのような、おなじ日の繰り返しのなかに身を置いている錯覚を特に強く感じるのは、ハワイでも地元の人に言わせると暑い場所、たとえばラハイナだ。ラハイナにいると僕の時間は止まる。朝から夜まで時間は経過していくのだが、朝になると昨日とおなじ時間のところまで戻っている、という錯覚が強くある。日は重なるけれど、その重なりは経過していかないのだ。

時間が止まるというハワイの常夏感を僕が楽しむとき、絶対に欠かせないのは、ジェネラル・ストアだ。ジェネラル・ストアとは、田舎町の雑貨店だ。田舎町の日常生活に必要なものは、いきつけのジェネラル・ストアで、ほとんどすべて買うことが出来る。常夏のなかにジェネラル・ストア。ここで僕の時間は止まる。

ジェネラル・ストアは、いついってもおなじたたずまいと雰囲気だ。おなじ店主がおなじ冗談を言う。棚にはいつもとおなじ商品がならんでいる。文房具。日曜大工用品。家庭雑貨。作業衣を中心にした衣料品。箱、袋、缶、瓶に入った食品。ビール。清涼飲料。煙草。いつもおなじ商品しかないのだが、それらがなぜか楽しい。時間が止まっているからおなじものしかないのであり、時間が止まっているからそこは楽しい。

常夏という時間の停止した錯覚にとって、絶対に欠かせないのはジェネラル・ストアだ、とたったいま僕は書いた。さらにもうひとつだけ、僕にとっての絶対の条件がある。そのジェネラル・ストアは、日系の経営であることだ。

たとえばワイアルーアのフジオカ・ストアのようなジェネラル・ストアは、いまのハワイでは絶滅寸前だ。もっとも若い日系二世でいま七十代なかばだ。とっくに現役引退の年齢だ。昔ながらの日系のジェネラル・ストアは、一軒また一軒と消えていき、いまはもうほとんどないと言っていい。

なぜ日系の経営でなくてはいけないのか。僕にとってのハワイは、日系の人たちの世界から入ったハワイだからだ。別のハワイが欲しいとは思わない。日系のハワイがあれば、それで充分だ。そして日系のハワイの具体的な象徴が、僕にとってはニシハラ・ストアや、ハセガワ・ジェネラル・ストアのような、日系のジェネラル・ストアだった。

ジェネラル・ストアがハワイの各地で盛業だった頃には、十年くらいの時間経過では、いっさいなにも変わらなかった。亭主はますます元気、その美人の奥さんはさらに熟れ、幼かった娘は地元風味のいいお姐ちゃん、そして店の棚のどこを見ても、そこには十年前とおんなじ位置におなじ商品がならんでいた。

地元の人がよく使うグローサリーという言葉は、食料品雑貨の店だ。ジェネラル・ストアにくらべると、品揃えは食品に大きく傾いている。スーパーという日本語と、ほぼおなじだ。グローサリーには時間の経過が如実にあるが、ジェネラル・ストアでは時間は止まったままだ。

2

インスタマティックの夏にしようか、それともコパトーンの夏にしようか、といま僕は迷っている。昔のコパトーンのサンタン・オイルの香りは、まさに夏の日の香りだった。その年の夏に使ったコパトーンのプラスティックのボトルを、秋も深まりきった日の午後、ふと手にして蓋を取り、鼻先に近づけて香りをかいでみる。とっくの昔にすべてどこかへかき消えたあの夏が、そのコパトーンの香りのなかに凝縮されている。

コパトーンの夏。早くも失われた夏。帰ってくることのない夏。ボトルの底に残ったサンタン・オイルの香りを頼りに、遠い彼方から呼び寄せ思い起こす、センティメンタルな追憶の夏。失われた夏のベスト・スリーのなかに、コパトーンの夏はかならず入る。そしてインスタマティックの夏も、おなじベスト・スリーのなかに入る、と僕は思う。

だからここでは、インスタマティックの夏、という種類の夏について書いておこう。インスタマティックとは、かつてコダックが製造し販売していた、大衆向けの簡便で安価な写真機の総称だ。歴史は長い。だから機種の数も多い。いろんなのがある。中古カメラ店のウインドーやケースの片隅に、いまでは千円から三千円ほどで、ならんでいる。

昔のは手にするとずしりと重く、直線と平面だけによる造形は、かつてアメリカによくあった造形そのもので、なかなかの雰囲気をしている。かたちにひかれてインスタマティックを集めている人もいるほどだ。一九七〇年代にはプラスティックの軽いボディというよりもただの箱で、126というカートリッジに入ったフィルムを入れて裏蓋を閉じ、巻き上げてフィルムの数字を裏蓋の小さな窓から確認する。あとはファインダーからのぞいて、シャッターを押すだけ。僕が愛用した最後のモデルのシャッター音は、いまも記憶に残るパカーンという音だった。

二十四枚撮りないしは十二枚撮りで、画面は正方形。これがよかった。それに昔は現像も焼き付けも、いまよりはるかに丁寧でしかも精度が高かった。強い光を順光で受けている被写体を撮ると、じつにきれいなプリントを手にすることが出来た。

二十代後半の、さらにその後半、つまりそろそろ二十代も終わりに近い年の夏、そしてその夏の後半のさらに後半、ということはお盆のまんなかあたり、真夏の峠を向こう側へ越えたばかりの、見事にきまった夏の晴天の日、朝から周囲はなぜか静かであり、その静かさを受けとめている僕に、その日はなんの予定もなかった。

ひとりで過ごすのが正解の日だと、なんとなく感じた僕は、夏の陽ざしのなかへ、ふらっとさまよい出た。片手にはなぜかインスタマティックを持っていた。駅前の写真店でフィルムを一本だけ買い、インスタマティックのなかに入れた。

最初に撮ったのは、坂道の下にある小さな橋のたもとに咲いていた、まっ赤な夾竹桃のある光景だった、ということをいまでも僕は覚えている。盆休みともなると、当時は東京のまんなかでも、それにふさわしく静かにひっそりとしていた。

そのひそやかな静かさのなかを、強く透明な夏の陽ざしに導かれるかのように、僕はどこへ向かうでもなく、なにを求めるでもなく、ひとりでただ歩いた。そしてときどき、インスタマティックで写真を撮った。バス停でひとり日傘をさしてバスを待っていた、姿のいい若い女性の、きれいな水色のハイヒール・サンダルの足もとを撮ったのも僕は記憶している。

そのようにして撮った一本のフィルムを、秋が深まるまで僕は忘れていた。現像に出すと、失われて久しい夏が、小さな正方形のプリントで二十四枚、僕の手もとに戻ってきた。自室で一枚ずつデスクにならべては、視線によるあの夏の再訪を、僕はひとり楽しんだ。

3

夏子という名前、そしてその名前が良く似合う、夏の権化のような女性は、ひょっとしたらもっとも純度の高い、夏そのものかもしれない。そのような夏子さんの体験が、僕には一度だけある。

高校生の頃に僕が住んでいた家は、おもてが住宅地のなかの静かな道に面していて、家の裏にはかなり広い庭があった。右隣の家も裏に庭があり、僕の家の庭とその家の庭とは、垣根で仕切られていた。

垣根はいたるところ斜めに傾き、あってもろくに役に立たない、邪魔なだけの垣根だった。隣の主人はたいへん気さくな人で、垣根を取り払って二軒の庭をひとつにつなげることを、高校一年生の僕に提案した。壊れた垣根をすべて取り払う作業を、僕は引き受けた。「神戸から娘が移ってくるので、手伝わせますよ」と、その主人は言った。

夏休みが始まり、僕は垣根をなくす作業に取りかかった。三日めに僕が庭でその作業をしているところへ、「今日は」と言って、若い女性がひとり、隣の庭からあらわれた。惚れ惚れと見てしまうほどに姿の美しい、しかも文句なしの美人の顔だちをした、優しそうな、しかし強くもありそうな、素敵な人だった。しばらくここに住みます、と彼女は言っていた。

それまで父親と離れて神戸にいたのは、家庭の環境がやや複雑だからだ、と僕はあとで知った。その美しい女性は僕より五歳年上で、秋子という名だった。秋に生まれたから秋子なのよ、と彼女は笑いながら言った。

垣根を取り払う作業を、彼女は手伝ってくれた。じつにきびきびと有能な、よく働いて疲れを知らない、健康な女性だということが、僕にはわかった。僕はたちまち彼女を尊敬し、尊敬はすぐに思慕へと転換したのだが、そんなことはどうでもいい。

僕が高校を卒業するまでの三年間、彼女はその家に住んだ。二軒の家の庭はひとつにつながって広々とし、そこで風のない日は彼女とよくバドミントンをした。卓球台を置いて卓球もしたし、キャッチボールもした。幼い頃は川のある田舎にいて、川原で石を投げるのが趣味だったという彼女は、キャッチャー役の僕のミットに、のびやかに力のある直球を、美しく投げた。

花模様のハンカチで髪をうしろに束ね、ショート・パンツに袖なしのシャツ、そしてソックスにスニーカー、あるいは素足にハイヒールのサンダルという夏の姿が、彼女にはもっとも良く似合った。体の機能のしかたや気質、ものの考えかたなども、夏仕様の女性だった。

秋子というよりも夏子ですね、という僕の意見に、彼女は全面的に賛成してくれた。「自分でもそう思うのよ。秋子ではなくて、夏子という名前だったらどんなにいいかしらと、夏になるといつも思うの」と彼女は言った。

だから僕は彼女のことを夏子さんと呼ぶことにした。彼女はたいへん喜んだ。「私とあなただけの秘密のようにしておきましょうね。私はあなたにとっては夏子なのよ。そして私も、あなたといるときには、完全に夏子なのよ」

秋子はこうして夏子になった。夏子という名で彼女を理解し認識すると、彼女はひとまわりもふたまわりも、美しくなったように僕は感じた。夏子さん、と呼んでこそ彼女は完璧であり、その完璧さは、秋でも冬でも春でも、なんら変化することなく、真夏という季節の、あの完璧さだった。

本当は秋子という名の彼女は、僕との関係のなかでのみ、夏子となった。見れば見るほど架空の存在のように思えるほどに、彼女はいろんな意味で美しい人だった。この女性は本当にこの世の人なのだろうか、と僕は何度も真剣に悩んだほどだ。夏の良く似合う、夏そのもののような、そして過ぎ去ったすべての夏の思い出のような、僕だけの架空の人、その人が夏子。

4

湖のほとりは海岸のようになっていた。そこからなだらかに斜面があり、その斜面ぜんたいに芝生が植えてあった。湖のほとりのそのあたり一帯は、ホテルの敷地のなかだ。だから芝生はきれいに手入れされていた。芝生のスロープを上がりきって平坦になったところは、プール・サイドのすぐ外だった。

湖、芝生のスロープ、そしてプール。プールの向こう側には、水族館につながる道があった。そしてその道の縁から、複雑な急傾斜を持った深い森が始まっていた。湖の標高はちょうど千メートル。このくらいの高さがあれば、真夏をも快適に過ごすことが出来た。

ある年の夏の、ちょうどまんなかあたりのある期間、僕は彼女とふたりで、このホテルに滞在した。美しい彼女をさまざまに眺めていればそれでいいという、そしてそれ以外にはこれと言ってすることもない、いま思えば幻のような夏の日々だ。

プールのかたわらに日時計があった。きれいな造形の台座が立ち、その上にブロンズ製の日時計が取りつけてあった。日時計はすっきりと無駄のない、単純で鋭いかたちをしていた。盤面には直線や数字が複雑に刻んであった。古代文明で使用されていたものを正確に模したものであり、使いかたを知っている人にとっては、たいへんに正確な日時計なのだという説明が、おなじくブロンズのプレートに刻まれて、盤面のかたわらに埋めてあった。

その日時計のかたわらに立つ水着姿の彼女を、僕は写真に撮った。プールとともに、その日時計も、僕は気にいっていた。プール・サイドにいるときには、僕は何度も日時計を観察した。デッキ・チェアに寝そべっていることに飽きると、僕は起き上がってまず日時計へ歩いた。

日時計が作る影を見ている僕のかたわらへ、プールから上がった彼女がやって来た。すっかり体の乾いている僕のそばに、全身から水をしたたらせて、彼女が立った。その彼女の全身がプール・サイドに作る影を、僕は見た。彼女の影は、日時計の影と、完全におなじ方向へのびていた。

「きみも日時計だ」

彼女の影を指さして、僕は言った。

「あなたもよ」

「ふたりで日時計だ」

「プールと日時計」

「日時計の夏」

「それがテーマね」

「今年の夏の」

「そうよ」

その夏の終わりに見た影を、僕は忘れることが出来ない。晴れた日の午後、僕は彼女とふたりで、街のなかで過ごした。ふたりで過ごす時間は終わった。彼女には次の予定があった。坂の下の交差点までいっしょに歩き、そこの横断歩道で僕は彼女と別れた。

僕は歩道に残り、彼女は横断歩道を道の向こう側に向けて、歩いていった。僕も彼女も、背中を西に向けていた。だから西陽をうしろから受けとめていた。立ちどまっている僕の影が、横断歩道のなかばを越えてさらにその向こうまで、まっすぐにのびていた。

歩いていく彼女の足もとから、彼女の影もまた、僕の影とおなじ方向へ、のびていた。途中で彼女は振り返った。その彼女に僕は手を振った。僕の手の作る影が、歩いていく彼女のくるぶしのあたりと、重なった。

彼女は歩いていき、僕は手を振り続けた。彼女は横断歩道を渡った。僕の手が作る影から、彼女の足は抜け出した。横断歩道の上に僕の腕の影が長くのび、その突端で僕の手の影が、左右に動いていた。彼女は振り返ることなくそのまま歩き続け、僕はひとりで手を振った。日時計のような自分の影に向けて、僕は手を振った。

5

七月の最後の週、あるいは八月の第一週、つまり夏のちょうどまんなか、ものの見事に快晴の日に、一日でいいから海岸で過ごし、夏を全身に受けとめておきたい。後日のための伏線として。

特別なことはいっさいしなくていい。と言うよりも、特別なことは、しないほうがいい。とにかく海岸へいき、水着姿となり、きっとたくさんいるはずの海水浴客のなかに埋没し、夏の海岸での古典的な楽しみを、ゆったりとこなしておけばそれでいい。

熱い砂の上に寝そべる。ビーチ・タオルやござの感触も、体験しておきたい。ビーチ・パラソルが作る影のなかで、ラジオを聴きたい。コパトーンを体に塗ろう。いっしょに来てくれた女性の背中や肩にも、コパトーンを塗ってあげる。波打ち際を彼女と歩こう。沖まで出ていき、遠泳を試みるのもいい。

焼いたトウモロコシはぜひとも食べておきたい。それから西瓜。西にまわった太陽の位置が低くなる頃、シャワーをあびて髪を洗い、服を着る。そのあとで、かき氷で仕上げをすると好ましい。僕の好みは緑色のシロップだ。あの緑色こそ、真夏の色だ。

上出来の体をした女性の水着姿を、何枚かさりげなく写真に撮っておくと、いい記念になる。

海の家を何軒か、その正面から写真に収めておいても、のちほど思いがけないかたちで報われる。夕方の海からの風を、かならず受けとめるように。その風にシャツの裾がはためくのを感じながら、真夏の一日のビーチをあとにする。夕食は中華料理が最適だ。少なくとも僕の場合はそうだ。体がそのようなものを欲しがる状態になっているからだろう。

夏が去り、海の家は一軒残らずその年の営業を終わった頃、夏の前から着ていた半袖のシャツが、なぜか場違いなものに感じられる頃、その半袖シャツのまま、真夏に一日を過ごした海岸へ、もう一度いってみるといい。そこには夏はもうなにもない。あれほどたくさん人がいたのに、いま海岸を歩いているのは、自分だけではないか。晴れているけれど陽ざしの力は弱い。空が高い。秋の空だ。風も秋のものだ。

海岸を端から端まで歩いてみる。夏は完全に消えている。あれほどまでに強くすべてを覆っていた夏は、いったいどこへ消えたのか。海の家の板壁に貼ってあるコカコーラのポスターは、真夏の残骸だ。日焼けした夏の女性が、白い歯を見せて笑っている。その笑顔が斜めに破れ、垂れ下がった部分が秋の風にはためいている。

つい昨日まではどこにでもあったのに、今日はどこを探しても破れたポスターのような残骸しか見当たらない海岸を、ひとりさまよう快感を僕は知っている。季節が変わっただけだが、ただそれだけのことを充分に楽しみたい、と僕は思う。真夏に楽しんだ場所を秋の日にさまよい、もはやどこにもあり得ない夏を、さまざまに追想して楽しむ。

こんなふうにして秋の海岸を二時間も歩きまわると、この世のなかのすべての出来事は、最終的には時間というものに帰結するのだ、ということが身にしみてわかってくる。時間とは、経過していく時間だ。静止している時間というものは、あり得ない。決して止まることのない、冷酷非情なもの、それが時間だ。

夏という季節を招いたのは、経過していく時間だった。夏という時間が経過していき、真夏の日が来た。真夏はさらに経過して、夏は終わりいまは秋だ。すべてのものは、経過していく時間のなかで生まれ、それぞれに頂点を迎え、経過していく時間のなかで消えていく。

秋の海岸へ自分はつい二時間ほど前に来たのだが、そのときの自分はもうどこにもない。ほんの二時間前なのに、あのときはすでに完璧に消えている。いまの自分が砂浜を歩いているが、一歩また一歩と、その自分も消えていく。時間そのものとなった自分がそこにある。

II

架空の人、現実の人

僕がまだ子供だった頃、たとえば七歳から十歳、あるいはせいぜい十二歳くらいまでの期間のなかから、僕が記憶している範囲内で架空の人をひとり、そして現実の人をひとり、選び出してみると面白いのではないか、とふと思った。面白いのではないかとは、そのふたりの人をとおして、なにかが見えるのではないか、というようなことだ。なにが見えるつもりなのか、なにを見たいのか、当てはいっさいない。

架空の人も現実の人も、日本人あるいは日本のなかだからこそ成立し得た人を、選びたいと思う。架空の人は小説あるいは映画のなかにいるはずだ。日本の映画を、ごく最近まで、僕は一本も見ないままに来た。だから映画は領域の外だ。とすると、あとは小説しかない。小説とは言っても、子供向けの雑誌に連載された、ミステリー小説のような作品の、主人公ないしは登場人物ということになる。

怪人二十面相、明智小五郎、小林少年、多羅尾伴内などの名前を、僕だって知っている。しかし、名前を知識として知っているだけだ。彼らが登場して活躍する作品を、読んだ記憶は僕にはない。読みたいと思わなかったから、読んでいない。彼らに僕は親近感を覚えなかった。子供の気持ちをとらえるリアルさを、彼らは一様に欠いていた、と言ってもいい。

ただし、ひとりだけ例外がいる。青銅の魔人という、架空の人だ。戦後まだ浅い日々に、江戸川乱歩が、確か『少年クラブ』という雑誌に連載したものとして、僕は青銅の魔人の物語を読んだ。青銅の魔人は結局は怪人二十面相だった、という決着を見たと僕は記憶している。記憶は違っているかもしれない。しかし決着のしかたに落胆したことも、僕は覚えている。

連載の少なくとも前半は、たいへん面白く読むことが出来た。東京都内に奇怪な事件が連発する。高級な時計店が夜中に何者かによって次々に破られ、時計がごっそりと盗まれていく。電池を使うクオーツではなく、機械式の時計だ。盗んでいく何者かは、すぐれた出来ばえの高価な時計に、ことのほか執着している。

深夜の東京の一角にふと出現し、時計店を襲い、大量の時計を奪い、いずこへともなく姿を消す謎の存在。その存在を、さまざまな人たちが、次々に目撃する。

その謎の存在は、身の丈が家の屋根を越えるほどの巨大さで、その全身は西洋の金属製の甲冑のようなものでくまなく覆われていた、と目撃者は語る。金属は青銅のようだったから、その謎の存在はさっそく、青銅の魔人と呼ばれることになる。青銅の魔人を至近距離で見た人によると、青銅の甲冑で固めた巨大な体の内部からは、無数の時計がいっせいに作動しているような音が、はっきりと聞こえていたという。青銅の魔人は、盗んだ時計を食べて生きているのではないか、という説が新聞に掲載される。

青銅の魔人を追跡した警官もいる。逃げていく魔人は、前方のマンホールの蓋を開き、そのなかに入った。しかし警官がそのマンホールのなかをどう調べても、魔人の姿はおろか痕跡すら、どこにもなかった。巨大な青銅の人は、大量の時計を食べて命を保ち、狭い空間のなかに入って忽然と姿を消す。

夜道を歩いていて、青銅の魔人と遭遇した人もあらわれる。暗い夜道の前方に電柱がある。木製の電柱だ。その上のほうに、平たいと言っていいような丸い傘があり、その傘の下に裸電球が一個、灯っている。電球の光は、電柱とその周囲の地面を、ぼんやりと丸く、照らしている。

電柱に向けて歩いていくその人が、なにげなく視線を電柱の頂上に向けると、裸電球の灯る傘よりも高い位置に、薄笑いを浮かべた青銅の魔人の顔が、ゆらゆらと揺れている。声もなく立ちどまってなおもよく見ると、電柱の向こうの暗いところに、地面から魔人の巨体が立ち上がっているではないか。その巨体も、不気味に前後左右に揺れている。

青銅の魔人という謎に、このようにいくつもの謎が重なっていく様子は、連載を読んでいる子供にとって、もっとも面白い部分だった。怖いからだ。電柱に灯る裸電球よりも高いところに、薄笑いを浮かべた青銅の魔人の顔が揺れている様子は、怖さの典型例だ。

当時、夜になると、外はどこもまっ暗になった。たとえば住宅地の道には、ごくたまに街灯があった。さきほど書いたような、木製の電柱に取りつけた、丸い傘と裸電球の街灯だ。電柱のまわりをぼうっと丸く照らしている光は、暗い夜道をよけいに怖くしていた。電球が作り出す狭い範囲の明るさは、そのすぐ外に広がって横たわる暗い怖さを、増幅していた。

この怖い街灯のさらに上に、青銅の魔人の顔がある。しかもその顔は薄笑いを浮かべていて、前後左右に揺れているというではないか。戦後の日々がまだ浅い頃、夜の東京はいたるところが存分に暗かった。暗い場所がたくさんあるからこそ、青銅の魔人は成立した。

電柱の電球に向けて、近所の子供たちが石を投げ、命中させて割って遊ぶ。大人が電柱によじ登り、電球をはずして盗んでいく。青銅の魔人というまったくの架空の存在は、僕にとってはそのような時代の証人だ。あの時代をこの視点から受けとめる人として、きみはあの時代のあそこにいたのだよと、指さして示してくれる人だ。青銅の魔人とは、暗い夜道の向こうに立つ電柱に灯る、一個の裸電球とその丸い傘だ。

謎が謎を増幅させ、青銅の魔人とはいったいなになのだろうかという、怖い期待感がもっとも高まったとき、青銅の魔人のストーリーの面白さは、僕という子供にとって頂上をきわめた。青銅の魔人のような荒唐無稽な存在を、ひとつだけのつじつまで最後まで貫きとおすことは不可能だ。つじつまは、もともと合ってもいない。機械じかけのロボットとしての青銅の魔人は、理屈としては存在しておかしくはない。しかし、ストーリーのなかの出来事としては、着ぐるみかあるいは空気を注入した大きなゴム人形などでしかなく、じつは怪人二十面相が悪知恵を働かせていろんなヴァージョンの魔人を作ったというようなところに、つじつまは収斂してしまう。

なんだ、そんなことだったのか、というかなりの落胆とともに、子供は青銅の魔人の物語を読み終わる。しかしこのような落胆は、大事なものであったような気もする。子供を心の底から驚嘆させるような内容で巨大な謎が解明されてしまうと、夜の暗さという基本的な怖さも同時に消えてしまうではないか。

作者の江戸川乱歩や彼の作品に、僕は興味がない。直感を勝手に書くなら、彼の作品群は、ある時期の東京が可能にした、東京小説とも呼ぶべき領域に属するものなのではないか。東京ならではの小説作品を、たとえば昭和の初期からアンソロジーのために選んでいくと、乱歩の作品も小品がひとつふたつ選ばれる、というようなことだと僕は思う。

『青銅の魔人』はかつて映画になった。数年前、僕はそれを市販されているヴィデオで見た。明智小五郎と少年探偵団が活躍するオムニバスで、すべては怪人二十面相のしわざ、ということになっていた。凡作や駄作といった言葉すらもあてはまらないような出来ばえの、しかしそれゆえに楽しめなくもない、奇妙な映画だった。

青銅の魔人が一種類だけ、何度か画面に登場した。青銅と言うよりも単なる急ごしらえのブリキ細工の着ぐるみを、小柄で小太りの人がその身にまとい、魔人を演じていた。空き缶をいくつか切り開き、適当に切ったり曲げたりして、ネジでつなぎ合わせたような細工だ。股の部分などうまく出来ていないから、魔人は歩きにくそうに股を開いて歩いていた。まったく怖くないどころか、登場すると滑稽なのだ。『青銅の魔人』はじつはユーモア小説だったのかもしれない、と僕は思ったほどだ。このブリキ細工の魔人は、オズの魔法使いのティン・マンに、どこか似ていた。

古びた大きな屋敷の、広い庭の地下深くに、魔人の帝国があるという設定だった。庭の片隅にある古井戸が、その帝国への入口だ。井戸を下って帝国に降り立つと、そこには門番のような役目で男のピエロがいる。桂小金治がこのピエロを演じていた。青銅の魔人の、ブリキ細工の着ぐるみを身につけて魔人を演じたのも、この小金治ではなかったか。どうもそんな気がする、と書いておこう。

現実の人のほうは、小学校の先生だ。僕が小学校の二年生あるいは三年生だった年の初夏に、僕は彼を初めて見た。当時はまだ戦後の混乱期で、小学校では先生たちの異動が激しかった。かつてその学校にいた先生が、ある日どこからか帰ってきて先生に復帰したり、全校生徒諸君の前で就任の挨拶のかわりに流行歌を歌った女の先生が、三か月後にはもう姿がない、というようなことが頻繁にあった。

彼もそのような先生のひとりだったのだろう。ある日、彼は、ひとりの先生として、学校にいた。生徒たちに向かって就任の挨拶はしたはずだが、僕は通例としては学校へいかないことにしていたので、学校でのあらゆる出来事を、飛び飛びにしか知らない。だから彼の挨拶も聞き逃したに違いない。

彼がなにの先生だったのかも僕は知らない。六年生の男のこたちとほぼおなじ身長という小柄な男性で、年かさに見えたけれども、あの頃でまだ二十代の後半だったのではなかったか。カーキー色のぶかぶかの半ズボンに、やはり大きなサイズの白い開襟シャツ。いつもおなじ黒いスニーカー。当時の言葉では、ズックの靴、と言った。彼の服装はこの一種類だけを、僕は記憶している。

思いっきりねじったラッキョウを逆さにしてふたつならべたようなかたちのふくらはぎが、ぶかぶかの半ズボンと黒いズックの靴とのあいだにあった。頭は坊主刈りで、ぜんたいのかたちが相当に不利なものであるのに加えて、なぜかいたるところでこぼこしていた。

初夏のある日から秋の日まで、彼は僕にとっては号令をかける先生だった。当時の小学校では、なにかと言えば全校生徒を校庭に出し、一年生から六年生まで順番に整列させていた。その生徒たちに先生たちが向き合って立ち、中央に木製の台があり、たとえば校長がその上に立ち、生徒たちに話をした。

全校生徒をきちんと整列させるために、生徒たちに向かって先生は号令をかけた。号令は必要に応じて誰がかけてもいいのだが、号令をかけることを一手にまかされ引き受けている先生がかならずいて、いま僕が書こうとしている先生は、そのような役目のひとりだった。

生徒たちをまっすぐにならばせるためには、「前へならえ」という号令があった。生徒たちを縦だけではなく横にも揃えるためには、「右向け、右」という号令と、「左向け、左」という号令があった。前を向いて整列している全校生徒を、いっきにうしろ向きにさせるには、「まわれ、右」という号令をかければよかった。

号令役の彼がかけた号令で、ひとつだけ僕の記憶にいまも鮮やかに残っているのは、「左向け、左」という号令だ。小さな全身をいったん極限まで絞り上げるように、でこぼこの坊主頭のてっぺんから空に向けて限度いっぱいに伸びをしたあと、ためこんだ声量のありったけを使ってしゃにむに叫ぶといった趣の、悲壮と言うなら相当に悲壮な号令だった。しかも彼はなまっていた。

「左向け、左」は、いつもかならず、あらんかぎりの大声で叫ぶ、「ひったりむきゃーあ、ひったーり」となった。最初の「左」は、「ひったり」となった。「向け」は「むきゃーあ」だ。そしておしまいの「左」は、「ひったーり」だ。紀伊半島あるいはその周辺のなまりではないか。

左があるなら右もあったはずだ。「右向け、右」を彼が大声をあげてどのように叫んだのか、僕は記憶していない。彼は「左向け、左」がことのほか好きで、機会さえあれば常に、生徒たちに左を向かせていた。

坊主頭から先に、空へ向けて小さな体をいっぱいに伸び上がらせ、体内に弾みと空気とをたくわえ、一拍の休止で気合を込め、どこか遠い一点に視線を向け、とにかくひたすらな大声で、「ひったりむきゃーあ、ひったーり」と、彼は号令をかけた。

大日本帝国のおそらくは陸軍の、まず間違いなく下級兵士として、かつて自分がやられたことを、いま彼は小学校の生徒たちに対しておこなっている、と僕は思った。大東亜共栄圏の残照をそのでこぼこな坊主頭に感じつつ、この人はこの人として、これからの日々を生きていくのだなあ、とも思った。小学校の二年生や三年生でも、このくらいのことは思う。

初夏のある日から彼の号令を体験し始めた僕は、夏休み直前の夏の陽ざしのなかで、彼の号令の頂点を見た。梅雨明け直後の、鋭くきらめいて照りつける夏の陽光を受けとめ、坊主頭に顔にそして首すじに汗を光らせ、どことも知れない虚空に向けて、「ひったりむきゃーあ、ひったーり」と、声をかぎりに彼が叫ぶのを、僕は聞いた。その号令を受けて、僕もみんなといっしょに、左を向いた。左を向くことに、意味はほとんどなかったが。

秋の運動会の日、一日の行事がすべて終わり、生徒たち全員は例のごとく整列させられた。何人かの先生が一日を振り返って講評を述べた。表彰される生徒たちが賞状を受け、全員に参加賞が配られ、校長が台の上に立って簡単に挨拶をした。その最後のひと言は、「教諭代行のなんとか君にラッパを吹いてもらい、本日の行事すべてのしめくくりとします」というようなものだった。

台を降りた校長は、号令の先生に片手で台を示して促した。まさに兵隊の足どりで台まで歩いた先生は、台の上に上がった。そしてその中央に、気をつけの姿勢で見事に立ち、ラッパを持った右手をひと振りして吹き口を唇に当て、完璧な一拍の間をとったあと、彼はラッパを吹き始めた。

どこか悲しみをおびながらも明るさを基調とした、じつに可憐できれいなメロディを、朗々と、流麗に、端麗に、秋の夕方の空いっぱいに、彼は吹ききった。吹くべきメロディのすべてが空のかなたへと消えて、彼は右手をひと振りして、ラッパを唇から離した。まわれ右のお手本のようにまわれ右をきめた彼は、台を降りた。もとの位置に戻り、気をつけの姿勢をとった。

先生たちが拍手をし、生徒たちも拍手した。拍手が終わるとすべての緊張が解け、そのときそこで、運動会の一日は終わった。この日から以後の彼に関して、僕は記憶を持っていない。

それまで何度も繰り返したとおり、僕はまた学校へいかなくなったからだろう。そしていつのまにか、その先生の姿を見なくなった。

小さな謎がいくつか残っている。あの先生は、大日本帝国陸軍で、ラッパ兵をしていたのだろうか。吹いたメロディは彼の自作曲なのか。まるで断末魔のような「ひったりむきゃーあ、ひったーり」の号令と、あのラッパの吹奏ぶりとは、どこでどのように結びつくものなのか。

運動会の日の、校長による閉会の辞のあと、すべての仕上げをした彼のラッパ吹奏は、彼の希望を校長が聞き入れたものだったのか。それとも、彼のなにごとかに関して共感を抑えることの出来なかった校長が、彼に吹奏を勧めて実現したものだったのか。

このとおりに過ごした一日

五月なかばのよく晴れた日。高校三年生の僕は、自宅にあったすべての教科書を入れた鞄を持って、ひとりで駅に向けて歩いていた。教科書をすべて鞄に入れたのは、時間割りがどこかへいってしまい、その日の授業がなにとなにだったか、わからなかったからだ。三年生になったばかりの頃は、一週間の時間割りを僕は記憶していた。しかし、しばらく学校へいかない日が続くと、時間割りなどたちまち忘れてしまう。

住宅地のなかの坂道を上がりきった僕は、そのまっすぐ前方でおなじような道とTの字に交差するところに向けて、歩いた。駅へいくには、そのT字交差を左へ曲がらなくてはいけない。だからそこへ到達して左へと曲がった僕のうしろから、「あら、ヨシオちゃん」と、女性の声が呼ぶのを、僕は聞いた。

振り返った僕は、立ちどまった。近所に住んでいて以前からよく知っている、僕より五歳年上のたいへん姿のいい美人が、五月の陽ざしのなかを僕へと歩み寄った。僕と肩をならべて歩きながら、

「鞄なんか持って、どこへいくの?」

と、彼女は訊いた。

「学校へいくのです」

「およしなさいよ、そんなこと。それよりも私と映画を見ましょう。ね、そうしましょうよ」

提案はそのまま決定であり、命令でもあったのだろう、といまの僕は思う。僕は彼女と駅へ歩いた。映画は下北沢のオデオン座で見るという。

「映画はなるべく自宅の近くで見ることにしてるの」

と、彼女は言った。

なぜなのか、その理由はいまもわからない。謎だ。たいした謎ではないだろう。自宅の近くなら、見たいと思ったそのとき、気楽に出かけていくことが出来る。美しい女性の心の謎は、黒くて小さな蝶のように、僕の視界の片隅にあらわれ、そして飛び去った。

僕たちは駅で電車を待った。やがて来た各駅停車の上りに乗り、下北沢で降りた。いまで言うならピーコックのあるほうに出て、そこから商店街のなかを歩いた。ピーコックの前をまっすぐにいき、突き当たって右へいき、おもての道に出て左へいく。まっすぐいって突き当たりを右へ曲がると、すぐ前方に小田急の踏切がいまもある。

彼女と僕がその踏切に近づくと警告音が鳴り始め、踏切の棒が降りていった。僕たちは踏切の前に立ちどまった。その踏切を越えるとすぐ左側、線路の脇に、映画館オデオン座があった。

「あら、鞄はどうしたの?」

と、彼女が訊いた。僕が鞄を持っていないことに、彼女は気づいたのだ。

「置いてきました」

「どこへ?」

「駅のホームです。囲いのあるベンチのところです」

「忘れたの?」

「置いてきたのです」

「なぜ?」

「重いから」

「取りにいってらっしゃい」

と、彼女は言った。

「私はここで待ってるわ。いますぐ取りにいけば、まだあるわよ」

教科書の詰まった鞄など、僕は取りにいきたくない。

「いいですよ」

「なにがいいの、よくないわ」

「なくなりません」

「どうして?」

「見つけた人は忘れ物だと思って、駅の事務所に届けてくれるでしょう」

年上の美しい女性は笑った。

「とても虫のいい考えかただと思うわ。でも、そういうことにしておきましょうか。なくなっても、私は知らないのよ、よくって？」

よくって、と彼女に言われたなら、すべてのことがみんないい。だから僕は、

「それでいいです」

と、答えた。

「なくなったら、どうするの？」

「学校へいかなければいいのです」

踏切を渡りながら、年上の女性は僕と腕を組んだ。右手の五本の指を、僕の左手の指に深くからませ、力をこめて僕の手を握った。あのとき彼女が指にこめた力は、いったいなにを意味していたのか。賢くも美しい姉による、やや愚かな弟に対する、保護愛に似た感情の表現だったか。平日の午前中に、ともに映画を見ようとする者どうしの、かりそめの連帯の感情だったか。

そのときの彼女の姿を、いまの僕は記憶のなかに再生している。うしろから見るパンプスにナイロンのストッキング。ふくらはぎのなかばあたりまでのスカートは、腰から膝にかけてタイトぎみで、膝下から裾までは、足さばきのためにゆとりが持たせてあった。両脇には少しだけスリットが入っていた。

シャツと言うよりも当時の言葉ではブラウス。その上にジャケット。若い女性のためにデザインされたものであることは、どこからどう見ても明らかであるという作りの、ジャケットだ。

髪のまとめかたを説明したり描写したりするのは、もっとも難しい。そのときふたりで見たアメリカ映画の主演女優の髪に、どことなく似ていた。彼女は映画のなかの幻と同時代の人だった、と言っておこう。

オデオン座が消えて十年を越えただろうか。昔のままに少しずつ古くなり、古くなっていくことをとおり越して少しずつ朽ち始めたかたちと雰囲気で存在しているのを、小田急線の電車のなかから僕はいつも見ていた。

写真に撮ろう、と僕は思っていた。一九五〇年代からそこにあったその映画館は、ごく平凡な普及品としての建物だった。しかしいまはもう絶えて作られることはないし、作ろうとしてもあのとおりにはとうてい作れないような造形とディテールを持っていたことは、確かだ。特にファサードのディテールは、写真に撮るに値した。

電車の窓から、その映画館を僕はいつも見ていた。まだある、近いうちに写真に撮ろう、と何度となく思っているうちに、ある日のこと、オデオン座は忽然と消えていた。

写真に撮ろうと思っているうちに消えた映画館は、おなじ小田急線の向ケ丘遊園という駅の近くにもあった。これも電車の窓から見えた。独特な風情をまといつけた映画館で、すぐ前には路線バスの転車台があった。それもあわせてぜひ写真に撮ろうと思っているうちに、その映画館も消えた。

彼女と入ったその日のオデオン座は、驚いたことに、平日の午前中なのに、およそ八十パーセントの入りで客席に客がいた。いい位置の空席にならんですわり、二本立てのうちの一本を、僕たちは途中から見ていった。ミュージカルとコメディの二本立てだった、と僕は記憶している。

一本を見終わって、二本めが始まった。きれいな模様の風呂敷による小さな包みを、彼女は持っていた。本を二冊包んだだけ、というような雰囲気だった。僕にふと顔を寄せた彼女は、

「お腹がすいたわ」

と、囁いた。そしてそろえた太腿の上で、風呂敷包みを開いた。なかには紙できれいにくるんだサンドイッチがあった。映画を見ながら彼女がひとりで食べるつもりだったサンドイッチを、僕も食べた。たいへん良く出来ていた。おいしいと僕が言うと、

「私が作ったのよ」

と、彼女は僕の耳もとで言った。

アメリカのミュージカル映画とコメディ映画を二本とも見終わり、ニュースや予告編も見て、僕たちはオデオン座を出た。午後三時前という時間だった。

彼女そして僕が昼食時に感じた空腹は、映画を見ながら分け合ったサンドイッチによって、六十パーセントまでは抑えられていた。映画を見終わって映画館を出たいま、満たされずに残っていた四十パーセントの空腹は、七十パーセントほどに広がっていた。

「なにか軽く食べましょう。夕食の邪魔をしないもの」

彼女が言った。

なにを食べるといいか、相談しながら僕たちは歩いていった。カレー・パンはどうですか、

と僕は提案した。カレー・パン一個の大きさは、軽く食べるのにふさわしいのではないか、と僕は思った。

「カレー・パンにコーヒー牛乳です」

「そういう気分なの?」

「コロッケでもいいですね」

「カレー・パンにしましょう」

売っている店はマーケットのなかにあった。コーヒー牛乳も、その店で買うことが出来た。カレー・パンは三つ買い、ひとつずつ食べ、残ったひとつを半分ずつ食べる、という方針を彼女が考えた。だからカレー・パンは三つ買った。紙に包んだカレー・パンを僕が持った。コーヒー牛乳二本を彼女が持った。店の人がストローを二本くれた。それを彼女はジャケットの胸ポケットに差した。

どこで食べるかは、すでに彼女が考えていた。駅の近くのビリヤードへ、僕たちはいった。店は営業していた。彼女はそこの常連で、ポケット・ビリヤードに関してはプロなみの腕前だった。窓辺のベンチにならんですわり、僕たちはカレー・パンを食べ、コーヒー牛乳をストローから飲んだ。

そのあとは、当然のように玉突きとなった。シカゴとも呼ばれていたロテーションは、もっとも単純なゲームだ。ふたりでおこなうものとしては、エイト・ボールやフィフティーン・ポインツが面白かった。僕と彼女はフィフティーン・ポインツを何度も繰り返した。

玉に書いてある数字の合計が15となるように、ふたつの玉を連続してポケットに落とす。たとえば僕がまず6の玉を落としたとすると、次には9の玉を落とさなくてはいけない。6と9とで合計は15となり、ひと組上がりでワン・ポイントとなる。15の玉は最後に落とす。そしてそれは一個でワン・ポイントだ。ポイントの合計数の多いほうが勝ちとなる。

テーブルの周囲を歩くときの彼女の、滑らかな体の動きは注目に値した。美しいフォーム。まったく正しいキューさばき。グリーンのフェルトの上にどのようなラインを彼女が読むのか、僕には見当すらつかないほどに、彼女はビリヤードのエキスパートだった。その僕が相手ではつまらないはずなのだが、彼女は熱心に教えながら相手をしてくれた。

ふたりで見てきたばかりの、総天然色テクニカラーのアメリカ映画に主演していた女優たちよりも、いま目の前で玉を突いているこの女性のほうが、はるかに美しいではないか、と僕は彼女を見ながら思った。映画という幻に対する、彼女という現実によるカウンター・バランスは、明らかに彼女の勝ちとして作用するのを目のあたりにするのは、僕という少年の精神衛生にとって、たいそう好ましいことだった。

映画のあとの時間は、そのようにして経過してどこかへ去った。僕たちはビリヤードを出た。夕食の材料を買って自宅へ帰らなくてはいけない、と彼女は言った。

「今夜は叔父さん夫妻がお客さまで、夕食はすき焼きなのよ。家にない材料を買っていけばいいだけだから、私は楽なの」

と言う彼女に、僕はつきあうことになった。すき焼きの材料を買うごとに、彼女はそれを風呂敷に包んでいった。その風呂敷包みを僕が持った。包むものが増えるにしたがって、包みかたは微妙にそして的確に、変化した。風呂敷を巧みに使えることは、まともな女性の条件として、大切なことのひとつだった。

買い物はやがて終わった。僕たちは駅の周辺で買い物をしていた。だから駅へいき、そこから下りの各駅停車の電車に乗った。次の駅で降り、午前中に歩いたのとおなじ住宅地のなかの道を、僕は彼女と歩いた。じつに気持ちよく暮れなずんでいる五月の夕方の空気の感触によって、このときの僕と彼女はつながれていた。

「あら、ヨシオちゃん」

と、午前中のあの時間、彼女に呼びとめられた場所で、僕は彼女に風呂敷包みを渡した。そしてそこで彼女と別れた。自宅に向けて坂道を下っていく途中で、僕は鞄のことを思い出した。駅へいって訊いてみようか、と僕は思った。その思いを否定して、僕は自宅へ帰った。

教科書の詰まった鞄が自宅に届いていた。住所を見たら近くだったので、若い駅員さんがわざわざ届けてくれた、ということだった。

遙かなる同時代

近所に住んでいたからおたがいにずっと以前から知っていて、僕のことをヨシオちゃんと呼んでいた年上の美人たちとは、いったいなになのか。いまの僕に確信を持って言えるのは、彼女たちは僕にとって同時代であった、ということだ。

たとえばひとりの彼女が五歳年上だった事実を、僕よりも五年も前方へすでに到達している人、というとらえかたに置き換えると、僕よりも五年も先んじて彼女がとらえている時代を、その彼女を経由して僕も受けとめるという、等記号で結ばれたひとつの方程式が成立した。

彼女とふたりでいると、どこであれいつであれ、そこがじつにしっくりと、同時代という居場所となった。なんの不足もない状態が、そこにはあった。きれいなゆったりとしたワルツのような居場所だった。

きれいなとは、センティメンタルな、と言い換えることが出来る。そして、ゆったりしたとは、ユーモアのある、というような言いかたにしてもいい。彼女と僕がふたりだけでいるとき、そこは世のなかとはほぼ無関係な静けさのなかにあった。彼女とともにいる場所は、きわめて円満な休息感の漂う、感傷の場所だった。

自分たちがなにか大きな支配律の内部にいることを、前提としてすんなりと受けとめていることによって、そのような感傷の場所は成立していたと僕は思う。感傷とは、今日という一日の受けとめかただ。陽が照ればその陽ざしのなかで彼女は美しく、雨が降ればその雨に彼女は良く似合った。

彼女のこのようなありかたは、彼女のおそらくは最大の特性であった楽天性の、基礎を構成していたのだといまの僕は思う。単なる脳天気なら僕にもかなりのところまで自信はあるが、彼女たちが持っていたあれほどまでの楽天性には、およびもつかない。と言うよりも、それは僕にはない別世界だった。そしてこのことは、彼女たちの体が女性の体であったことと、けっして無関係ではなかったはずだ。女性の体に宿る楽天性とは、気持ち良さや快感などを、自分の体の内部で最高度にまで引き出す才能のことだ。

ユーモアとは、まっすぐであることだ、と言っていい。ものの考えかたやものごとの認識のしかたから、人を見る目にいたるまで、いつでもどこでもどのようなときにも、彼女たちはまっすぐだった。そのようなまっすぐさは、ユーモアへと傾いた気持ちを、かならずや生み出す。

ユーモアの欠如とは、なにごとに関してであれ、視線がまっすぐではないことだ、と断定していい。ユーモアのない人たちの最大の特徴は、視線がまっすぐではなく捩じれていることだ。捩じれている視線とは、もっともしばしばある例としては、自己中心的だということだ。常に自己が基準になる。だからそれを越えたすべての出来事には、ニヒリズムで対処するほかない。美しい彼女たちと向き合った記憶が、僕にはほとんどない。向き合えば彼女たちは文句なしの美人であり、圧倒されるほかない。それゆえに、向き合った記憶は僕のなかから消えているのかもしれない。おなじ方向を向いて並列であった記憶は、たくさんある。

ビリヤードでひとつの台といくつもの玉を共有する関係は、そのような記憶の典型だ。肩をならべて歩く、あるいはならんですわるというような位置関係は、基本的な構図だ。映画館の座席で隣どうしにすわるのは、時代の必然だった。

たとえば喫茶店で、僕と彼女は、ならんですわるのを基本型としていた。僕のすぐかたわらで高々と組まれた彼女の脚は、成熟に向けて密度を高めつつあった女性の体と言うよりも、同時代という時代性そのものだった。

いま高校生なら僕は中退する

一九九七年の日本で、全国の公私立高校から中退した少年少女の数は、十一万一千四百九十一人だったという。生徒数ぜんたいに対して、この数は二・六パーセントの中退率だそうだ。統計をとり始めた一九八二年以来、最高の数字に達したということだ。このことを一九九八年の年末に報道したある新聞によれば、「先進国でトップという進学率の高さから考えれば、この中退率はむしろ低いレヴェルである」と、文部省の幹部は言っているそうだ。

先進国でトップの進学率とは、日本全国の中学生たちのうち、じつに九十七パーセントまでが高校に進学するという、異常事態のことだ。高校への進学率が九十七パーセントであるという状態は、人々が望んで手に入れた幸福ではなく、日本国家がその固い方針として遂行して到達した結果だ。

戦後の日本は敗戦から会社立国によって国を興した。経済を拡大していくことが至上の命題だった。全国に林立した会社群がその命題を引き受け、国家は会社群を保護し指導し、巧みに管理して厳しく統制した。

会社にとっては、そこで働き続けてくれる人材が必要だ。能力やものの考えかたの均一に揃った、会社に忠実で勤勉ひと筋の人材を、戦後の日本は大量に必要とした。その必要に、日本国家の教育制度は応えた。会社に雇用されて働く大量の人材を、教育システムをとおして、日本国家は社会へと送り出し続けた。

ある時期までの日本経済は、こういった大量の人材供給に支えられた人海戦術で、自らを拡大した。日本経済の拡大のための人海戦術、それが九十七パーセントという高校進学率だ。戦後の日本という、世界に類を見ない異常事態をあらわす数字のひとつ、それが九十七パーセントという高校進学率だ。

人海戦術の時代はすでに終わった。しかし国家はその方針を転換しようとはしない。世界一の高校進学率から見るなら二・六パーセントの中退率はまだずいぶんと低い、などと見当違いのことを平気で言う。なんでもいいから文句を言わずとにかく会社に入って働け、と日本国家に命令されている若い人たち、それがいまの日本の高校生だ。

中退した高校生たちの中退理由を見ると、もっともらしく内容別に区分けしてあり、それぞれパーセント比がつけてある。学校はやめにして就職したい、進路を変更したい、もともと高校に入りたかったわけではない、勉強はしたくないし好きでもない、学校になじめない、というような理由は区分けしても意味はなにもない。ぜんぶまとめてひとつなのだ。いまの日本で高校生をするなんてまっぴらだ、というただひとつの理由によって、高校からの中退者の数が過去最高に達した。

魅力のある高校作り、入学前の進路指導の充実、生徒の関心に応える教科の導入、などを文部省は進めていると言うが、いまの日本の文部省にそのような能力や見識はない。だからこういうことはすべて嘘なのだ。嘘というものは、戦後の日本を作った裏ルールを支える中心軸だ。中退者のなかには進路を自主的に選びなおす人もいるから肯定的な中退者も多いのだ、というようなコメントも嘘だ。出来るだけ多くの若い人を一律に強制的に高校へ押し込むという、これまでどおりの教育システムを日本は守っていこうとしているだけだ。そしてそのシステムはとっくに破綻している。

一九九七年の高校中退者数、十一万一千四百九十一人のうち、ひとりはこの僕だ。僕がいま高校生なら、僕というひとりの人が加わることによって、十一万一千四百九十一人の中退者は、十一万一千四百九十二人になるのだ。このことに僕は絶大な確信を持っている。いま僕が高校生なら、状況としてもそして自分の意志としても、僕は絶対に中退する。それ以外に道はあり得ない。

僕が現実に高校生だったのは、いまからずいぶん前のことだ。単に時間的に昔だったと言うよりも、質的に三つか四つ前の日本だった、と言ったほうが正確だ。戦後の日本は経済復興をなしとげていき、一九五六年には、もはや戦後ではないと、日本政府はその経済白書をとおして宣言した。これまでの日本とは内容的にまったく別の日本になりました、という意味の宣言だ。

戦後の日本における、第一回めの質的転換が宣言されたすぐあとの時代に、僕は高校生だった。いまとはくらべものにならないほどの、牧歌的な時代だった。進学を旨とした都立高校だったが、先生たちによる生徒の管理は事実上のゼロだった。すべてはなごやかで柔和で、それを自由と言うならそう言ってもよかった。そんないい時代のなかでなおかつ、僕は学校の勉強にいっさいなじめなかった。いまひとつずつ思い出すどの教科も、自分にとってなんの必要も感じられない、おそろしく退屈でしかも強制的な、詰め込みと暗記の世界だった。

その高校には入学試験があり、僕はそれを受けて合格したのだったが、この程度のことは少年が持っている勢いで可能になったことにしか過ぎない。入学してからの僕は、一年から三年まで、成績はたいへん悪かった。よくあれで卒業出来たものだと、いまでも不思議に思う。ほかの全員を大きく引き離して、成績はビリだったはずだ。

試験の点数は常に〇点かそれに近い状態だった。名前をきちんと書くとそれだけで三十五点。そして年、組、生徒番号のそれぞれが書いてあれば、どれも十点ずつ。合計して六十五点で、それは立派な及第点、という裏ルールの存在を聞いたことがある。僕はおそらくその裏ルールに助けられて、高校を卒業した。

試験にいつも〇点を取っても、先生たちからことさらに問題児扱いされることは、皆無だった。隙間の多い、ゆるやかないい時代とは、こういうことでもあった。学校そのものになじめなかったわけでもない。非行の方向へ傾いて攻撃的になる、というようなこともなかった。そこまでしなければならない必然は、どこにもなかったからだ。僕は高校生であることによって、充分に守られていた。試験でいつも取る〇点は、守られた状況のなかでの、陳腐な余興のようなものではなかったか。

人として知っていなくてはならないことはたくさんあり、知るべきことをきちんと知っていないことには、その上に立っての展開が不可能であるから、基礎的な勉強は大事である、ということは高校生の僕にもよくわかっていた。しかし教室での勉強や試験は、大事だと認識していた基礎的な勉強とは、すさまじく乖離していた。その乖離に対する僕なりの意見が、〇点の答案だったということにしておこう。

僕は高校を卒業した。成績は本当にビリだったと思う。あまりにも桁はずれのビリは、職員会議としても問題にせざるを得ない。特例中の特例としてその問題は解決された、という話を僕は信頼すべき筋から聞いた。卒業したのではなく、卒業させてしまえ、ということだったようだ。

その僕は、あろうことか、大学へ進学した。進学に関して、きちんとした自覚はいっさいなかった。大学でなにを勉強したいわけでもなかったが、大学へいくという意志はあった。四年間の猶予を選ぶ、という意志だ。試験で〇点を取り続けた高校生は、猶予を持たない場合の危険性を察知するほどには、成長していた。

いま僕が高校生なら、すでに書いたとおり、僕は絶対に中退する。なんとか高校生を続けていくことに、意味はなにひとつない。成績不良で二年生に進級することは出来ず、そこで中退の意志を固めてそのとおりにする。

高校中退の問題以前に、高校に入れるかどうかの問題がある。高校だけが存在しているのではなく、高校の前には中学が、そしてそのさらに前には小学校が、存在する。中学生の僕は、これは絶対に不登校生だ。非行に走っても意味はない、攻撃的になっても得るところはごく少ない、という程度の判断は出来ると思うが、学校のすべてがとにかく大嫌いということは、僕の場合ならあり過ぎるほどにある。

それほど嫌いなら、成績は最悪にきまっている。だから高校にはまず入れないのではないか。いま僕が高校生だったら、という仮定はそもそも成立しない。小学生の僕も、おそらく決定的な不登校児童になるだろう。中学にも入れない。

幼年期から大学にいたるまで、日本の教育システムは、時代遅れの国策に寄り添うだけで、それ以外の機能を果たしていない。ひとりの人の真の幸福など、そんなものどうにでもなれという立場で、日本の教育システムは稼働している。

いま僕が高校生なら、一年生を終えてそこで中退だ。明日から学校にいかなくていい、とまった日の次の日は、本当に学校へいかなくてもいい日なのだ。高校とはもはやなんの関係もない自分が、その日のなかにいる。せいせいした気持ちになるはずだ。嫌なものや好かないものから解き放たれたことによる消極的な快感ではなく、もっと積極的なうれしさを、十六歳の存在ぜんたいで、僕は感じるだろう。自分は唯一の正しい道を選んだという自負に支えられた、充実感だ。

そして、さて、どうするか。仕事をしなければならない。十六歳の僕になにが出来るのか。満足に出来ることは、なにひとつないはずだ。高校を一年で中退した、十六歳の少年の体があるだけだ。その体ひとつで、身を粉にする、という働きかたをするのが、もっともまっとうだろうと僕は思う。どんな仕事があるだろうか。

いろいろあるはずだ。身を粉にするのはいいけれど、粉にするはじから消えていくような虚しい仕事は、なんとしても避けたい。十六歳の高校中退少年ではあっても、その少年が身を粉にするときに発揮されるなんらかの力が、たいへん善きこととしてほかの人たちに伝わり、そのことをとおしてほかの人たちを助けることが出来るなら、その仕事はひとまず天職のような最高の仕事だろう。十六歳の、なにも出来ない、なにもしたことのない少年に、このような質の仕事があるだろうか。けっしてなくはない。老人の介護の仕事など、まさにこのような仕事なのではないか。

東京にいるのは嫌だ。ただいるだけで引き受けざるを得ないマイナスの要素が、東京にはすでに限界を越えて多い。僕の好みとしては、四国あるいは瀬戸内沿いのどこかで、老人の介護の仕事で身を粉にする。地方自治体の末端組織のアルバイトでもいい。どこかの老人ホームに雇われてもいい。雇用先がどこであろうと、仕事はおなじだ。人の助けを必要としている老人たちのために、十六歳の力を使うことが出来るなら、それで充分だ、それ以上は望まない。

この仕事で身を粉にするひとりの少年が、地方都市の片隅で生活出来ない、ということはないと思う。十年続ければ、数知れぬ修羅場をかいくぐった、たいへんなヴェテランになれる。それでも僕はまだ二十六歳なのだ。十年のあいだにあの世へ見送った老人の数は、百人を下りっこない。自分とはどこでなにをどのようにして生きる人なのかということに関して、そのような十年を経ることによって、透徹した基礎が出来るに違いない。

高校を中退せずになんとか卒業し、なんとか大学に入り、そこも卒業してどこかの会社に就職して二十六歳になっている場合の自分は、これは文句なしに悲惨さのきわみだ、最悪の事態だ。日本の教育システムは、悲惨さのきわみである最悪の事態に、これからも大量の人材を注ぎ込もうとしている。

日本の教育システムは、人材のすさまじい無駄づかいのためにある。世界でもっとも非科学的なそのシステムのなかでは、どの人もなんら生かされることなく、ただ頭数になるだけという悲惨な運命を、幼年期から始まって一生ずっと、背負わなくてはいけない。高校の中退であれなんであれ、このシステムから離脱するのは、きわめて正しいことだと僕は思う。

なにもしなかった四年間

高等学校の三年生という状態が終わりに近づくにつれて、卒業出来るのかどうかの問題が、僕の前に立ちあらわれてきた。このこととその顚末については、すでに書いた。卒業できるかどうかの問題をかたわらに置くと、つまり卒業は出来ると仮定して、そのあとどうするのかという問題が、入れ替わりにあらわれた。ちょうどその頃、クラス分けはそのまま、卒業後の身のふりかたによって、就職組と進学組とのふたつに、分けられた。おまえはどっちだ、と友人たちは言った。どちらだろうか、と僕は思った。

就職という言葉に、実感はまるでなかった。就職したらどこかでなにかの仕事を毎日するのだ、という程度のことはさすがにわかるけれど、わかったからと言っていっこうに切実にはならなかった。ほんとにそうなるのだろうか、という思いのほうが強かったのではないか。

おまえは毎日どこでなにの仕事をして働きたいのかと自分に訊くと、その質問には答えられない自分と向き合わなくてはならなかった。働きたくない、というのではない。働くとして、自分に出来ることがあるのか、それとも、ないのか。まずこの問いに、自分は答えなくてはいけないのだ。

就職して働くとして、というような条件つきではなく、まず自分そのものの問題として、これなら自分は出来ます、と人に言えるようなものを持っているのかどうか。そういうものはなにもありません、と答えるほかない少年が、その頃の僕だった。

出来る出来ないもひとまず置くとして、なにかたいへんに好きなことはあるのかどうか。時間がたつのも忘れて熱中出来るようなこと。そういうものを持っているのかどうか。この問いに対しても、なにひとつありませんという答えだけを、当時の僕は持っていた。出来ることはなにもない。これと言って好きなこともない。十七歳の少年の、ごく平均的な姿かとも思うが、少しでもいいからなにかあってもよさそうなものなのに、僕には本当になにもなかった。

そんな少年でも、高校を卒業して就職したなら、なにか仕事をして働かなくてはいけない。なにをして働くのか、その「なに」が、まだまるっきり見つかっていない。見つからないままに、たまたま学校に求人のあったどこかに就職するとして、そこでなにをするのか。なにかの会社の内部にすでにとっくに出来上がっているルーティーンの末端に身を置くことになるのだが、それでいいのかどうか。ひとつの問いに答えようとすると、たちまち別な問いにいき当たってしまう。

高校三年の秋に就職組に身を置くのは、大学の入学試験のための勉強を、その日からいっさいしなくてもいい状態となる、ということだったようだ。少なくとも当人たちにとっては、そうだった。十七歳の秋に早々とそうなるのも、どこか寂しいような気がした。東大をめざして猛勉強をしたいというわけではないけれど、勉強はまだ続けるつもりという状態から、自分がここで完全に切れてしまうのは心残りのようでもある、と僕は思った。勉強するもしないも、まだ勉強らしい勉強はなにひとつしたことのない、十七歳の少年はそう思った。

だから僕は進学組に入ることにした。友人の誰もが笑った。入りたい大学は、これと言ってなかった。大学でなにを勉強するのか、見当すらつかなかった。とにかく進学組のひとりとなり、当時のきわめて牧歌的な進学指導にしたがって、入試の勉強をする気持ちに、さあ、なるぞ、もうじきなるぞ、などと思っているうちに、冬は進行していった。

試験科目には数学がなく、英語、国語、社会の三科目だけ、そしてその三科目の得点合計で合否がきまる私立大学を受験するほかに、僕の進む道はないことをほどなく僕は知った。三科目なら受かるかもしれない、と僕は思った。受かるかもしれないとは、落ちるかもしれないであり、五分と五分で差し引きはゼロだ。

そのゼロのまま、冬は急速に進んでいき、次の年となった。いくつかの私大に入学願書を提出したはずだ。いろんな大学の入学試験の日時を大きく書き出した紙が壁いちめんに貼ってある教室で、担任の先生が僕の受験する大学を選んでくれた。こいつならこんなところだろう、という見当をつける役は担任が最適任である、ということだ。

僕は入試に受かってしまった。最初に受けたところにまず合格し、駄目でもともとだからと担任が勧めてくれた二番目の大学にも、合格した。駄目でもともとと言われただけあって、その大学は僕が受験を予定していたいくつかの大学のなかでは、受かると一般的にはもっとも喜ばしい大学だった。だから僕はその大学へいくことにした。学部は法学部だった。試験の日がほかと重ならないようにやりくりすると、その学部しか受験することが出来なかったからだ。

その年のその私大の、特に法学部の試験問題は、異例と言っていいほどに答えやすいものばかりだった。新聞の記事になり、ちょっとした社会問題へと発展しそうになった、という記憶があるが確かではない。入試の倍率の高さと、校歌の歌詞の文芸的な香りだけが当時は自慢のその私大に、僕はかようことになった。

大学の四年間できみはなにをしたのか、とあらたまって訊かれたら、僕はなにもしませんでした、という答えがもっとも正確だ。朝、目を覚ましたら起き上がって洗面室へいき、顔を洗って朝食を食べ、歯を磨いて服を着て、電車に乗って大学へいく、というようなルーティーンはこなすけれど、四年間という時間を使ってなにかをしましたかと訊かれたなら、なにもしませんでした、と僕は答える。

十七歳のとき、これと言ってなにも出来ないし、熱中したり没頭したりする対象もなかった事実と、まっすぐにつながっている答えだ。大学に入ったから急になにかを始めるとか、いきなりなにかを好きになるということは、人によってはあり得るが、僕の場合にはそのようなことはなかった。より正確に言うなら、そんなことが自分にあってはいけなかった、と言うべきだ。

ごく平凡に漫然と、大学生の僕は四年間を過ごした。いま振り返ってひとまず結論づけると、四年間なにもしなかったという状態は、じつはそれこそ僕なのだ、と断言出来る状態だ。このようなありかたこそ自分自身だ、と言いきることの出来る幸福な状態で、僕は四年間を過ごした。モラトリアムと呼ぶならそう呼んでもいい。モラトリアムのはしりだろう。

自分がじつはそれほどまでに幸福であるとは、そのときは自覚するまでにいたらなかったが、大学生の僕はなにもせず、なにをする必要もなかった。あの私大では勉強すらしなくてよかった。卒論はなく、習得単位数のつじつまを合わせ、試験には適当な点数を取っておけば、それだけで誰もが卒業出来た。でも卒業出来たのだから少しは勉強したのでしょう、という言いかたは正しくない。卒業するという程度では、とうてい勉強とは言いがたい。朝起きたら顔を洗い、食事のあとは歯を磨くというようなことと、まったく同類のルーティーンでしかない。

なにしろ学生の数が多いから、大学側が学生たちに対して、ああしろこうしろとうるさく言うことは、それじたいが不可能だった。だからなにかを強制されることは皆無であり、結果としてほぼ完全なほったらかしだった。そしてそれが、少なくとも僕にとっては、それ以上の状態はあり得ないほどに、最適の状況だった。

なにもせずに四年間を過ごしてただ卒業していくだけなら、ほかのどの大学でもよさそうなものだが、なにもしなくてもいいということにおいて、ほかのどの大学もあの大学ほどには、完璧ではなかったのではないか。この意味において、そしてこの意味のみにおいて、あの大学は僕の母校だ。

空白と言えばいいか、それとも自由と呼べばいいのか、本当に迷うほどに幸福な四年間を、僕は奮闘して獲得したのではない。しょうがないからおまえにやるよ、とあたえてもらったのでもない。学資という代金を僕は大学に支払ったから、あの四年間はおかねで買ったのだ、と僕は思っている。戦後の日本はあらゆることを経済原理に転換して突き進んだ。僕が大学生だったときすでに、僕ですら四年もの空白を買えるほどに、日本は経済の国になっていた。買えてよかったねと言うほかないが、学資は僕に対する貸し付けとして親が立て替えたから、卒業後の何年間かで、僕はそれを完済した。

なにもしなかった、という言いかたを逆の方向から言い換えると、なにもしないということを集中しておこなった、となる。詭弁のようだが、そうでもない。なにもしないという無為の状態を維持することに関して、僕はことのほか熱心だったのではないか。十八、十九、二十歳の頃の僕がもっとも熱心になったのは、このことをめぐってではなかったか。

きっとそうだ、といまの僕は思う。なにのために僕はそんなことをしたのか。自覚はまったくしていなかった。だから、なにのために、というようなことは、考えてもみなかったはずだ。なにのためでもなく、ほとんどいっさいの自覚なしに、自分の気質という逆らえない傾向に忠実に、無為ということを僕は四年にわたって熱心に続けた。

なにもしなくて退屈しませんでしたか、なにかしたくなりませんでしたか、という質問があるなら、退屈はしなかった、したがってなにかしたくなるような気持ちになることはいっさいなかった、と僕は答える。

満を持して静かにしていた、というような言いかたはまったく当たらない。いまは充電のとき、などという奇妙な考えかたは、昔はなかった。観察に徹しようとしていたのでもない。僕は自分自身を蒸留していたという言いかたは、比喩として有効なだけではなく、核心に当たっているかもしれない、といまの僕は思う。

僕のなかにフラスコがひとつある。なにもしないことによって、僕はそのフラスコを空っぽのままに保とうとする。なにもしないでいればいるほど、僕は蒸留される。そしてあるとき、一年に一滴と言っておこうか、蒸留された僕が、そのフラスコの内側のガラス面に、にじみ出る。

四年間で四滴の蒸留された自分を、僕はそのようにして手に入れた。四滴の蒸留された自分がどうなるのか、それがいったいなにの役に立つのか、それはなにほどのものなのか、というような質問には答えようがない。答えを知りたいのは、まず誰よりも先に僕自身ではないか。もし答えがあるのなら。

まったくの無為の日々というものが、あり得るのかどうか。なにもしなかった大学生としての四年間は、僕にとってはけっして無為ではなかった。それどころか、なんの義務も責任ともなわないこの空白の四年間によって、僕は助かった。

この四年間がなかったなら、高卒の少年はおそらくどこかに就職して、なにかの仕事をしただろう。いきなり大人の世界に投げこまれ、そこで最末端の位置につき、どこへも逃げ場のないままに、我慢や辛抱の日々を送らなくてはいけなかったはずだ。よほど気にいってしかも熱中出来るような仕事が見つからないかぎり、そこで僕は遠からずなんらかの失敗をし、それによってひとまずそこから脱落したに違いない。

高校生という時期を終わった僕を、そこから先に向けてさらに四年間、無風の空白のなかに置いてくれたのは、おかねだった。おかねを払って大学生としての日々を買うと、ひとまず四年間、つけ加えもしなければ差し引きもしないかたちで、僕は僕のままに過ごすことが出来た。その四年間でなにがどうなったわけでもない。おぼろげながら方向が見えてきた、というようなことは皆無だったし、身につけたものはなにもなく、勉強の蓄積もなければ専攻した領域の専門知識があるわけでもなかった。ないないづくしのまま四年が経過し、僕は卒業することになった。

大学生だった頃にはまったく気づいていなかったが、いま思い起こすとはっきり言えるのは、次のようなことだ。なにも予定はなく、したがってさしあたってなにをしなければならないというわけではなく、なにをするでもない、特になにをしたいわけでもない空白のような時間が、子供の頃から僕にはたいそう多かった、ということだ。

なにも出来ないぼんやりとした役立たずの子供だったのですか、という問いがもしあるなら、いいえ、そうではありませんでした、と僕は答えたい。子供の頃の僕は、子供の通例を越えて、役に立つ子供だった。なにか具体的な用事があれば、ひとりで段取りを考えてこなしていくのだが、なにもなければ、その時間は空白のまま僕ひとりの自由時間であり、そのような時間が小学生の頃からすでに、僕には多かった。学校へいかないでいると、ほとんどの時間がこういう時間となる。誰もが一様に大量の時間をさいていることを、自分だけしないでいると、その大量の時間は自分だけの自由時間となる。

そうとは気づかないまま、無理することなくいつのまにか、僕は自分でそのような時間を多くしていたのだろう。初めのうちは隊列のなかに身を置いていても、少しずつ体を斜めにしながら隊列から自分をはずしていき、いつのまにか抜け出していた、ということだ。出たところには、自由なスペースと時間が、常にあった。

子供の頃からすでに僕が持っていたこのような傾向は、その後も少しずつかたちを変えながら、継続していった。高校を卒業する時期になっても、これと言って好きなことも出来ることもないという空白のような状態は、子供の頃に多く作り出していた自由時間の、延長線上に位置するものだ。なにもしなかった大学での四年間にも、それはそのまままつながっているし、そこからさらに、現在の僕にもつながっている。

いまの僕はどのような人かというと、予定がぎっちりと詰まっているのが大嫌いである、という人だ。予定を作ることじたい、そもそも好きではない。しかし社会生活に予定はつきものだ。だから予定の内容を、可能なかぎり単純なものにしておくよう、僕はかなり努力しているのではないか。来週の木曜日の夕方に会いましょう、そして仕事の話をしたあと夕食ですね、という程度の単純さだ。このような予定が週にひとつあれば充分だ。ふたつあると、嫌だな、と僕は思う。三つあると決定的に不愉快だ。予定がぎっしりと詰まっている日々は、人生にとって最悪の事態だ、と僕は思っている。

空白の自由時間のなかで、本当はなにもしないのではない。なにかをしているはずだ。非常に多くの場合ひとりで、なにごとかに熱中しているのではないか。縦のものを横にするというような、はっきりと輪郭のある具体的なことではなく、なにかきわめて不定型なこと、かたちには残らないし、それゆえに当人の記憶にもとどまらず、多くは簡単に忘れてしまうようなことに、僕は夢中になっているのではないか。大学の四年間は、ごく若い時期における、このような過ごしかたの典型だったのではないか。

写真を撮っておけばよかった

過去は巨大な教訓だ。偉大な反省材料だ。教訓も反省も、僕の過去のなかにすら、おそらく無数に存在している。過去は文字どおり、とっくに過ぎ去った時間なのだ。戻ってはこない。しかしその過去のなかにあり続ける教訓や反省材料は、これから来るであろう時間のなかで、生かすことが出来ないわけではない。

自分の過去のなかに拾うことの出来るどのような教訓や反省材料をめぐってであれ、たとえば、そのとき僕はそうすべきだったのにそうしなかったのは残念だといまの僕が思うというようなことは、ただひとつのことを別にすると、僕にはない。

そのただひとつのこととは、あの過去、つまり当時は現在だったあの現在のなかで、なぜ自分は大量の写真を撮っておかなかったか、ということだ。あの過去とは、僕が大学生だった頃を中心とした時間だ。いまから三十年ほども前のことだ。つい昨日でしかないのだが、三十年前の東京は完全に消えていて、現在の東京のどこにも、それはすでに存在していない。

徹底的に消えてしまって、いっさいなにも残っていない。当時の東京の街なみは、いまはどこにもない。これほどまでに完全に消えてしまうなら、なぜあのとき、まだ消えてはいない現在であったとき、自分はそれらを数多くの写真に撮っておかなかったのか。

写真を撮るのは子供の頃から好きだった。高校生の頃には日課のように写真を撮っていた。しかし大学生になってからは、まったく撮らなくなった。少しずつ大人へと接近していくにしたがって、自分という現実を日々のなかで受けとめていくだけで、精いっぱいとなったからではないか。自分以外の現実にまでは、思いも視線も届かなかったに違いない、などといまの僕は推測してみる。

僕は暇な学生だった。写真を撮るなら、そのための時間はいくらでもあったはずだ。どこへでもいけた。撮る気になりさえすれば、まずたいていのものは撮れたと思う。高校生の頃に使った写真機を、何台も持っていた。フィルム代はアルバイトをして作ればいい。しかし僕は写真を撮らなかった。そのかわりになにをしていたのかというと、すでに書いたとおり、これといってなにもしなかった。

現在の東京は、何度にもおよぶ激変の果ての、しかもいまこの瞬間だけの、ほんの仮の姿だ。いまも東京は激変のさなかにある。何度にもわたる東京の激変に、いまは多くの人たちが気づいている。切実に気づいているひとりだからこそ、そのようなひどい変化をしていく以前の、あるいはその途中の東京を、少なくとも十万点くらいの写真に、撮っておくべきだったと僕は思う。

僕が大学生だった四年間だけでもいいから、その四年を限度いっぱいに使って、東京の写真を徹底的に撮っておけばよかったのに。僕が大学生だったのは、一九五九年の春から一九六三年の春まで、という時代だ。皇太子成婚パレードがあり、岩戸景気が始まり、胎児性水俣病患者が公式に認定され、カラーTVの放送が開始され、大学生における女子大生の比率が急激に高まった、というような四年間だ。

東京オリンピックをはさんで、東京が、そして日本が、激変していった時代だ。激変するとは、それまであった生活のしかたがいっさい消えていき、それまではなかった生活がいっせいに立ち現れる、ということだ。その様子を、四年間だけでもいいから、なぜ自分は写真に撮らなかったのか。

一日に三十六枚撮りのフィルムを一本だけ撮ったとしても、四年間でカット数は五万四千点にもなる、という皮算用を僕はいま楽しむ。ごく普通に写真心があるなら、四年間でこれだけ撮るのは、難しくもなんともない。そしてそれらの写真をいま観察するなら、消えて久しいつい昨日の、じつに興味深い東京のディテールが、ひとりの視点からびっしりと記録されているのを見ることになる。

大学生だった四年間だけではなく、前後に時間を少しだけ延長させ、一九五〇年代なかばから一九七〇年代なかばあたりまで二十年間にわたって、東京のあらゆる様子を写真に撮り続けるという発想が、なぜ僕になかったのか。なかったものはなかったのだから、いまになってなぜと問いかけても、そのことに意味はほとんどない。なんらかの意味が少しでもあるとしたら、初めに書いたとおり、個人的な反省のための材料でしかないだろう。

そしてこのような個人的な反省のなかから、激変はつとめて記録すべし、というような教訓を導き出すことが出来ると僕は思う。日本政府がその経済白書をとおして、「もはや戦後ではない」と宣言したのが一九五六年だった。そこからすでに、じつはバブルが始まっていた。激変した東京そして日本の、その激変を支えた根本理念は、バブルの原理だった。

変化とは、それまではなかったものを手にするために、それまであったものを捨て去ることだ。戦後の日本はなにを捨て、なにを手にして来たのか。解説も評論もさまざまに可能だが、まだ捨てられてはいないときにそれらを写真に撮っておくなら、捨て去られたあとまでずっと、それらの写真は問答無用の記録として残る。

たとえば一九五六年の東京で庶民を写真に撮ったなら、幼い子供をおんぶしている女性の姿が、それらの写真のなかに数多くとらえられたはずだ。現在の東京の街角で写真を撮って、子供をおんぶしている女性の姿を画面に拾うことが出来るかどうか。まず不可能だ。おんぶ、あるいは、おぶう、といった言葉すら、いまではもはや通じないのではないか。

僕はけっして教訓を引き出そうとしているのではない。写真は変化を記録する、ということだけを言いたい。その変化の一部分を、僕は自分の手で、写真に撮っておきたかった。しかし、僕は撮らなかった。それが残念だ、といま僕はひとりで思い、反省している。もし撮っていたなら、いま頃はどの写真も、傑作へと変化しているはずだ。街なみを撮った写真は、三十年も経過すれば、すべて傑作となる。なぜなら、変化によって失われた過去は、その写真のなかにしか残っていないのだから。僕は傑作を手にしそこなって残念がっているのではない。変化によって失われていく現在というものに鋭く気づき、その様子を自分の手で写真のなかに残したかった、と言っているだけだ。

数年前、JRのあの駅から大学まで、僕は歩いてみた。卒業してから初めてのことだった。僕が大学生だった頃、このルートは学生たちの通学道であり、この地域を中心にした学生街と言っていいような、地域共同体にとっての背骨だった。地域ぜんたいは有機的なまとまりを持ち、人々の日常生活がそのなかにあった。

卒業してから初めてその道を歩いてみた僕は、荒廃のみをそこに見た。大学は低迷したスラムのようだったし、周囲の地域からは、日常生活がほぼ根こそぎ消えていた。駅からの道路は自動車による多忙な流通経路以外のなにものでもなく、両側の歩道に面したかつての商店街は、荒れているか消えようとしているかの、いずれかだった。

なにがどう荒れようが消えようが、僕はいっこうに驚かない。日本の東京に住んでいるなら、荒廃と消滅は日常の基礎だと思っている。しかし、かつてはこうだったのだよと過去を伝える記録は、充分に存在していてほしいと僕は願う。

そしてその願いを自分の身の上に重ね合わせると、暇そのものが学生の顔をして歩いているようだった自分に関して、なぜあのとき東京を写真に撮らなかったのかという思いが、過去のエッセンスさながらに抽出されてくる。

俺は商社、俺は証券

僕が大学の四年生だった頃、夏休みまでに卒業後の就職先が決定するか、あるいは内定を取りつける学生が、たくさんいた。四年めの初夏から、同級生たちの話題は、就職についてだけとなった。

ある日、突然、そうなったような記憶がある。それまではいつも遊んでいた連中が、ある日を境にして、就職にたいしてたいへんな熱意と執着とを、見せるようになった。これはいったいなになのだろうかと、初夏の陽ざしのなかを歩きながら不思議な気持ちとなったのを、いまも僕は記憶している。

四年かけて大学を卒業するのが仮に三月三十一日だとすると、次の日の四月一日からは、どこかの社員として会社へ通勤するという日程が、彼ら同級生たちの頭のなかで完全に凝固し確定していることに、ほどなく僕は気づいた。

大学の次は会社なのだ。この方程式を、いっさいなんの疑いもなしに、頭から丸飲みするかのごとく、彼らは信じていた。就職以外のことを考える余地はまったくない様子で、就職のみについて、彼らは語り合った。

俺は商社。俺は証券。俺は銀行。親もそう言ってるし、あそこには先輩が何人もいるから。大学のあと会社に入ることを、かくも疑いなくしかも固く決定している彼らは、いったいなにを考えているのか、僕にはよくわからなかった。いまでも、わかりきれていないところがある。会社員になってどうするのか。就職する会社を、なぜそんなに薄弱な理由で、簡単にきめることが出来るのか。なぜそれほどまでに、就職しなくてはいけないのか。会社に入る入ると言うけれど、いったいなにを自分の価値として、どのように入るのか。他人事として僕はそんなことを考えていたから、同級生たちと話が合わなくなった。彼らは就職を一途にめざして、いっせいに走り出した。

当時のあの大学には、学生課という小さな事務所があり、その入口の階段周辺には、企業からの求人情報を簡単に書いた小さなカードのような紙切れが、何枚も貼ってあった。そこにはいつも人だかりがしていた。マンモス大学と呼ばれたあの大学でも、昔はこの程度のものだった。

求人票も僕にとっては人ごとだった。まったく自分のことではなかった。卒業してどうするのか、あてはないけれど、それとおなじように就職に関しても、あてのないゼロの状況が、僕にとってはもっとも居心地が良かった。

大学は四年で充分だ、だから四年で卒業しようと思ってはいたけれど、取得単位数が規定に達しないのではないか、そのことをどう解決すればいいかが、その頃の僕にとっての最優先課題だった。

夏休みが来た。休みのあいだの僕がなにをして過ごしたのか、いまとなってはなにひとつ思い出すことが出来ない。なにもしない、という種類の猶予ないしは無為のうちに、一日また一日と、夏の日をやり過ごした。

夏休みは終わった。大学やその近くを歩いていると、僕に駆け寄り、俺は就職がきまったよ、とうれしそうに言う同級生が、たくさんいた。まだ決定していないどころか、どこからも内定をもらっていない同級生たちは、向こうから歩いて来る姿を遠目に見ただけでもはっきりとわかるほどに、焦って気をもみ、なかば憔悴してもいた。

そのようなひとりが、あるときふと、「ところで、お前はどうした?」と、訊いた。僕が就職活動をいっさいなにもしていないことを知った彼は、ひとしきり驚いた。驚きはやがて怒りへと変化し、「そんなことでどうするつもりだ」と、彼は僕を叱った。彼の怒りは、やがて僕に対する同情へと、昇華されていった。焦っている我が身に照らし合わせると、この僕も哀れな同類ではないか、ということだったに違いない。

自分が受けようとしている商社の入社試験を僕も受けることが出来るよう、彼は僕に代わって手続きをしてくれた。そのことをそれっきり忘れた九月なかばのある日、大学の構内を歩いていたら、その彼がうしろから小走りに来て、僕を呼びとめた。肩をならべて歩く彼は、妙に落ち着きを欠いていた。そわそわ、という言葉を、三十年を越える文章生活でいま僕は初めて使うが、彼は明らかにそわそわしていた。

「とにかくまずひとつ、内定を取りたいよ。受かるといいんだけど。今日は面接だから、なんとかなると思う」などと彼は言った。入社試験の面接があるのか、と僕は訊いた。興味があったわけではなく、社交的な会話を持続させるためだった。

「俺といっしょにお前も受ける商社だよ。これから面接だよ。俺たちの大学から応募した連中の面接が、今日これから、ここであるんだ。いま俺はそこへ向かっているんだ。お前もだろう?」

最後の台詞を、彼は僕にとりすがるようにして、なかば叫んだ。そうか、あの会社の面接試験の日は、今日だったか、と僕は思った。面接試験の場所は、僕たちの学部の建物のなかだという。

そこへふたりでいってみると、神妙な面持ちの学生たちが、たくさんいた。受け付けの事務をしていた会社の人に、僕たちは学部と名前を告げた。名簿と照合したその人は、番号を書いた紙切れを僕たちにくれた。廊下に待機し、番号を呼ばれた人から、面接の部屋に入るのだという。

面接はやがて始まった。番号順ではなく、ランダムだった。僕の番号が先に呼ばれた。彼は着ていたダーク・グレイのジャケットを脱ぎ、僕に向けて差し出した。その意味が、僕にはとっさにはわからなかった。シャツ一枚よりはこれを着ていたほうがいい、という意味だった。タイまで借りて結んでいる余裕はなかった。

面接の部屋に入ってドアを閉じ、ここでまず一礼をするのかなと思いつつ、僕は部屋の向こうのおじさんたちに、一礼をした。細長い机の向こうにおじさんが五人いたと思う。デスクの前には椅子がひとつ置いてあった。

その椅子へ歩き、かたわらに立つと、「おかけなさい」と、まんなかの男性が言った。この人がじつは社長だった。ほかの四人の男たちは、その会社でもっとも重要な部門での、それぞれに切れ者の部長たちであったことを、次の年の四月になって僕は知った。

僕は椅子にすわった。捕虜になって敵側から取り調べを受ける下級兵士の気分、とでも言えばいいか。捕虜なら自分から名乗るべきだ、と僕は思った。訊かれてから答えるのと、自分から先に言うのとでは、意味がまるで異なる。

学部と名前を僕は言った。僕の身上書ないしは成績表を見ていた社長は顔を上げ、「きみは頭がいいか」と、訊いた。ずっとあとで知ったのだが、面接における社長の質問は、「きみは頭がいいか」と「きみは喧嘩が強いか」を、交互するのが常であったという。この質問にどう答えるかをよく見れば、僕なら僕の性格やものの考えかたの、およそのところは見当がつく、というようなことだ。

この質問のあと、二、三のやりとりという言いかたがもっともふさわしい、簡単なやりとりがあった。そして、「はい、結構です」と、脇にいた部長のひとりが言い、面接はそこで終わった。僕は椅子を立ち、一礼してドアへ歩き、部屋を出た。

一週間ほどあと、その会社の本社で、筆記試験というものがあった。会議室のような部屋へ定刻にいってみると、学生たちによってばらっと席が埋まっていた。手続きをしてくれた同級生がいた。彼が言うには、面接で残ったのは、いまここにいる全員だという。

筆記試験は英語と書きかただった。書きかたは普通には論文と呼ばれている。これが論文とは、しゃらくさい。片腹痛い。あるいは、気まりわるい。文脈がまるで異なる。書きかたという言いかたが、もっとも正しい。

英語の試験内容がどんなだったかは、完全に忘れた。書きかたは、よく覚えている。会議室の黒板の上の壁に、社訓を書いて額に入れたものが掛けてあった。箇条書きで七つほどの短文だ。それについて思うところを書け、というのが書きかたの試験だった。

箇条書きされた社訓の短文は、僕にはどれもみなおなじようなものに思えた。趣が豊かなわけではなく、格調が高いわけでもない、なんとも言いようのない貧相な文の、麗々しく空疎なつらなりは、ひょっとしたらいまもあのまま、あの会議室の壁にあるのではないか。

社訓はおなじようなことの繰り返しであることを僕は指摘し、こんなことをわざわざ書いて額に入れ、壁に掛けておかなくてはいけないほどの世界、それが会社なのかと、思うところをそのまま書いた。

後日、自宅に通知が郵送されてきた。事務用のいちばん安い封筒に、B5の半分のようなサイズの紙が入っていた。内定を通知す、というようなことが印刷してあった。封筒といい紙といい、文面といいその字づらといい、およそ信じがたいほどに貧相であることに、僕は感銘にも似た気持ちとなった。この感銘は正しかった。日本の会社とは、おそるべき貧相な世界なのだから。

九月の終わり、大学でその同級生と会った。俺も内定した、と彼は言っていた。「ひとまずあの会社で、同期の桜だな」と、彼はつけ加えた。出社は次の年の四月一日だ。まだずいぶん先のことだと思うまもなく、面接も筆記もなにもかも、僕は忘れた。

すっかり忘れて、秋の日々を過ごした。取得単位数のつじつま合わせには苦労した。学部の事務所の窓口で仕事をしていた若い女性の同情を得られなかったなら、追試の追試の追試をひとりで受けて単位を取得するというようなことは不可能であり、当然の結果として僕は留年ないしは中退となったはずだ。

渋谷から京橋まで眠る

自宅からバス停留所までものの三分だ。バスで渋谷まで、普通は十五分だ。十分おまけして、二十五分か。そして渋谷から地下鉄・銀座線で京橋まで、二十五分。五分おまけして三十分。京橋から昭和通りを越えて会社まで、早足で歩いて七、八分だから十分として、自宅から会社までの所要時間は、合計で六十五分。

ちょっと少ないような気がした。もっとかかるだろう、と僕は思った。渋谷でバスを降りてから地下鉄に乗り、その列車が発車するまでに、十五分はかかるのではないか。これを合計に加えると、一時間二十分だ。さらに十分のおまけをして、トータルは一時間三十分。

これだけあれば、定時である九時に余裕を持って、会社に到着することが出来るはずだ、と二十二歳の僕は思った。そして四月一日。会社のすぐ近くにあった、新入社員研修会場に着く定刻である午前九時から逆算して、午前七時、目覚まし時計の助けを借りて無理やりに、僕は目を覚ました。

食事をしてしたくを整え、僕は七時三十分に自宅を出た。バス停まで歩き始めた。その一帯の住宅地のなかには、不規則な碁盤の目に道があった。自宅からまっすぐにおもての道へ歩けば、そこから少しだけ斜めにずれた位置に、バス停があった。

その朝の僕は、なぜだかまっすぐには歩かず、碁盤の目に交差する道ごとに角を曲がって歩き、おもての道へと接近していった。どの道にも人が歩いていることに、やがて僕は気づいた。黙って足早に、何人もの人たちが、おなじ方向に向けて歩いていた。

どの人もどこかが一様で、たがいにどこかがよく似ていた。男は男どうしで服装がおなじようだった。女性は女性どうしで、類似の服を身につけていた。誰もが一様に黙ったまま、一様にうつ向き加減となり、一様に足早に歩いていた。

そのあたりにそれだけたくさんの人が、いっせいに歩いているのを見るのは、僕にとっては初めてのことだった。これはいったいなにだろうかと、眠けの消えきっていない頭で思い始めた頃、僕は歩道のあるおもての道路に出た。

バス停は向こう側にあった。そのバス停に僕は視線を向けた。ぎっしりと人のならんだ列が、二十メートルほど出来ていた。これにまず驚いた次には、人の列は二十メートル一本ではなく、折り返して三列になっていることに気づいて、僕は本当に驚いた。今日はなにか特別な日なのだ、とすら僕は思ったほどだ。

僕といっしょに住宅地のなかを歩いて来た人たちは全員が道路を越え、すでに出来ている人の列のうしろに加わっていた。これではバスに乗れない、と僕は思った。そして、きわめて単純なことを考えた。そこから歩いて二、三分のところに、ひとつだけ始発点に近いバス停があった。そこへいけば、ここにならんでいる人たちよりも先にバスに乗れるはずだ、と僕は判断した。

僕はそのバス停へと歩いた。四月一日、快晴の朝の陽ざしのなかに、二十メートル折り返し三列で六十メートルの人の列が、ここにも出来ていた。驚くという状態を越えて、ごく軽くパニックを起こしたような気持ちで、僕はその列のうしろについた。

すぐにバスが来た。満員だった。なんとか六、七人が、自らをねじ込むようにして、バスのなかの人となった。次に来たバスには、一列の人が乗った。次には二列めの人が乗り、さらにその次のバスに、僕も含めて三列めの人たちが乗車した。

バスのなかはぎゅうぎゅう詰めだった。さきほど見て驚いたバス停は、徐行しつつ通過した。車掌はドアを半開きにし、満員です、次をお待ちください、というようなことを言った。渋谷までぎっちり満員のままだった。前後にバスが何台もいて、ぜんたいが一列となって、かなり緩慢に走った。

周囲から人に押されて身動きも出来ないままに、なぜこうなのか、と僕は思った。なぜ、という問いに対して、そのときの僕は答えを持っていなかった。もはや毎日こうである、という認識すらなかった。こういう種類の現実を、四月一日という日の朝、突然、初めて知った。

一九五六年の経済白書で、「もはや戦後ではない」と、日本政府は宣言した。戦後からの混乱期を脱し、日本は次の段階のまったく別な質の日本へと転換しました、という意味の宣言だ。この変質と転換とを支えたのは、日本全国でおこなわれた人口の大移動だった。

農村部から都市部へと、日本の労働人口は大移動した。農村を離れて都市へ移り、そこで人々は会社に雇用されて働くことになった。日本のすべてが集中する一極が東京だから、日本のあらゆる地方から東京への人口移動は、この大移動のなかでもっとも大きいものだった。四月一日に僕が乗ったラッシュ・アワーのバスは、一九五〇年代なかばからすでに始まり、一九六〇年代に入ってさらにひときわ轟々と続いていた人口大移動によって、東京で会社に勤めることになった人たちで満員だった。

渋谷でバスを降りた僕は、地下鉄のガード下まで小走りにいき、そこで道路を渡り、東横百貨店に入った。その確か三階の位置にあったはずの、銀座線の改札口から僕はなかに入った。地下鉄渋谷駅のプラットフォームでも、多くの人たちが列を作っていた。

その列は、整列乗車という行為のためのものであることを、案内のアナウンスで僕は初めて知った。人々が混沌とプラットフォームにいて、どの人も好きなように車両のドアを入るという乗車のしかたは、ラッシュ・アワーには禁止されていた。

あらかじめ列を作って、人々は列車の到着を待っていた。最初の列には三列の人。次の列にも三列の人。そして三番めの列にも、三列の人がいた。列車は次々に入ってきては、すぐに発車していた。ふた列車もやり過ごし、列の先頭ないしはその近くにいれば、座席にすわれるのだった。最初の列にならんでいた人たちが列車に入ると、次の列の人たちは、ドアの位置までさっと横飛びに移動していた。

僕はすわらない人として車両に入り、吊り革につかまって京橋までいった。確かにラッシュ・アワーではあったけれど、当時の地下鉄はまださほど混んではいなかった、と僕は記憶している。京橋で降りて、明治屋のわきへ出る階段を上がった。この階段はいまも昔のままにそこにある。明治屋の前を交差点まで歩き、南へと道路を渡り、昭和通りを越えて僕は歩いていった。

新入社員が研修される会場へ、僕の腕時計で九時ちょうどに、僕は到着した。研修は一週間続いた。発表会、説明会、講演会などに使う小さなホールが会場だった。会社のいろんな部署の人が演壇に立っては、それぞれの部署における必須知識について説明した。

席にすわっている新卒たちに向けて、一方的に説明はおこなわれた。かならずしも巧みな説明ではなかったし、わかりやすい説明でもなかった。わかりやすく整理して文章や図表にし、定型の紙に印刷してバインダーに綴じ、新卒に配ればそれでいい。年度ごとの訂正や追加もおなじ紙に印刷して配付し、各自がバインダーに加えておく。それで充分ではないかと僕は思ったが、おなじスタイルの研修は毎年のきまりごととして、繰り返されているということだった。無駄の多い日本の会社のなかで、恒例や慣習のように定着してしまった無駄のひとつだ。

研修に参加した一週間のあいだに、出勤は非常に眠い、ということを僕は発見した。二階の席にすわって下手な話を聞いていると、猛烈な眠さをどのように制御するかが、最大の課題となった。猛烈な眠さと、なんとか眠らないでいようとする明らかに弱い意志とのあいだの、揺れ動き続ける均衡のなかを、意識不明に近い状態で漂って、午前中の時間は経過していき、そして終わった。意識不明から回復するのにしばらく時間がかかるほどに、僕は眠かった。研修は午後三時過ぎには終わり、終わるとそこで解散だった。

おそろしく眠いという状態は、出勤時の地下鉄のなかでも、僕を襲うようになった。渋谷駅で整列しているときすでに、僕は半分は眠っていた。車両に入って席にすわると、僕はただちに眠った。新橋までは無防備にただ眠るだけでいい、至福のひとときだった。銀座駅を発車する頃、席を立つための心の準備を整え、そのままの状態に保って京橋駅へと入っていき、停車寸前に眠ったまま立ち上がる、というようなタイミングの取りかたが、いつのまにか身についた。

会社に通勤した三か月のあいだずっと、僕はこのように眠かった。銀座線・京橋駅のあの階段は、いまでもときたま使う。東京では珍しいことだが、改築も改装もされていず、雰囲気もなにも、すべて昔のままだ。二十二歳の頃のあの眠さを、階段を上がるとき、僕は回想する。なぜあれほどまでに眠かったのか。

バスはあまりにも混むので、三日でやめた。小田急線の駅まで歩いて六、七分。各駅停車の上りに乗ってひと駅、下北沢で井の頭線に乗り換えて渋谷へ。渋谷で井の頭線の改札を出て、まっすぐに歩いていくと左側に、地下鉄駅への登り階段があった。渋谷までの所要時間は、バスの場合よりも短かった。

ラッシュ・アワーというものは、すでに人々の生活の一部として定着していたが、ぎゅうぎゅう詰めというような状態にまでは、まだいたっていなかった。

井の頭線では吊り革につかまって立ったままなかば眠った。小田急線のひと駅は、ドア越しに外の景色を見ていた。眠かったが眠りはしなかった。眠るためには距離が短すぎた。出勤がルーティーンとして定型のなかに落ち着くと、目を覚ます時間や自宅を出る時間が、一定していく。乗る電車とその車両がおなじになる。おなじ車両のおなじドアから乗る。下北沢の駅で素早く乗り換えられるよう、最適の位置で小田急線を降りるためだ。下北沢の駅も、昔とほとんど変わっていない。

出勤がルーティーンになると、そのルーティーンぜんたいを、眠さが支配するようになった。目を覚ましたとき、僕はすでになかば眠っていた。なかば眠ったまま起きるのではなく、目を覚ましたのち、すぐになかば眠った状態となるのだ。朝食や身じたくなどは、夢のなかの出来事だ。駅までの道は夢うつつで歩いた。

歩くことによって多少は覚醒されたから、小田急線のひと駅は、眠らずにすんだのかもしれない。下北沢での乗り換えのためには階段を上がったが、井の頭線に乗って吊り革につかまるとすぐに、立ったままなかば眠った。終点までその状態で過ごし、渋谷での乗り換えでほんの少しだけ覚醒し、整列して眠り始め、席にすわってただちに僕は眠った。

あの頃、なぜあれほどまでに、僕は眠たかったのか。こんなに眠かった状態は、このとき以後の記憶のなかに、一度もない。あのとき以前、つまり子供の頃や高校生の頃にも、たとえばたまに早起きをしても、あれほどまでには眠くなかった。

やがて少しは慣れるのではないか、などと思いながら僕は出勤を続けた。確かに、少しだけ、僕は慣れた。地下鉄のなかで一定の浅い眠りを持続させる巧みさが、三か月のあいだでなんとなく身についた。その程度までは進歩したあとで、僕は出勤をやめた。あれほどまでに眠かったのは、それが出勤だったからだ、といまの僕は結論している。

会社で学んだこと

会社に就職するとどうなるのかという僕の好奇心に、わずか三か月ではあったけれど、会社は充分に答えてくれた。会社に入って最初にわかったのは、ただの新卒はほとんど人ではない、ということだった。新卒はまず会社の備品になる。備品とは、いちばん下の位置にあるもの、というような意味だ。

いちばん上が社長だとするなら、彼は重役たちから備品まで、すべてを見下ろす位置にいる。重役たちは部長たち以下を見下ろし、部長たちは課長たち以下を見下ろすというふうに、縦の序列はきっちりと出来上がっている。ただの新卒は、誰からも見下ろされる位置にいる。

次の年、あらたな新卒が入ってきたなら、前年度入社の新卒たちは、その新しい新卒だけを見下ろすことが出来る。今年度の新卒は、前年度の新卒がそうだったように、社内の全員を見上げる。日本の会社では、このような厳密な縦の序列のなかにのみ、会社の仕事をしていくという会社機能が生まれる。

新卒の僕は、朝、自宅で目を覚ます。会社へいくために目を覚ます。起きて食事もそこそこに、会社へいくしたくをする。そして家を出る。電車やバスの駅へ、当時はみんな歩いた。会社の建物へいくためだけに使われる通勤時間というものが、毎日、このようにして始まる。

午前八時三十分から会議がある。これは普通の会議であり、早朝会議と言われるものは八時からだった。夜は、僕の場合は、地下鉄・銀座線の最終ふたつ前に乗るのが、退社の定刻だった。帰宅すると風呂に入って寝るだけだ。これだけとは言わないが、このような生活が、六十歳の定年まで続く。一年めを始めたばかりの新卒が数えると、会社生活は三十八年もある。

新卒だけに限らないが、特に新卒たちは、社内でいろんな人たちから、さまざまに観察されている。観察とは査定だと言っていい。多くの人たちから、彼らの仕事の一部として、不断に、数多くの視点から、新卒に対する査定的な観察がなされている。

昔はせっかちな査定ではなく、長期にわたってそれはおこなわれた。査定の結果は、いつのまにか、たとえば部長なら部長の頭のなかに、少しずつ蓄積されていった。蓄積された結果は、さらに続く観察によって、おもむろに査定されていく。このプロセスのなかで、必要ならふるいにかけながら、人材は育てられていったのだろう。優秀な会社ほど、人材を育てる力を持っている。現在ではもっと短期間に、人材は育成されているはずだ、と僕は想像する。

三か月しか在籍しなかった僕より早く、ひと月で辞めていった同期の青年がいた。いま辞表を出してきたという彼と、昼食をともにした。出身地の北海道へ帰るためこれから東京駅へいき、まず青森行きの汽車に乗る、と彼は言っていた。昼食を終わって店を出た僕たちは、そこで握手をして別れた。

入社してひと月やふた月で辞めていく新卒は、いつの時代でも珍しくもなんともない。僕は三か月いた。その三か月のあいだに、僕がどのように観察されたか、部長から直接に聞くことが出来た。観察結果があまりにもひどかったからだ。

ある日、デスクに向かって仕事をしていた僕に、ちょっと来い、と部長が呼んだ。彼の席へいくと、「お前はいつも塵缶に片足を載せている。見苦しいから止めろ」と、彼は僕に言った。片足とは左足だ。誰のデスクの下にも、破いた書類や書きそこなった手紙などを捨てるために、金属製で円筒形をした塵缶があった。その上に左足を載せていると、僕の体や気持ちは安定した。

「お前はいつもあくびをしている」とも部長は言った。あくびは眠いからだ。いかに眠かったかは、すでに書いた。眠いだけではなく、いわゆるストレスも影響していたはずだ。あくびは危険信号なのだから。場違いなところに身を置いていれば、ストレスもあるだろう。

「お前はいつもネクタイをゆるめているし、服は上下違う。それにいつも色のついたシャツを着ている」

タイは苦しいからゆるめる。上下違うとは、昔の言いかたでジャケットにスラックスだが、これは会社ではドレス・コードに反していたようだ。紳士上下揃い、というのでないといけなかった。色のついたシャツといっても、ごく淡いブルーやピンクだ。その程度の色ではいっさいなにごとも起きないはずだが、昔はこれもいけなかったようだ。以上のような観察の結果を、部長は僕に伝えた。改めろ、と僕は言われた。僕は叱られたのだ。

そのすぐあと、隣の部の課長代理が、歩いていた僕を席から呼びとめた。彼のかたわらへいくと、「部長に叱られただろう」と、彼は囁いた。「はい」と答えた僕に、「なんと言って叱られたんだ」と、彼は訊いた。部長が僕に言ったことを彼に伝えると、彼は苦笑の見本のような顔となった。そして、「もっといいことで叱られろよ」と言った。

すでに書いたように、会社とは縦の序列の世界だ。この序列のなかに、社員相互の関係のすべてがある。楽しいところではない。遊ぶところでもない。十年、十五年と、我慢し続けなければならない。そして理想的には、その我慢のなかから、自分にもっとも良く出来る仕事というものが、見えてくる。縦序列の関係は、誰もがそれぞれの位置で守るべき、型と型との関係だ。最末端の新入社員が守るべき型を、僕は守っていなかった。

会社のなかでは小さな競い合いが常におこなわれている。そのことの一端も、僕は見た。日本人はなによりも和を大切にするとか、日本人の心の拠り所は和の精神である、などといまでも言われているが、これは嘘だ。嘘あるいは単なる建前だ。本当はそうではないけれど、そしてそのことを誰もがよく承知しているけれど、そう言っておけばみんな安心してその意見に賛成し、すべては丸く収まるという、方便のひとつだ。

会社のなかでの競り合いは、小ささが基本であるようだ。身のまわりの小さな範囲で繰り返される、小さな競い合いだ。A課、B課、C課と三つの課がそれぞれ一列にデスクをならべているとすると、A課はB課と競り合い、B課はA課そしてC課と競り合い、C課はB課と競り合う、というようなことになる。A課が朝の会議を八時三十分に開くと、B課は八時から会議をする。

科学的な戦略も展望もない、とにかくそのときその場ごとに思いつかれては実行されていく、競い合いだ。高度成長が始まって以来、日本を埋めつくした会社組織のいたるところで、このような競い合いが日夜おこなわれることによって、戦後の日本はここまで作られてきた。

足の引っ張り合いも、競い合いのヴァリエーションだ。ひとり突出する人は、その足を引っ張られる。ひとりに突出されては困るからだ。突出の分だけ、自分は下がることになる。突出が評価されれば、それはその人が獲得した権力として、他の人たちは受けとめなければならない。いずれにしろ、日本人にとって、これは承服しがたい事態だ。全員で一様に進んでいくなかでの、絶えることなく繰り返される、小さな競い合いの無数の連続。これこそ、ひょっとしたら、和の精神なのかもしれない。

三か月だけいた会社で、僕が身にしみて知ったこと、あるいは学んだことは、自分は商社の人材ではない、という事実だった。当時の僕が自分で第三者的に判断して、僕はまるで駄目だった。その判断はいまでも変わらない。商社には商社にふさわしい人材が必要であり、ふさわしくない人の居場所はどこにもない。

そんな人である僕が、なぜ入社出来たか。新卒という不特定多数に対しておおざっぱに網を投げ、そこにかかったのをすくい上げる。長い期間のなかで、十人のうち三人ほどが、仕事の出来る人材となってくれれば上出来。そんな方針が充分に機能していた時代だった。僕はおおざっぱな網にはかかった、というわけだ。日本の会社における人海戦術が、本格的に始まってまだ五、六年の頃だった、と僕は理解している。

ふさわしくない人は、その場を去らなくてはいけない。入社して三か月がたとうとしていた。最初の三か月は見習い社員としての仮の雇用であり、正式になるのは四か月めからだ、という話を僕は聞いた。三か月で辞めるなら、正式になる前に去ることが出来る。

辞めます、と僕が言ったきっかけは、早朝会議だった。八時三十分からの会議が何日か続いた。空疎な言葉でただ意味もなく檄を飛ばす、というだけの会議だった。会議の議長がしめくくりにいつも言う台詞は、「俺がいま言ったような方針が嫌な奴は、いつ辞めてもいい」というものだった。ものの言いかたを知らない人が、もっとも言いやすい言いかたをして、誰よりも先にまず自分を鼓舞していたのだろう、といまの僕は思う。彼こそ辞めたかったのだ。

このような会議の何度めかに、会議のしめくくりとして、「嫌な奴はいつ辞めてもいい」という台詞があり、「では僕は辞めます」と、僕は言った。それから何日かにわたって、僕は慰留された。慰留のしかたは、いま思い起こしても不思議な気持ちになるほどに、じつにやさしいものだった。僕の感じかたでは、エレヴェーターで僕を屋上へ連れていき、往復ビンタくらいは正当かと思うが、そんなことはけっしてなかった。

やさしさは、このとき早くも、世のなかの主流だったのではないだろうか。もしそうなら、そのようなやさしさは、それ以後の年月のなかで部長から課長へ、課長から課長代理へというふうに伝承されてぜんたいに広まり、大きな災いのもとを作ったのではないか。高度成長が始まり、経済が価値の中心となっていったことと軌をひとつにして、いっぽうでは学校で、そしてもういっぽうでは会社で、日本の人たちはやさしさを増殖し合い、それを経済と一対の価値の座へ押し上げた、と僕は考えている。

僕に対して示されたやさしさは、慰留するというかたちを守ること、そして配属されて三か月の新人に席を蹴って去られては自分たちのメンツが立たないではないか、ということを僕にわからせるための、両方にまたがっていたかもしれない。よく知らない世界のことだから、断言は出来ない。

適材ではない僕がこれ以上ここにいては、あとはもう迷惑をかけるだけだから、という僕の説明を受けとめたのは、商社の最前線で仕事をしてきた人たちだ。配属された僕をひと目見て、これは困ったことになった、と彼らが思わなかったはずがない。僕は適材ではないとは、きれいな言いかただ。身も蓋もなく正確に言うなら、僕は商社の人材としては三流である、という言いかたがいちばんいい。辞表はどこに出すのか隣の部の課長に訊いたら、「会社組織としては総務部長だ」と、彼は答えた。

便箋に辞表を書いた僕は、本社の総務部へ持っていった。本社は戦前に建築された、その時代にふさわしいクラシックな造りの、小ぶりな建物だった。エレヴェーターのドアは金網の入ったガラス戸だ。古風な把手をつかみ、自分で開き自分で閉じる方式だった。いろんな音をたてながら、故障ではないかと思うほど緩慢に、そのエレヴェーターは昇降した。

総務部に入ると、丈の高いカウンターがあった。そのカウンターの幅いっぱいに、窓口がひとつだけある木製の枠が、立っていた。戦前の映画に出てくる、銀行や郵便局とおなじ雰囲気だった。そのひとつだけの窓口ごしに、僕は総務部長に辞表を手渡した。辞表をゆっくり読んだ彼は、困ったような顔で僕を見た。さらにしばらく辞表のぜんたいを観察していた彼は、ここに捺印してほしいと、僕が末尾に書いた自分の名の下を、窓口ごしに指さした。

大部屋のデスクを整理してきた僕は、唯一の自分の持ち物であった印鑑をひとつ、ポケットに持っていた。大部屋総務の女性が給料日に給料袋を配って歩く。受け取るときに受取帳に捺印する。そのための印鑑だ。名前の下に捺印し、受理してもらい、それでおしまいだった。大部屋で僕が所属していた部の部長は、午後三時に帰ってくることになっていた。だから三時過ぎに、すでに退社した人として、僕は大部屋へいき部長に挨拶した。「そうか、残念だな」と、彼は言った。

それからおよそ二十年後、その商社にそのときは勤めていた二十代の女性から、僕に手紙が届いた。一種のファン・レターだ。「いま私の勤めている会社に、カタオカさんがいたということが、どうしても信じられません。しかし本当なのですね。カタオカさんが辞めたときのことは、いまも社内で語り草です」と、彼女は書いていた。僕を記憶している人たちが、面白おかしく尾ひれをつけ、笑い話にしていたのだ。その語り草も、いまはもう消えている、と僕は思う。

ガールの時代の終わりかけ

僕が新卒の新入社員として、会社というものをかすかに体験した時代は、いつだったのですかという質問に対しては、とりあえず年号を答えればいい。しかし年号は単なる数字だから、その頃を知らない人にとっては、年号などなんの意味も持たない。それはどんな時代だったのですかという質問に、僕はどのように答えればいいのか。

高度成長を背景に、オリンピックを基準点にしてすべてを語る、という方法がある。しかしこれも、語る人が語りたい内容は、じつはほとんど伝わらないのではないか。その時代をおぼろげにでも知っているなら、オリンピックという基準点は、多少は機能するかもしれない。知らない人にとっては、なにを基準にしても始まらない。

あの時代を、僕というひとりの人からの視点で、なんとか説明出来ないものだろうか。僕はいろいろと考えてみた。僕にとっていちばん身近な視点が、なにかひとつあればいい。僕の視点が、僕以外のなにかを経由して、その時代をとらえればいい。そうすれば僕ひとりの視点だけの場合よりもはるかに正確に、そしてより望ましいかたちで、あの時代を見ることが出来るのではないか。

　僕は人だから、僕の視点が経由するのも、誰か人であるといい。当時の僕と、同年令あるいは同世代の、誰か。男よりは女性のほうが、信頼が置けるような気がする。僕はやがて思いついた。ガール、という存在だ。彼女たちをとおせばいい。大学を出た馬鹿な僕が、少しだけ会社を体験した頃は、日本におけるガールの時代の終わりかけの頃だった。

　ガールの歴史は大正時代までさかのぼる。その頃にはモダン・ガールと呼ばれた人たちがいた。これはガールの最初ではないか。洋髪にスカートをはけばモダン・ガールと呼ばれた、素朴な時代の人たちだ。昭和になるとエア・ガールがあらわれた。これはステュワデスだ。エア・ガールが空を飛ぶ人なら、地上にはバス・ガールがいた。このガールは、昭和四十年あたりまでは健在だったようだ。ガールという女性たちは、時代の先端をいく輝かしい存在として、出発した。そして彼女たちは、バスや飛行機のような職場を、基本的には持っていた。モダン・ガールも、いざとなればタイプくらいは打てたのではないか。

　戦後にはパンパン・ガールがいた。これも先端であったことは確かだし、パンパン・ガールとしての年月のなかには、ほんの一瞬にせよ、輝かしいときもあっただろう、と僕は想像する。パンパン・ガールの時代が終わると、日本はすでに経済の国になっていた。轟々たる経済活動の端っこのほうで、ガールたちは便利に使われる存在となった。

　ショー・ガール。マネキン・ガール。ヒット・ソングが言うような、「あのこに空似の」カレンダー・ガール。広がっていくいっぽうだった経済の間口にくらべると、ガールの種類は多くない。いまでも現役のガールは、キャンペーン・ガールくらいのものだ。同類にマスコット・ガールがいる。球場へいけば、ボール・ガールに会えるかもしれない。

日本の経済活動は会社が担った。そしてその会社には、オフィス・ガールがいた。ガールはレディに代わってオフィス・レディと呼ばれ、OLと略されて現在にいたっている。ほんの少しにせよ僕は会社を体験したとは言っても、自分が配属された場所とその周辺しか僕は知らない。期間がごく短かったし、その短期間のあいだずっと、会社の仕事で多忙だった。

昔の商社はタイピストを大量に必要とした。若い女性のタイピストが、ずらっとデスクをならべている一角が、ワン・フロアの大部屋のまんなかにあった。タイピスト・プールというやつだ。アンダウッドの大きなタイプライターを相手に、彼女たちは一日じゅう書類を作っていた。いまでもそうかと思うが、商社は膨大な量の書類を必要とし、それを生み出す。

僕が体験した範囲内で言うなら、オフィス・ガールの筆頭は、このタイピストたちだ。庶務課や総務課へいくと、そこにも女性の社員はいたはずだ。大部屋にも総務があり、そこには四、五人の女性がいた。いま思えば、彼女たちもまた、オフィス・ガールだったのだ。いくつもの商談相手をめぐり歩くために外出するとき、都電で移動する経路を小さな伝票に書いてこの総務へ持っていくと、担当の女性が買い置きの都電の切符の束から、必要なだけの枚数をちぎり、新卒の僕に支給してくれた。都内をまだ都電が走っていて、この路線、あの路線と、消えていこうとしていた時代だ。

大部屋のなかで天井まで囲いの壁があって個室のようになっていた部分は、いくつかの会議室と、電話交換手のいる部屋だけだった。外から代表にかけると交換台の女性が出て、希望するところへつないでくれた。そんな時代だった。もちろん、直通もあった。会社から外にかけるときには、外線は使わなかった。自分でいちいちダイアルをまわしていると、午後遅くには指先の皮がはがれるからだ。

内線の受話器を取ると、「はい」と、交換台の女性が出た。電話をかけたい先を告げ、受話器を置く。しばらくするとその受話器のベルが鳴る。受話器を取ると、「お出になりました、どうぞ」などと、交換台が言う。そこでやおら、「もしもし」と、僕は言う。外からかかってきたときにも、受話器のベルが鳴った。取って耳に当てると、「カタオカさんに日銀からです」などと、交換台は言ってくれた。

オフィス・ガールはオフィス・レディをへてOLへと変わった。見た目だけでも、これはたいへんに大きな変化だ。社会のなかでの彼女たちの位置が変化した。質も別なものへと変わったに違いない。オフィス・ガールとは、ひとつの範疇だ。明確に規定された領域だ。彼女たちだけに適用される枠であり、彼女たちはそれに守られていた。やや誇張して言うなら、彼女たちは別扱いをされていた。

OLとなると、これもやや誇張して言うなら、もはや会社の備品でしかない。枠に守られた存在ではない。ユニフォームひとつで社内にばらまかれる備品だ。そのOLたちはいまも社内に存在している。会社はさまざまな備品を必要とする、ということなのだろう。

キャリア・ウーマンは、このOLの進化したかたちなのだろうか。ガールはウーマンまでその位置を高めた、よかったね、という説を唱えたい人がいるかもしれないが、根拠は弱い。会社で仕事をしていくにあたって、男性ならただ会社員であるだけで充分なのに、女性がおなじようにしようとすると、キャリア・ウーマンでなければならない。キャリアもウーマンも、じつは手かせ足かせなのだ。商社マン、営業マン、証券マン、サンドイッチ・マンなどの、なんとかマンと対になった概念かもしれない。日本にウーマンはキャリア・ウーマンとウーマン・リブしかない。ウーマンのような基本語が、じつは日本では特殊語だ。

僕の入った会社にもいたオフィス・ガールたちは、新卒にとっては思いのほか近よりがたいと言うよりも、まず理解しがたい存在だった。彼女たちは会社のなかにじつにあっけなく塗り込められた人たちであり、なぜそこまで塗り込められたままで毎日を生きるのかという疑問に、僕は答えを見つけることが出来なかった。

入社してひと月ふた月という僕にとって、もっとも近い位置にいたのは、エレヴェーター・ガールという種類のガールだった。少しずつ消えつつあったけれども、当時はエレヴェーターにガールがいた。いつもエレヴェーターのなかにいて、ドアの開閉そして行く先階のボタンを押すことを、仕事にしていた。いまは絶滅したと言っていいが、百貨店にはまだいるかもしれない。もしいれば、百貨店がいかに特殊な世界であるか、ということだ。

僕が入った会社は、本社から歩いて十五分ほどの場所の九階建てのビルディングに、三、四、五階と、三つのフロアを借りていたと記憶している。僕がいくべきフロアは四階だった。歩道から階段を上がり、押したり引いたりして開くガラスのドアを入ると、当時の感覚でのオフィス・ビルディングのロビー、つまりがらんとしてなにもない四角なフロアがあり、その奥にエレヴェーターがふたつあった。三つだったかもしれない。もし三つだったなら、左端のは通常は使用されていなかった。

使われていたふたつのエレヴェーターのうち、ひとつは自動になっていたはずだ。そしてもうひとつには、いつもエレヴェーター・ガールがいた。一日の勤務時間を、ふたりの女性が交代で分け合っていた。彼女たちはその建物を運営する会社に雇われていたのだろう。

高校を出てその仕事について二年ほど、という印象があった。ふたりとも美人だった。半端ではない量のセクシュアル・ハラスメントを、毎日のように体験していたのではないか。新卒の僕よりふたつほどは年下だったはずだが、ひときわ世智にうとい僕から見ると、彼女たちは世のなかをほぼ知りつくした、たいそう頼りになる人たちのように思えた。

休憩時間に近くの喫茶店でコーヒーをつきあってくれたとき、テーブルをはさんで差し向かいになって最初の台詞が、「営業なんかやめなさいよ」というものだった。「なぜ営業の仕事なんかするの?」とも彼女は言ったし、「営業なんて馬鹿馬鹿しいわよ」とも言い、「営業なんて大嫌い」とすら言った。

商社の営業の仕事そのものは、彼女は知らなかったと思う。会社勤めの男たちをエレヴェーターに乗せては、上へ下へと運ぶ回数が年間で二千回や三千回にはなる彼女が、その若い全身の感覚で感じ取った結論が、「営業なんて大嫌い」だった、と解釈すればいい。

エレヴェーターの美人は、一杯のコーヒーを前にして、新卒の僕にあっさりと正解を投げたのだ。会社のすぐ外にあるエレヴェーターという位置から、彼女は会社の内部を観察していた。新卒の僕は厳密にはまだ会社の外の人だった。この意味で彼女は僕にとってもっとも近い人であり、ふたりは対等であるとさえ言えた。

僕は自分の仕事を営業だとは認識していなかった。彼女に営業と言われて、そうか、僕は営業なのかと、かなり驚きうろたえた。日本製の主としてステインレス・スティールの平凡な板をヨーロッパに輸出するのが、僕の配属された部署の仕事だった。ヨーロッパの買い手から引き合いを受けるところから、製品を船積みするまでの輸出手続きのすべてが、僕にも仕事としてあたえられた。

当時はまだ西ドイツと言っていたドイツが、盛んに団地を建設していた。僕を仲介者としてそのドイツが買ったステインレス・スティールの何枚もの板は、一枚ずつプレス機にかけられ、団地の流し台とその周辺へと、かたちを変えた。外国の買い手が国内のメーカーと直接に取引をするなら、商社の必要はどこにもないではないか、と思いながら僕は仕事をした。

確かに営業だが、日本国内の現実通念としての営業とは少しだけ隔たっていた、と僕はいまも思う。しかしエレヴェーターの彼女にとっては、営業はとにかく営業でしかなく、それは大嫌いだったのだ。営業なんて大嫌いとは、サラリーマンはみんな嫌い、と言うのと等しい。その後、彼女はどうなったか。

春遠く、厳寒

平成十年の年末、ある新聞の見出しのひとつは、「新卒者に春遠く」と言っていた。新卒者とは、次の年、平成十一年に大学や短大、高校などを卒業する予定の人たちのことだ。その彼らにとっていまだ遠い春とは、学校を出て就職先に勤めるという次の段階が、まだ確定していないことを意味している。会社勤めが春であるかどうか、それはいまは問わないとして、平成十一年の新卒者にとって、春は遠いらしい。

平成十年の年の暮れに、まだ就職先がきまっていない大学生が十三万人もいると、その記事は伝えていた。内定を取りつけることを目標とした就職活動は四月から始める。そして五月あるいは六月には内定していないといけない、ということになっているようだ。しかし平成十年の年末になっても、内定のまだ取れていない大学生たちがたくさんいる現実の背景には、「大卒の若者の就職すら難しい不況の実態」があるのだそうだ。

三人の新卒を募集した小さな会社に、数百人が応募した。「それほどの会社じゃないのに」と、その会社の担当者が言ったという。二十社を受験してまわり、すべて面接で落とされた大学生がいる。珍しい存在ではないらしい。不況で公務員試験の倍率は高くなっている。高卒対象の国家Ⅲ種とかいう試験に、大学生が「殺到」したそうだ。

平成十一年一月なかば、別の新聞記事では、「厳寒就職　大卒内定八十パーセント　女子大五十パーセント　高卒も低迷」と、見出しが言っていた。厳寒、つまり厳しい寒さだ。春がまだ遠いだけではない。いま現在がものすごく寒い。寒いとは、就職先がきまらない、ということだ。日本の新聞記事、特にその見出しのなかでは、ごくわかりやすい花鳥風月の世界が、いまも生きている。社会は俳諧の世界だ。歳時記だ。

この記事にも、「長引く不況で新卒者の就職難が深刻化している実態」が、数字をあげて説明してあった。すでに内定している大学生が八十・三パーセント。女子学生は落ち込みが大きく、大学生で七十三・五パーセント、短大で五十六・六パーセントであり、合計すると六十八・八パーセントだそうだ。四年制女子大に限定して数字を出すと、平成十年末で就職内定率は五十九・四パーセントという数字になるという。

平成十一年の四月から新入社員としてどこかの会社に出社することが、平成十年の十一月末までに決定している日本の大学生が八十パーセント、つまり十人のうち八人までは就職先がきまっているとは、これは相当にすごいことなのではないか、と僕は思う。すごいとは、異常と言っていいほどに高い数字ではないか、というような意味だ。いまのこの日本で、来年に日本の大学を卒業する日本の青年のうち、会社に雇ってもらうことが確定しているのが、十人に八人の高率であるとは、すごいとしか言いようがない。

この数字を日本の外からの視点で見ると、どんなことになるか。日本とは、なんという高度な成功を収めている国なのか。日本の大学とは、なんという高度な教育機関なのか。日本の学生は、なんという優秀な人たちなのか。日本の会社とは、価値創造の根をなんと深く持った、なんと先進的な組織なのか。

春遠しとか、いまだ厳寒なり、という言いかたが真に成立するのは、今年の新卒者十人のうち、昨年じゅうに就職先の確定している人がようやく三人、というような数字である場合ではないか。十人のうち五人なら、それはきわめて正常か、上出来と言うべきだ。十人のうち八人までが内定していながら、春いまだ遠い厳寒とは、いったいどのくらい暖かなら気がすむのか。

大学新卒者の就職内定率百パーセントという時代が、ほんの十数年前、あったような気がする。バブルがその頂点へと向かいつつあった頃だ。バブル期入社、というやつだ。当時の百パーセントという数字は、現在の多くの会社が持てあましている過剰社員の数字へと、転じている。

女子学生、特に四年制女子大生が、引く手あまたの状態のなかにあったのも、その時代だった。「希望した三つの会社のどれにも内定したのですが、新入社員研修をカリフォルニアでおこなうこの会社に入ることにしました」と、どこの誰だったか忘れたが、ひとりの女子大生が僕にそう言ったのを、いま僕は思い出す。遠い遠い昔、銀河系のはるか彼方での出来事、というふうに僕は思う。

なぜ彼女たちがそこまで引く手あまただったかというと、彼女たちを引き受ける就職先としての会社群は、価値の多様化、感性の時代、自分だけのライフ・スタイル、女性の時代、というような単なる空疎な言葉のなかに、自分のとこの商品や製品の、さらなる販路の拡大の可能性を見ていたからだ。ごく幼稚な拡大の幻想の上に立って、会社群は新卒者を大量にかき集めた。ひとりの女子大生が五つも六つも内定を取った。ほんの十数年前のことだ。それがいまは春の遠い厳寒だというのだから、かつての引く手あまたの状況を支えたものがいったいなにであったか、よくわかる。

価値の多様化、感性の時代、自分だけのライフ・スタイル、女性の時代など、いまこうして書くだけでも恥ずかしい言葉には、じつはいっさいなんの根拠もなかった。吹けば飛ぶようなものだった。まるっきりの嘘だった、と言ってもいい。もっと売りたい、販売戦線を拡大したい、それには人員が必要だ、いまは女に受けないと売れないそうだから女も採ろう、という程度のことでしかなかった。日本の会社とはこんなものなのに、いまだに会社への就職が、冬のさなかのメイン・テーマなのか。

無理もない。会社への人員供給を目的とした日本の教育システムのなかを押し出されてきた人たちには、会社以外に世界はない。冒頭で数字を引用した新聞記事のなかに、二十社を面接まわりしてすべて落ちた大学生のコメントがあった。「自分のすべてが否定されたよう」と、彼は言ったという。自分とはなにか、そしてそのすべてとはなになのか、正面から問われて答えがあるのかどうか。

会社への人員供給という、本当は質の低い日本の教育システムのなかを、うしろから押されて出口まで来ただけの自分のすべてとは、いったいなになのか。こんなことを言った学生が実際にいたのではなく、取材した記者がこの問題に対して最終的に抱いた感想を、ひとりの学生のコメントというかたちで、表現したのかもしれない。これは充分にあり得る。ひょっとしたら架空かもしれないコメントを問題にしても始まらないが、いまの日本の学生の、いかにも言いそうなことでもある。

いかにも言いそうなコメントは、おなじ記事のなかにもうひとつあった。「ヨーロッパへ何度もいけるほどおかねを使い、面接のために東京へいくことを繰り返したのに、内定はひとつももらえなかった」という女性のコメントだ。いかにも言いそうなコメントであり、言いそうさの度合いがたいへんに高い。女子学生のひとりが、実際にこう言ったのではないか。面接のための交通費がいくら以上になる人には内定を出します、という会社があるわけない。自分が使った交通費と内定とが、それだけで結びつく経路はどこにもない。

いまの日本の大学で、四年間遊んだあとは直ちに会社に就職して給料をもらいたいという考えそのものが、内定の取れないいちばん大きな理由かもしれない、と考えることの出来る頭なら、内定はもらえるはずだと僕は思う。

僕がたまたま見たこのふたつの記事は、就職したい学生たちにとって春いまだ遠い厳寒の状況は、「長引く不況」によるものであるということになっていた。不況とはなになのか、どちらの記事にも説明はなかった。

日本の女子大生が、よく名を知られた日本の企業から就職の内定をいくつも取りつけ、価値の多様化、感性の時代、自分だけのライフ・スタイルなどと煽られていた時代が好況とするなら、すでに書いたとおり、その好況はなんの根拠もない嘘だった。

戦後五十数年の特になかばからこちら側の期間に、多くの会社が大きな失敗をいくつも重ねてきた。いくつもの失敗の蓄積という、自らが作った重荷の下から抜け出せずにいる状態が、いま言われている不況なのだ。失敗の蓄積とはなにだったか、簡単に言うなら、人海戦術の有効な時代がとっくに過ぎても、おなじ戦術を維持し続けたことだ。

昨年の秋には、「サラリーマン　初の減少」という見出しの記事を、僕は新聞で見た。「初の」とは、戦後五十数年の日本で初めての、という意味だ。戦後の五十数年間、日本ではサラリーマンの数は増え続けた。このことじたい、相当に異常なことだ。増えかたを見ると、それはもっと異常だ。たとえば、一九六〇年に二千五百万人だったサラリーマンは、一九六八年には、五千三百六十万人にまで増えた。

大量に売るための規格品を、大量に作って売る人海戦術、それが戦後の日本という会社立国を支えた。五十数年にわたって増え続けた大量のサラリーマンは、そのために必要だった。その日本のサラリーマンが、一九九八年の一月から十月までの平均で、前年にくらべて二十五万人も減ったという。二十五万人という数は、これもかなりの数だと僕は思う。だから僕は反射的に、二十五万人も、と書く。一年間に定年退職するサラリーマンの数と、ほぼおなじだ。これだけの数のサラリーマンが減少した理由は、その新聞記事によれば、「業績低迷が続く企業の雇用リストラの影響がはっきりあらわれたため」だという。

来年の新卒が就職出来ないのも、雇用されてきたサラリーマンがリストラされるのも、「長引く不況」や「業績の低迷」が原因だと言われている。では不況や業績の低迷は、なぜ起きたのか。失敗したからだ。それまでは有効だった方法が、そのまま失敗へと転じていった時期が、すでに三十年ほども昔のことになりつつある。

戦後五十数年の日本を作って支えた会社立国が有効だった時代は、終わりつつある。ある日突然、すべてが終わるのではない。いろんなところから少しずつ崩れていき、消えていく。これまでは有効な方法だったものが、なぜ終わりを迎えて失敗に転じるのか。

世界各国という現場で跋扈している資本主義は、かたときも停止することなく突進を続けている。理論としての資本主義は、もうほとんど動かない。しかし現場の資本主義は、いつの時代でも、これまでとは違ったビジネスの方法をめがけて、常に突進している。それまでの方法が無効となったら直ちにそこを離れ、次の方法へと向かう。

それまでの方法は、取り残され消えていく。次の方法は、かたちだけではなく、おそらく質も異なる。それまでの方法を仕事にしてきた人たちに、仕事がなくなる。彼らは、じつは、必要のない人たちとなっている。だからリストラされ、失職する。かつてとおなじ仕事は、もう二度とない。基本的にはまったくおなじことが、新卒者の就職難にも、そのままあてはまる。これまでの方法を踏襲するだけのための教育をほどこされて排出される新卒者たちには、本当は最初から居場所がない。彼らは必要とされていない。だから採用されない。

小学校に入ったときすでに時代遅れであり、そのまま大学まで出てしまった、もはやまったく必要とされていない人材なのだ、ということに気づきもしない新人たちを、誰が採用したいだろうか。それでもなお、十人の新卒者たちのうち八人までもが就職の内定を得ているとは、これは日本の日本らしさゆえの出来事以外の、なにものでもない。人海戦術の時代を、いまの日本はまだ八十パーセントまでは引きずっている、ということだ。

これまでの日本を作ってきた日本らしさによって、これからの日本がかたっぱしから裏切られていく可能性は、たいへん大きい。「らしさ」によって出来たものが、まったくおなじ「らしさ」によって、裏切られていく。

用意されている進路を小学校のときからたどり、なにも問題意識もないままに大学をただ卒業しただけの新卒は、これからも毎年、世のなかに送り出されてくる。社会の質の変化に対応して、あるいは先取りして、教育のシステムを根本的にやりなおす必要が見え始めたのは、三十年ほども前のことだ。改革はいまもなされていない。そして企業は、とにかく人を減らして経費を削減するという、幼稚な方策しか持ちあわせていない。

このような三つどもえのなかで、平成十一年の終わりには、次の年の新卒の就職内定率が六十パーセントに下がった。高校生では四十パーセントだという。新たな可能性を創造する力を、ひとつの国がほとんど失いかけている事実を、高校生に関する数字は示している。

平成十一年の五つの安心

平成十年に日本で首相を務めている人物が、自らを「ヴォキャ貧」であると評したことは、日本にとって記念すべき出来事だ。戦後の五十数年を体験してきた日本がついに到達した、マイナス領域におけるひとつの頂点だ。

平成の十一年め、年頭の総理記者会見でこの首相は、「私はこの内閣の課題として、五つの安心と真の豊かさの実現を、かかげたいと思います」と、語った。五つの安心とはなにか、念のため以下に引用しておこう。こういうのを見ると、もう日本は駄目だ、と僕は思う。そしてその日本は、僕の祖国なのだが。五つの安心とは、次のとおりだ。経済再生の安心。雇用の安心。環境の安心。社会保障の安心。育児と教育の安心。

自らを「ヴォキャ貧」と定義して笑っている、しかし戦後日本の歴代の首相のなかでもっとも怖い首相の登場に、まるで正確に計測して符合させた結果のように、広辞苑という日本語の辞書の改訂版が刊行された。改訂版とは、前の版を刊行して以来、ひたすら増え続けた新しい言葉を大量に収録したもの、というほどの意味だ。

この広辞苑の歴史は、戦後の日本における言葉の歴史だ。最初に刊行されたのは一九五五年だ。この年はなんとも言いようがないほどに象徴的な年であり、象徴的な出来事だ。なぜなら、次の年の一九五六年には、日本政府がその経済白書で、「もはや戦後ではない」と宣言したからだ。

アメリカによって完膚なきまでに叩き伏せられた日本が、敗戦そして無条件降伏してから十年。なにもない焼け跡から復興を始めたという日本は、その十年間で復興をとげて強力な土台を作っただけではなく、それまでの日本とはまったく質の異なる、まるで別の日本になりました、という意味の宣言だった。

いつなにがあろうとも日本はずっとおなじ日本だし、日本人はいつまでもおなじ日本人のまだ、というのが一般的な理解だとすると、それは大きく違っている。いまの日本にはいまの日本人しかいない。昔の日本は、時間の経過と時代の進展とともに、順に消えてなくなった。いまの日本がここにあるだけだ。

戦後に限定して言うなら、「もはや戦後ではない」という宣言は、戦後の日本が第一回めの大きな変質をとげた事実を、語っている。それ以後も日本は変わり続けた。日本人という人々や彼らの作る国が、その質のもっとも深いところで、それまでとは別なものへと、何度か大きく変化した。そのつど、広辞苑は改訂された、というのが僕の意見だ。

一九五〇年代なかばの日本は、それまでの日本とはとうていおなじとは言いがたい日本に、すでに変質していた。それ以後もますます変質をとげることは確実となったから、広辞苑という辞書に言葉がまとめられた。日本は違う日本になったし、これからはもっと変わっていくのだという自覚は、新しい辞書を一冊、編纂させた。

最初の広辞苑は昔からあるクラシックな言葉が大部分を占めたのだが、戦後第一回めの変質をとげた日本にとっては、すでに存在していた辞書では明らかに不足だった。平成十年の五度めの改訂にいたる途中、日本にとっての大きな変質の節目ごとに、広辞苑は改訂された。変質が限度を越えるとそのつど、それまでの広辞苑は、社会からのずれを痛感しなくてはならなかった。高度成長、オイル・ショック、バブルなど、日本の質の大変化とほぼおなじ時期に、改訂はおこなわれたはずだ。

戦後の日本が自ら作り出して体験してきた、経済復興と高度成長そしてそれ以後を、広辞苑という一冊の辞書の立場から見ると、それまではなかった新しい言葉が急激に増えていき、それらの多くが社会のなかに定着して、人々の日常語となっていくプロセスだ。

広辞苑のような大きな辞書の第一の機能は、静止した貯蔵庫だ。急激に増えていく新しい言葉を、貯蔵庫は収録しなくてはならない。収録を決断させるのは、増えるいっぽうの新しい言葉が社会に定着したという判断、つまりそれら多くの新しい言葉で言いあらわされる実体が、社会のなかへすさまじい速度で広まり浸透した、という判断だ。

それまでは存在しなかった新しい数多くの言葉によって、社会の質がまったく別なものへと変化していくのだが、一冊の辞書にはそこまでは追いきれない。収録するのに精いっぱいの辞書にさらに出来ないのは、社会に広まり浸透した数多くの新しい言葉の群れ、そしてそれらが言いあらわしている実体が、人の幸せにじつはなんら寄与していないという、悲しい事実の提示だ。

一九五五年に初めて刊行された広辞苑が、それ以後、日本の質的変化の節目ごとに収録してきた大量の新しい言葉をよく点検すると、ろくでもない言葉ばかりであることがわかる。このような言葉を手に入れた自分たちは、なんと幸せなのだろうと心から思えるような言葉は、改訂のたびに加えられた新しい言葉のなかに、ひとつもない。

これまでに刊行された広辞苑をすべて揃え、時間順にならべて観察すると、そこに戦後の日本がある、と僕は確信を持って思う。分厚く大きくなっていくいっぽうの広辞苑の姿は、そのまま戦後の日本が体験した、右肩上がりの経済による歴史の跡だ。

今回の改訂では、一万語もの言葉が、あらたに加えられたという。自分の国の辞書に一万もの言葉を追加する決断の根拠は、なみたいていのものではないはずだと思うが、とにかく一万語が加えられた。

朝一。裏技。駄目元。茶髪。休肝日。ぽい捨て。ぷっつん。どたキャン。とほほ。一万語のなかには、このような言葉も多い。見ても聞いても美しくはないし、自分で使ったなら楽しくないどころか、戦後の日本というろくでもなさのさらに内部へと、否応なしにからめ取られていく不快さを覚えるだけだ。

すでに書いたとおり、辞書は言葉の貯蔵庫だ。貯蔵庫には、そこに貯えるものの数が増えるにしたがって大きくなっていかざるを得ない、という宿命がある。今回の改訂で生まれた広辞苑は、限界を越えたと思えるほどに、大きくて厚い。この姿もまた、現在の日本を端的に写している、と僕は思う。

戦後の日本が自分のものとして獲得してきた多くの言葉は、じつはろくでもない言葉であり、それらが言いあらわす実体もまた、ろくでもないものだった。ごく限定された範囲内のきわめて少数の例外を別にすると、戦後の日本とは、ぜんたいとしては失敗だった。

なぜ、こんなことになったのか。戦後の日本は会社でありすぎたからだ、という言いかたをしてみよう。株式会社日本と外国から言われたとおり、戦後の日本は完全な会社立国をとげた。全国に林立した企業群は、経済だけではなく、日本そのもののすべてを、引き受けた。社会とは会社であり、その外にはなにもない、という国になった。政府まで会社に支えられた。

改訂ごとに広辞苑に収録された、戦後の新しい言葉をさらによく観察すると、それらの言葉の圧倒的に多くが、会社用語であることに気づく。会社が生産や販売などの企業活動をすることから生まれてきた言葉、そして、会社と一心同体あるいは表裏一体となって生活する人たちの使う言葉だ。

会社の活動の拡大は、人々の生活を安定させ向上させる、絶対的な善であるとされた。しかし会社は利益を追求するだけであり、真や善あるいは美といった幸福とは、なんの関係もない。むしろ会社はそれらを排除し無視し破壊していく。

日本そのものを会社群がのみ込んだ。良くも悪くもそのなかにしか、戦後の日本は自分の日々を持たなかった。誰にとってもすべては会社だった。会社と関係しないものは無価値であり、存在しないも同然の扱いを受けた。

会社がなぜいけなかったか。会社とは、徹底して内向きの世界だからだ。自分のところの営業品目だけが世界のすべてであるという、内向しきった場所だ。だから会社はきわめて狭量であり、じつはたいそう脆い。状況が変われば、会社はあっというまに消えてなくなる。

戦後の日本は、冷戦を戦ったアメリカを補完するものであり、アメリカの傘のなかに、その身を置いてきた。いまもそうだ。軍事はそのアメリカの傘のなかであり、基本方針はすべてアメリカにまかせてある。「な、そうだろう」とアメリカが言えば、いつだって「イエス、サー」と答えるという世界だ。このような状態で、まともな外交など持てるわけがない。そしてそのことを逆に利用して、日本は外交を徹底してさぼってきた。

外交と軍事がなく、アメリカの傘のなかで平和な自由世界を相手に、日本は経済活動だけをおこなってきた。経済活動とは会社の仕事だから、会社の仕事が盛んにおこなわれればおこなわれるほど、内向きのエネルギーは何乗倍にも増幅されて日本国内に充満し、そのエネルギーが向かう方向、つまり内側へ、さらに内側へと、日本を導いた。

すべてのことが国内だけのためにおこなわれ、あらゆることが国内だけで間に合って完結するという、一国平和主義と呼ばれる世界を、戦後の日本は完成させた。

戦後の日本のすべてを支えたのは、日本人が大好きな、内向きのエネルギーとその論理だった。なぜこれが日本人は大好きなのか。内向きの世界は、建前と本音の世界という、日本人にとってもっともわかりやすくて違和感のない、具体的な世界だからだ。

建前とは、おもて向きにただそう言っておくだけという、どこからも文句の来ない紋切り型の内容と言葉だ。そして本音は、自分たちの都合だけを徹底して遂行するための、裏ルールのことだ。このような意味での建前と本音というダブル・スタンダードによって、いまの日本はその隅々まで支配され、すべては裏ルールによって仕切られ、運営されている。

五十数年ものあいだ、内向きの経済活動に邁進した結果、裏ルールの国という究極的な内向きの世界を、日本は作った。裏ルールを支える力は、嘘と隠蔽だ。いまの日本がいかに嘘と隠蔽に満ちているか、誰もが知っているという状態から、これからの日本は抜け出さなくてはいけない。

戦後の日本は、日本を日本国内というひとつのマスへと、統制することに成功した。戦前に達成されたのとおなじ質のことが、戦後においても達成された。この達成と成功の度合いは、一般に認識されているよりもはるかに、すさまじいスケールのものだ。

技術に立脚した経済によって、日本国内というひとつのぜんたいを達成するためには、とんでもないパワーと量の、内向きのエネルギーを必要とした。このエネルギーがどこからどのように発生したかについて考えると、これからの日本にとっての、脱出経路が見えてくるはずだ。

自分のありかたをめぐって、自分の頭を使って本当に考え抜いたことが一度もないという種類の人々が、国民として圧倒的な多数になっている状態から、そしてそこからのみ、これだけの内向きのエネルギーは生まれてきた。

自分はどうありたいのか。自分はどんなふうに生きたいのか。なにをしてどう生きれば自分は幸せなのか。こういったことについて真剣に考えたことは一度とてなく、経済最優先で会社がすべての会社立国という国の方針を受けとめてしたがい、それに乗ってただ流されていくという適応をしただけの人々が、戦後の日本をここまでに作りあげた。

本来ならとめどなくマイナスであるはずのパワーがひとつに結集して、戦後から現在までの日本を作った。日本は日本国内というぜんたいでひとつとなり、日本の外については、それは世界というぜんたいでひとつだと、とらえられることになった。

その日本がここまでになったのは、ぜんたいでひとつととらえることの可能な大量の人たちが消費する、大量の規格品の生産と販売とを、日本が最高の得意技としてきたからだ。ぜんたいでひとつである日本は、ぜんたいでひとつであるマスに向けて、ぜんたいがひとつである規格品を、大量に売った。日本がたどった論理の筋道は、このように見事に一貫していた。

国の方針が到達した地点、つまり現在の日本は、自分がどうあればもっとも幸せなのかについて、自分の頭で真剣に考えたことが一度もない人たちにとってすら、これでいいのだろうか、これでいいはずがない、と思わざるを得ない状態だ。

自分の頭で真剣に考える人たちにとって、自分が望んでいる幸せといまの日本のありかたとのあいだには、絶望的に大きな距離がある。そのような距離はなぜ生まれたか。人々がなにも考えずに、ぜんたいでひとつのマスであり続けたからだ。人における究極の内向きな状態は、自分ではなにも考えずにいる状態だ。そしてそのマスが、戦後の日本を作って支え、ここまで到達させた。

会社員が老いていく国

僕に思い出すことの出来る範囲で、キー・ワードをひとつだけつまみ出すなら、それはロマンス・グレーという言葉だ。この言葉は確かに兆候だった。日本は老人の国になる、という認識が確定されていく兆候だ。ロマンス・グレーという言葉を、いまは誰も使わない。したがってそれは死語だから、意味を知らない人も多いはずだ。僕なりに解説しておこう。

グレーとは、白髪がそろそろ目立ち始めた男の髪のことだ。そのような髪の持ち主は、中年後期の落ち着きや渋さとともに、社会的な地位や評価をそれなりに手に入れ、まだ少しは残っている若さが男の色気のように残照している年齢と状態にある、という前提のグレーだ。その人はきちんとスーツを着たお洒落なサラリーマンである、というのも前提の一部分だった。

ロマンスという片仮名日本語の意味は、身も蓋もなく言うなら、結婚していない男女の肉体関係のことだ。グレーとのロマンスとは、魅力のあるグレーに対して、肉体関係への発展をあらかじめなかば合意したうえで、若い女性が抱く恋愛的な感情のことだ。

日本が絶対会社主義と僕が言う会社立国の基礎を固め、全勤労者の七十パーセント以上がサラリーマンであることが確定した時期、一九六〇年代後半に生まれた言葉だろう、と僕は見当をつけている。素敵なおじさま、という言葉もあった。ロマンス・グレーとおなじ意味を、片仮名を使わずに言うとこうなる、という程度の言葉だ。

戦後の日本は、会社とサラリーマンの国、および文化だった。ロマンス・グレーの時代は、そのような国と文化が、まだ始まったばかりの頃だ。だから歳をとっていくサラリーマンを、ロマンス・グレーとして美化するだけの余裕があった。

それからおよそ二十年後、会社とサラリーマンの文化が飽和点に達した頃には、グレーであろうとなかろうと、歳をとっていくサラリーマンたちは、主として彼らの妻たちから、粗大ゴミと呼ばれることになった。黙って新聞を読みながらお茶を飲む以外に、能もなければ役にも立たないうちの粗大ゴミ、というわけだ。彼らは濡れ落ち葉とも呼ばれた。濡れてべったりと貼りついて掃除のしにくい、なんの価値もない邪魔なもの、という意味だ。

高度成長以後の日本のサラリーマンは、わずか二十年のあいだに、ロマンス・グレーから急転直下、粗大ゴミとなった。時代の進展とは、こういうものなのだ。妻たちが家庭とその周辺で発したこの言葉は、その後の日本のサラリーマンの命運を、正確無比に読み抜いていた。

日本のサラリーマンの圧倒的な多数は、高度成長からバブルまで、人海戦術の頭数だった。彼らが中年の円熟期にさしかかるはじから、まず誰よりも先に彼らの妻は、失敗の人生を営々と生きる彼らに、呆れ果てなければならなかった。

ロマンス・グレーの頃は、日本の経済の間口がいきなり広がった時代だ。新たな消費のかたちが急激に増え、日本人の生活様式とものの考えかたは一変した。若い未婚の女性が、会社勤めのおじさんを消費の対象に考えるほどに、それは変質して別物となった。

グレーな男にもしロマンスがあったなら、それは彼の個人的な問題だった。二十年後の彼らが、ほかの誰でもない妻たちから、憎悪の気持ちすら充分に込めて容赦なく、粗大ゴミと呼ばれるようになった文化、それが日本だ。そしてこれは国家の問題だ。文化などほとんどない国だから、時間さえたてば本質は端的に露呈されていく。日本のサラリーマンのいきつくところは、悲惨な老人問題という失敗の人生だ。日本の悲惨な老人問題のもっとも深い根は、日本という会社文化とそれのみを擁護した国家にある。

過労死をボトムラインにして、窓際、左遷配転、肩叩き、リストラ、出向、早期退職勧告、社内いじめ、社内暴力、いやがらせなど、サラリーマンの環境は厳しさを増すいっぽうだ。たったいま書いたサラリーマンという言葉を、僕は訂正しなくてはいけない。サラリーマンという人たちは存在しない。確かに存在するのは、歳をとっていくサラリーマンだけなのだ。

毎年、二十万人を超える数で、彼らは定年退職していく。五年で百万人を軽く超える、というペースだ。人が老人になっていくこと、老人であること、あるいは老人が増えることじたいには、基本的にはなんの問題もない。では問題はどこにあるのか。サラリーマンであることだけで生きてきた人たち、会社に勤めていることだけを唯一の財産としてきた人たちが、定年で会社を離れると、なんの能力もない、自分ではなんにも出来ない老人たちが、会社という枠のなかから社会一般という広い荒波のなかへ、いっきょに差し戻される。これが問題なのだ。そして粗大ゴミという言葉は、ここを衝いている。

新入社員のときすでに質的には充分に低いところにいた彼らサラリーマンは、会社生活の年月のなかで、とげられるだけの劣化をとげる。そして彼らの生産性の低さを、日本の会社は呑み込んだ。会社は社会のすべてだったから、そうするほかなかった。

自己管理すらおぼつかない彼らは、サラリーマンだった頃に早くも、心身ともに厳密には半病人だ。定年後はたちまち病気がちないしは病気持ちとなる。自分ではなにも考えることが出来ず、なにひとつ出来ない病気持ちの老人たちの国。日本はそれになる。人海戦術のサラリーマンを擁し、会社立国のみをめざしたことのつけは、こんなふうにまわってくる。日本の老人問題は、まさに日本という国家の問題だ。

病気は慢性となる。治らないどころか、寝たきりの日々が来る。受け入れてくれる施設も病院もなく、貯えは底をつき始めた、妻も具合が悪いという、絵に描いたような悲惨な状況が、天から降ってくる地から湧いてくる、と感じる段階になってようやく、「国はなにをしているのだ」と、当人は思う。

国はなにもしていない。寝たきり老人の介護などは嫁にやらせろ、と国は言っている。外国と交渉してジジ・ババの里を作り、そこへ日本の老人を捨てようとした計画を、国が立てたことがあった。会社立国のために使って用済みとなった老人は、一括廃棄処分に出来ればなんといいだろう、と国家は思っている。日本で歳をとるとは、こういうことだ。

人生の最後の最後、残る仕事は死ぬだけという段階で、日本人は国家と向き合う。それまでの彼らは、国家というものを実感することが、おそらく一度もない。小学校から大学まで、社会とは隔離された学校で過ごし、それが終わると会社という枠のなかの人となり、順当なら六十歳までそこで過ごす。歳をとればとるほど、血も涙もない国家と接近していくのだが、彼らはそんなことなど思ってもみない。

サラリーマンという人生の最大の弱点は、内向きに終始するということだ。学校を出るまでは、自分を中心にしたせまい周辺だけが世界であり、その世界は会社に入ることに向けて、絞り込まれていく。そして会社に入る。ひと頃までは終身雇用だった。自分のとこの営業品目以外はなんの関心も関係も持たないという、すさまじく狭量で内向きな世界、それが会社だ。

日本人はもともと内向きに考えるのが好きなのだ、という説は違うと僕は思う。戦後に限って言うなら、会社の基本方針を国家が国の方針にまで高めて、日本は内向きの国になった。極小は自分という人、そして極大は日本国家だろう。その中間に、無数の内向きの世界つまり会社が、入れ子になっている。

なぜ内向きは失敗なのか。この国で歳をとることとは、という主題に即して言いきるなら、内向きであり続けた人生は、最終的にはきわめてみじめに孤独な状況になるからだ。新入社員のいきつく先は、孤老死なのだ。

内向きであり続けるという失敗は、日本のいたるところにある。自分は関係ないと思っていても、最後は失敗というおなじ地点に立つ。日本はサラリーマンの国だから、サラリーマンという人生の失敗を支える本質は、恐ろしいことに、じつに多くの人たちに共通するものなのだ。

戦後の日本は、人々に国家について出来るだけ考えさせないようにする社会システムだった。いわゆる若い頃、つまり学校という枠のなかにいる頃は、国家からもっとも遠い状態を謳歌する期間なのではないか。

会社の国である日本は、生産や販売などをめぐる勤労の国であると同時に、そのことと表裏一体に、人々が盛んに物を買い消費する国でもある。若い頃の人々にとってもっとも作用力の強い、しかも消費だとは気づきにくい商品は、ポピュラーな音楽だと僕は確信している。LPの時代から五十年にわたって、ありとあらゆるかたちと内容の膨大な量のポピュラーな音楽が、若い人たちという市場に放たれ、消費され、彼らに対して強力に作用してきた。

消費行動というものは、個別的に切り離された孤独な行為だ。個別的な孤独性がもっとも強いのは、ポピュラーな音楽を消費するときだ。そして音楽は聴く人の心へ直接に届く。強く共感出来る音楽に対しては、これこそ自分自身だという錯覚を持つことこそ、最高に純度の高い共感になる。これは自分だ、と思い込む。自分はこの音楽によって自分を見つけたり創ったりしている、先端的な生活様式を作り出している、などとも思ってしまう。

好きな歌手や演奏家の作品を買い続けることを基軸にして、なにかもっといいのはないか、いまの流行はなにか、なにか自分だけのものを見つけたいといった執着が、若い生活様式として、日本では異常なまでに確立されている。

ポピュラーな音楽を次々に消費する日々は、若い頃にもっとも密度高く連続する。ポピュラーな音楽という夢や幻は、良くも悪くも国家から可能なかぎり遠いところにいて、夢や幻のなかに生きているような日々と、もっとも相性良く溶けてひとつになるからだ。

ポピュラーな音楽を受けとめ続ける行為は、個別的で孤独な行為であり、なににもましてきわめつきに内向きな行為だ。日本に充満している内向きのエネルギーと、じつはもっとも同質な行為のひとつだ。

人は歳をとる。若い頃は遠のき続ける。二十年前にようやく三十歳だった人は、いまや五十歳だ。若い頃に熱中した音楽は、CDやLPのなかにいまもそのままある。それを再生する。かつての音楽が再生されているあいだ、現在の時間のなかに、あらゆるディテールも正確に、過去が再現される。

二十年前に自分が誇った輝かしい共感、そしてその共感のなかに発見した自分は、二十年後のいま、過去のあのときとの一体感に、胸をしめあげられるような感傷を覚える。もともと個別的で内向きな行為であったポピュラーな音楽への共感は、共感の主体である当人が歳をとればとるほど、内向きの渦巻きの中心へと、接近していく。

どこからもなにからも完璧に切り離された自分の、内向きに徹してきた日々を、さらに孤独に内向きにして完成度を高めるために、過去を集めたベスト・オヴのCDを、歳をとり始めた人たちがひとりで買って聴く。

サラリーマンという人生の成功

大学生だった頃、友人たちとのいきがかりのままに、僕はひとつのグループのメンバーになった。友人たちのつながりのなかからいつのまにか発生した、親睦を目的としたごく私的なグループだ。東京都内のいくつかの大学を、横につなぐような集まりだ。いまでも存続している。一年に一度か二度ほど集まり、座敷で宴会をしながら、旧交を温めて話に花を咲かせるのが、もっとも中心的な活動だ。

この集まりが出来た頃には、メンバーは五十人ほどいた。同年令を中心に、前後の幅はせいぜい一、二年、という年齢構成だ。いまは三十人ほどが、定期的な集まりに出席している。物故者が何人かいる。行方不明の人は十人を超えている。僕はいまだにメンバーだが、会合には一度も出席していない。

三十代の頃は誰もが多忙だったのだろう、会合は二、三年に一度だったように記憶している。四十代なかばあたりから、会合は定期的になった。バブルの頃には外国でパーティを開いた。異業種交流の場として先見の明があった、などと幹事が会報に書いていた時期をへて、いまはもう定年が目の前にあるせいか、一年に二度の会合はきちんと開かれ、常にそれは盛会で、そこから派生した少人数の集まりが、それぞれに活動をしている。

会合があるたびに、報告書としての会報と、証拠写真のような集合写真が何枚か届く。会報は初めの頃は手書きだった。いつのまにかワープロとなり、それも最初は下手ゆえに私的な雰囲気を残していたが、いまでは書式見本どおりに作成した、会社内のレポートのようだ。

写真は最初の頃は白黒のプリントだった。座敷の宴会をストロボなしで撮ると、光量の不足している写真に特有の、もわっと灰色にぼやけた空間の向こうに、丹前を着たおじさんたちの歯を出して笑っている顔が浮かんでいる、というような出来のプリントになる。そのようなプリントを僕は記憶している。

二十代の終わり近くに、送られてくるプリントはカラーとなった。いまよりもサイズは小さく、発色はもっときれいで、周囲に白い枠があった。ストロボを内蔵したコンパクト・カメラがいきわたり始めると、酒がまわった日本のおじさんたちの、けっしてきれいとは言えないストロボの光を反射させたてらてらの顔ばかりが、プリントのなかにならぶこととなった。そしてプリントのサイズが大きくなった。

会報も写真も、そのつど僕は捨ててしまった。とっておけば、そしてそれらを時代順にならべて観察するなら、特に写真のなかに、彼らの生きてきた時代の変化を、如実すぎるほどに見て取ることが出来るはずだ。

彼らは、その全員が、昔の言葉で言う会社員だ。写真のなかに見る彼らの人生は、回を重ねるにつれて、つまり年齢を重ねるにつれて、少なくとも外見上は、日本のおじさん度をひたすら高めていく人生だった、と僕はとらえる。東京オリンピック前後に日本の大学を出て会社員となった青年たちは、ひたすら日本の会社おじさんになっていく日々を、そしてそれだけを、送ったようだ。

彼らを撮影した数多くの写真を、いま僕は記憶のなかに見ている。見かたとしては不正確きわまりないものだが、最後に残るひとつの印象は、間違っていないと僕は思う。会合のつど写真にとらえられた彼らは、年齢とともにおじさん度を確実に高めていき、いまとなってはどう取り返しもつかない、決定的なところに到達している。そして彼らのおじさん度のなかには、おじいさん度が、確実に加わりつつある。

これまでに送られてきた、おそらくは百枚を超える写真を、僕はひとまとめに記憶のなかに浮かび上がらせる。そしてその記憶を、もっとも新しい彼らの写真にと、重ね合わせる。あるときから、写真のなかの彼らに関して、どこかが変だ、なにかがおかしい、と僕は思うようになった。ふと感じる思いだから、真剣に追求しないまま、時間は経過した。

変である度合いは、年を追うごとに、高まっていった。なにが変なのか。どこがおかしいのか。陳腐な座敷におけるごく平凡な宴会写真を見て、なぜ自分はそんなことを思うのか。彼らの写真から、どこかが変だ、という印象をなぜ僕が受けるのか、その理由が、最近になってはっきりとわかった。謎は解けた。じつにつまらない謎だった。

写真のなかにとらえられている三十人ほどのおじさんたちは、全員がきわめてよく似ている。

この事実が、なにかどこかが変だ、という印象を僕に持たせ続けたのだ。おたがいにその外見をかたっぱしから自分に移植し合い、写し取り合って相似性を高めることに無上の喜びを感じているような、そんな関係のなかに彼らはいると言っていいほどに、彼らはよく似ている。

あるまじきほどに、こんなことがあっていいはずがないほどに、彼らは相似形だ。似ているのは彼らの外観だけではない。内部に培われた質が、事実上は同一だと言っていいほどに、おなじだ。微差はあるにしても、そのことに意味はない。

彼らはあまりにもよく似ているから、三十人の集合写真を見ると、おなじおじさんが三十人いるのではないか、と思ってしまう。おなじ体型、おなじ顔つき、おなじ笑いかた。かもし出す雰囲気がおなじ。服は見分けがつかないほど似ている。おなじ笑い声が聞こえてくる。おなじ匂いがしてくる。

彼らのおんなじ顔つきは、一様に丸い。明らかに太っている。笑いかたは、まったく無防備な日本のおじさんだ。それにはそれの良さはあるのだが、三十人集まってコンパクト・カメラに向かい、全員がおなじ顔でおなじように笑ってストロボの光を浴びていると、これは相当に気味が悪い。彼らが宴会の座敷で笑っている様子が、僕の目に浮かぶ。彼らの言葉が聞こえてくる。彼らの笑う声を、僕は聞く。

「日本人はねえ、なんてったって横ならびが好きだからね。これがいかんのだね、じつは」

「みんなが好きだから、みんながいかんのだよ」

ワッハッハッ。

「ほら、近ごろ流行の、護送船団だよ」

「みんなで渡れば怖くないというやつか」

ワッハッハッ。

「みんなで渡ってると、みんなやられちゃう時代だ」

ワッハッハッ。

「そうだよ、やられちゃうんだよ」

「アメリカにね」

「しかし、あの大統領には、やられたくないね」

ワッハッハッ。


なごやかと言うべきか、幼稚と言うべきか、おそらくは後者だろうが、こんなことを言っては笑っている彼らは、ほんとにおなじ体型をしている。彼らの生活形態は、日本における会社勤めという、極限に近い相似形だ。形態だけではなく、価値のひとつひとつが、すべておなじだ。身のこなしがおなじようだ。食生活はものの見事に同一だ。うちのかみさんがスーパーで買ってきて、手抜きをしながら作ったのを食べる。つきあいの酒も接待の宴会も、みんなおなじだ。一様に運動不足で、鈍ったような印象のある、太くて丸っこい体つきだ。

百貨店のセールで買った紳士上下の替えズボンは、形態記憶の白いシャツとともに、その胴まわりや腰において、パンパンに張っている。その張りを、父の日のベルトが、律儀に締めている。

彼らはおなじように老けていき、おなじように病気になるだろう。そして最後の最後、あとはもう死ぬだけとなった頃にようやく、悲惨な状況は個別的にくっきりと、差異を獲得するのではないか。幸せはどれもみなおなじようなものだが、不幸はひとつずつみんな違う、というやつだ。

しかし、これは甘い考えだ。そうはいきっこない。そんな文学的な時代は、とっくに終わった。最後の最後においてこそ、彼らの人生はなんの区別もいっさいつけがたく、同一となるのではないか。論理の筋道としては、そうならざるを得ない。

名ばかりの施設にほうり込まれて、彼らは死んでいく。あるいは、そのへんにほうり出されたも同然の状態で、息を引き取っていく。ひょっとしてあなたがたは、全員でおなじ人生を生きたのですかという問いに対して、そのとおりです、と彼らは答えなくてはならない。

おなじ時代の日本を、彼らはおなじように生きてきた。ほぼおなじ年に生まれ、おなじ価値観のなかで成長し、ほぼおなじ年に、区別のつけにくいおなじような大学に入った。なんの素養も蓄積もないという均一さのままに、全員が卒業して会社に入り、その会社の人としてのみ生きた。

いったいなんのために、彼らはこんなふうに生きたのか。みんなとおなじように生きるためにだ。最近の彼らが集まったお座敷の宴会を写真で見ると、みんなとおなじように生きるという彼らの人生は大成功だったのだ、と僕は確信を持つ。

官僚が仕切った統制や管理による国家の運営は、人々の身の上で大成功を収めた。そしてその大成功が、ほぼそっくりそのまま、轟々たる音を立てながら、失敗としての本質を明らかにしつつある。それがいまという時代だ。

時代だとか世代だとか

「彼は俺と同期なのよ。俺と同期が社内に五人いて、月に一度は集まって飲むんだけどさあ。おたがいに都合のつかないときもあるけれど、それでもふた月に一度は飲んでるね。なにしろ同期で歳がおなじだから、どんな話をしても話はぱっと通じて、盛り上がってさあ。うちは縦にも横にも、飲み会が多いのよ。こないだ出たのなんか、俺の左右にすわったのがふたりとも俺より五つ下で、正面にすわったのも五つ下だったから、これには参った。話がまったく通じない。嚙み合わなくて。あれには疲れた。五つも違うと駄目だね、もう。なに考えてるんだか、わかんなくて」

平成十一年、春先のある日、夜の電車のなかで、ふと聞こえてきた台詞だ。老けて見えるが四十代前半の、絵に描いたような日本の男性サラリーマンが、こう言った。

同期どうしならほぼ完璧に話が通じる。しかし、五歳年下の社員とは、「もう駄目」と言わなくてはならないほどに、話は通じないという。自分が生まれた次の日に生まれた人。その次の日に生まれた人。さらにその次の日に生まれた人。というふうに、誕生日が順番に一日だけ違う人たちが、たとえばいま十歳の人から見るなら、後方には早くも十年分、そして前方には六十年分、七十年分と、ぎっちり詰まっているのが人の世だ。

おなじ年齢の、文字どおり同期どうしなら、ごく少ない言葉で話は完全に通じる、と電車のなかのサラリーマンは言う。わかりやすいと言うなら、これはおたがいにもっともわかりやすい関係だから、話をしていても楽でいい。ところが五歳も離れると、話はまったく通じず、その結果として、ほんの少しだけ若いその相手が、なにを考えているのかまったくわからないという。そんな人とはいっしょに飲んでも疲れるだけで、「もう駄目」と、夜の通勤電車のサラリーマンは言う。

戦後の日本では、特に高度成長期に入って以後の日本では、世代論や時代論が盛んだ。同世代とは、おなじ年齢の同期を中心にして、前後何年くらいの幅のことを言うのか。五つ年下だとまったく駄目という説にしたがって、さほど努力しなくても話の通じる人たちを同世代だとすると、自分を中心に年上の方向にも年下の方向にも、正味五年ずつで合計十年という幅が、ひとつの世代だということになる。

おなじひとつの世代のなかでも、いちばん上といちばん下とでは、十年の開きがある。昔は兄弟姉妹の多い家庭は珍しくなかった。上と下とで十歳の差があるなど、ごく普通のことだった。子供が四人もいれば、上と下とでは八歳から十歳ほど開いたはずだ。長男と末っ子とでは、おなじ両親のもとでおなじ家に育ちながらも、おたがいに話の通じない世界の人へと、成長したのだろうか。

同時代とか同世代とか言うときの、時代や世代は何年ほどの時間なのか、数人の人たちに訊いてみた。彼らの答えは、十年で区切るのがもっとも実用的だろう、というところに落ち着いた。十年ひと昔という尺度は、いまでも有効であるようだ。

十年ごとになぜ、あの時代とかこの世代などと、区切らなくてはいけないのか。時間をばっさりと区切る考えかたは、戦後の日本の基本命題のひとつだ。その基本の上に、十年もたつと世のなかはまったく別のものになる、という現実が立っている。十年たつと社会はまったく別のものになる歴史のなかを、戦後の日本は歩んできた。

敗戦の一九四五年から十年後、一九五五年の日本は、どんなだったか。後半からは神武景気という好景気が始まったそうだ。僕にはそこまでの記憶はない。この年に後楽園遊園地が営業を開始したのは、象徴的な出来事だったと言っていい。遊びが消費価値として独立していくことの始まりだった、と僕は思う。

トランジスター・ラジオが発売されたのは、この年だという。生活の全領域が電子化していくことの、これも象徴的なスタートだった。森永砒素ミルク事件がこの年にあった。粉ミルクのなかに生産過程で砒素が混入し、百三十人もの幼児が死亡したという、とんでもない事件だ。とんでもない事件や犯罪、つまり社会の決定的な変質の、これは第一歩だったと思えばいい。

歴史年表のなかには、スモン患者発生、という項目もある。電気釜が発売されたのは、この年だったそうだ。これこそ、象徴的な出来事ではないか。電気釜がいったいなにの象徴かと、呆気にとられる人は多いかと思う。電気釜というものを見たことも聞いたこともなく、もちろんそんなものを思ってもみなかった頃の日本人と、電気釜がひとわたり普及してからの日本人および日本人とでは、質的にまったく別のものだ。

戦後の日本人は、人のありかたの根幹からの変質をかたっぱしから受けとめ、そのなかを生きてきた。一九五五年から十年前の一九四五年に戻ると、その日本では主食つまり米は配給制であり、その配給量が十パーセント減らされ、二合一勺になったりしていた。これは年表のなかのきわめて抽象的な記述であり、当時の事情を知らない人にとっては、そもそもなんのことだかわからない。幼かった僕にも実感はまるでないが、周辺の現実も多少は含めて、なんのことだかくらいは理解出来る。米の配給が二合一勺だった頃の日本および日本人と、電気釜が普及してからの日本と日本人とでは、まったく別の国そして別の人たちだ。

敗戦から十年後の一九五五年に、日本の決定的な変質の第一回があった。日本の経済力が急激に上昇していくなかでの出来事だ。この基本は、その後の時代に関しても、まったく変わらない。一九五五年からさらに十年後の一九六五年になると、さらにもう一度、それまでのとは比較にならないほどの大きさと深さにおいて、日本は変質をくぐり抜けつつあった。

前の年の一九六四年には、新幹線が東京と大阪とのあいだで開業した。東京でオリンピックが開催された。日本が駆け上がりつつあった高度経済成長という急坂の象徴として、この東京オリンピックはしばしば引き合いに出される。年表のなかに列挙されているこの年の項目のなかから、ひとつだけ拾い出すなら、東京都の巨大なごみ捨て場であった夢の島に、大量の蠅が発生して問題となったという項目は、最適だと僕は思う。とてつもない量のごみを出す消費経済力としての東京が、三十数年前のこのときすでに、確立されていた。

一九五五年から一九六五年までの十年間が、まるで子供の遊びのように思えるほどのすさまじい変質を、一九六五年から一九七五年までの十年間に、日本は体験した。日本の経済は猛然たる拡大のさなかにあり、そのなかでありとあらゆる問題が出揃った。こうなってくると、そこからなにかひとつだけつまみ出しても、そのことにさほど意味はない。岡山と博多のあいだに山陽新幹線が開業した、という項目を拾い出しても、それがどうしたのですか、という反応しかないだろう。

なんでもいいからとにかく拡大せよ、という唯一のテーマの下にすべては進行した。一九七五年から一九八五年までの十年間で、拡大はさらに大きく達成された。そして一九九五年までの十年間では、すべてがもっと拡大された。と同時に、五十年にわたる拡大の歴史は、いたるところで深刻な破綻の兆候を見せ始めることになった。

経済の拡大という基本テーマに支えられ、十年区切りで五回も続いた大変質を、戦後の日本は体験した。経済の猛然たる拡大とは、なになのか。それは社会の質の激変以外のなにものでもない。では社会の質の激変とは、なにか。

それはもう古いというひと言のもとに、あらゆるものがあるときいっきに打ち捨てられ、それに替わる新しいのがおなじくいっきに社会を覆いつくすことの、雪だるま式の繰り返しが戦後の日本社会だった。文化はなにひとつ作られず、したがってなんの文化的な蓄積も、そこには残らなかった。

このような社会が必然的に生み出したのは、落ち着きのない粗野で蒙昧な、自分勝手な人たちだ。戦後の日本の歴史とは日本人の変質の歴史であり、その歴史は五十数年でひとまず到達点に達した感がある。彼らを支配する価値は金銭しかない。どの世代が生きたのも、経済力による激変の時代だ。誰もがそれぞれの時代を写し絵のように写し取ると、支配的な唯一の価値は金銭である、ということになる。

激変じたいによって前後の世代から断絶され、新製品を次々に買っては消費するという金銭活動によって、じつは誰もが、限りなく孤独な状態へと、分断された。文化的なものを結局はいっさい生み出さなかった、経済力による激変の連続とその相乗の結果である戦後の日本は、人々を可能なかぎりばらばらに切り離すことに成功した。

世代を越えた多数をひとつにつなぐ普遍的な価値など、どこにもないし想像も出来ないから、年齢がさほど離れてはいなくても、大事な話は基本的に通じないという、おそろしく危険な社会、それがいまの日本だ。冒頭に引用した夜の電車のサラリーマンの言葉は、じつに無防備にそして正直に、自分たちの質について語っている。

戦後の日本では、ごく短い時間のなかに、すさまじい変化が何層にも連続して重なった。上にあるいは下に、五年も歳が違えば、育った背景や世のなかの主たる傾向も、まるで異なるのは確かだ。そのことに完全に流されて、五歳も離れると話が通じない、もう駄目と言い、時代だとか世代だとかの言葉に、すべての責任を負わせる。

同期の連中との、一瞬にして滑らかに通じ合うことがらとは、なにか。ほぼおなじ時期に、ごく似かよったかたちと内容とで体験した、おそらくは大量消費やマス・メディアのなかの出来事をめぐる、共通の思い出のあれやこれやでしかない。

少なくとも俺たちのあいだでは話が通じて盛り上がるという、きわめて楽に達成される安心感だけを、彼らは持っている。同期の俺たちだけは話が通じるという状態は、俺たち以外の人たちとの断絶を当然の前提にしている。すべてを時代の違いや世代の差に帰して安心するという頭の働きは、彼らが生きてきた日本を振り返れば、ごく当然の標準値だ。

同期どうしの話が楽に通じるときの土台は、おなじ時期におなじように体験した、あれも知ってるこれも知ってると、つき合わせて確認ごっこを楽しむ過去の断片だ。その上に、世代を越えて自己を語りつつ人の話も正しく聞くというような能力を求めても、それは無理や無駄というものだ。

そのような能力こそを、日本の戦後の教育は、初等から高等まで全域にわたって、徹底的に排除し無視してきた。言葉によって自分を他者に正しく伝える能力や根気の欠落した人たちという、最高の日本らしさに満ちた日本人によって、いまの日本は日本らしく支えられている。

忘れがたき故郷

こきょう、と平仮名で入力し、変換する。故郷、という漢字が画面に出る。ふるさと、と入力して変換すると、この場合も、故郷という言葉が、画面に浮かび出る。こきょうは、やや硬い言いかただろうか。ふるさとは、明らかに柔らかい言いかただ。変換されたまま画面にある故郷という言葉を、僕は見つめる。この言葉はもう死語ではないか、と僕はやがて思う。

故郷という言葉は、たいそう便利な言葉だ。漢字ふたつによる、どんなに小さな具体物にも、あるいはどれほど大きな概念にも、ごく気楽に、しばしばうかつに、使われることの多い言葉だ。この言葉がすでに死語だと僕が思う根拠は、なになのか。

ワード・プロセサーの画面にある故郷という言葉を見ながら、これはいったいなになのか、と僕は思う。故郷という言葉よ、こんなところでいま頃なにをしているのか。いまはもう、どこへ出ても場違いではないのか。きみの居場所はどこにもないよ。と、僕は故郷という言葉に言う。

どうにも使いようのない言葉でありながら、そして僕は死語だと言うけれど、いかにうかつに使っても文句の出ない言葉だから、故郷という言葉はいまでも頻繁に使用されている。実体を持たない多くの漢字言葉がそうであるように、故郷という言葉もイメージの喚起力だけは強い。しかし、故郷という漢字を見ても、いっさいなんのイメージも喚起されない人は、いまの日本には多いはずだ。

故郷をひとまず置いて、田舎という言葉について考えてみたい。これもいまとなっては奇妙な言葉だ。自分に関して田舎という言葉を使われるのを嫌がる人が多いから、使わないようにしているうちに現実のなかでなんとなくなじまなくなってしまった、というような意味で奇妙なのではなく、時間的に相当にさかのぼった昔のことを書くとき以外に、本来の意味での出番はないという意味において、田舎という言葉は奇妙なのだ。

田舎という言葉は、いまはどのような意味を持っているのか。端的に言って、東京以外のすべて、というような意味ではないか。大きな建物がたくさんあり、夜遅くまでさまざまに電車が走り自動車がいきかい、どこへいっても店があり、にぎやかに照明が輝き、多くの人たちがいたるところに歩いていて、ぜんたいとしていつも祭りのようであるのが東京だとすると、東京といくつかの都会以外のすべては、その反対だ。

町などないに等しく、明かりは数少なく人は歩いていず、あるかなしかの店はみんな閉まっていて、なにもない寂しいところ、それが東京といくつかの都会以外の、すべてだ。にぎやかな大きな都会ではないところ、それが田舎という言葉の、いまの意味だ。本来の意味も価値もすっかり失ってしまった田舎という言葉は、都会ではないところ、という意味しか持っていない。

内容的に、質的に、本来の正しい田舎というものは、もう日本にはない。東京への一極集中の歴史は、明治からたどるとしても、すでに充分に長い。一極集中させようという官僚による統制の試みは、大成功をおさめた。東京への集中がここまで完成しても、田舎は依然として田舎である、というわけにはいかない。

あらゆる情報の発信源は東京である、というありかたが完成しただけではない。いったん発信されたなら、瞬時にして日本の隅々にまでいきわたるシステムが、完成した。そのおかげで、人々の気持ちのありかたとしては、日本のどこもみな東京となった。人が歩いていず、暗くて寂しくても、東京への一極集中に完全にのみこまれたという意味で、日本のあらゆる部分が、質的に東京となんら変わらない世界となった。

現実の場所としての東京が、かろうじてどうにか、ほかのどこでもない東京だ。そしてそれ以外のすべての場所は、場所としては東京ではないけれど質的には東京だから、したがって日本のどこに対しても、田舎という言葉は使いにくい。

ここは田舎ですよ、と日本のどこで言われても、ここも東京だよ、東京から離れてるだけの東京だよ、という感想を僕は持つ。離れてはいても、遠くはない。情報の伝播力はきわめて速い。多数の人々が日本中を頻繁にいきかっている。東京からの発信に動かされやすいという意味でも、日本のどこも東京にごく近い。

東京への一極集中の最終的な結果として、日本から田舎が消えた。あらゆることに関していろいろと遅れた場所、という意味の田舎があるが、遅れているということで言うなら、東京もおなじようなものだ。出身地、あるいは、都会地ではない生まれ育った場所、という意味の田舎もある。そのような意味をあらわす言葉として、便宜的に、あるいは昔の名残として、田舎という言葉がいまも使われているだけだ。

心理的な抵抗をなんら覚えることなく、故郷という言葉をいまも使うことが出来るかどうか。なにごとかを大きく無視しないかぎり、あるいはどこかに大きな無理をしないかぎり、故郷という言葉はもう使えないのではないか。日本全国が質的に東京となんら変わらないとき、故郷という言葉をどう成立させることが出来るか。故郷とはどんな意味ですか、と外国の人に質問されたと想定して、どんなふうに答えればいいのか。

生まれ育った場所をあとにして、東京へ、あるいはほかの都会地へ、あるいは都会ではなくてもほかの場所へ、なんらかの都合で出ていった人が、帰りたくなったときに帰っていくと、懐かしい人たちが昔のままに自分を迎えてくれ、子供の頃となんら変わっていない、安定して豊かな、静かに落ち着いた時間がゆったりと流れている愛しい山や川が、自分を優しく抱きとめてくれるところ。

平均的な回答として、これは一例になり得る。こんな場所が、いまの日本のどこにあるというのか。こういう場所の意味や価値をかたっぱしから破壊して消していったのが、戦後の日本だったではないか。こんな場所を日本のなかにいまも持っている人が、どこにいるのか。そんな場所はないと僕は思うから、故郷という言葉は死語なのだ。

出身地はまだ誰にでもある。生まれただけの場所は、出身地とは言わないようだ。生まれたのち、少なくとも子供の日々は、そこで過ごした場所だ。出身地があるなら、実家もまだある。老いた両親がいまも住んでいる家、そしてその家のある場所と周辺だ。出身地や実家は、農村部や僻地にあるとはかぎらないが、もし地方にあるなら、それはうかつに使った言葉としての、田舎であり故郷であるだけだ。田舎は消え故郷はなくなり、出身地だけがまだ残っている。

誰もが故郷に住んでいた時代が、かつてあった。生まれ育ったところにそれ以後もずっと住み、そこで一生を過ごした。どこかへ移ると言っても、移る先はせいぜいが近隣の村や町だった。主として仕事の都合で日本各地を転々とする人はもちろんいたけれど、多くの人が基本的にはずっと故郷にいた時代があった。

次に来た時代は、労働力としての若年層が、故郷を遠く離れなければならない時代だった。戦後の日本が一九五〇年代に入ってから、つまり日本の経済が復興して立ち上がり始め、それまでの日本とは質的にまったく異なった日本へと、転換していった時代だ。

それまでの日本とは質的にまったく異なる日本に向けての変化とは、かつては故郷にずっと暮らしていた人たちが、いまは単なる労働力となり、故郷を出てどこかへいってしまう人となる、というような変化だ。農村部から都市部への、このような内容の人口移動は、一九六〇年代をとおして急激に高まり続けた。

住みなれた故郷から東京なら東京へ出ていき、その東京の片隅で労働する日々にとって、故郷はどのように存在したか。自分ひとりだけの時間にふと空を見上げると、その空は故郷につながっていた。つながりに託して馳せる思いは空を伝わって届き、故郷へ舞い降りた。懐かしく愛しい場所のまま、故郷はそこにあった。静かに安定して、それなりに豊かな、なんの緊張も強いられることのない、優しい故郷だ。

東京と故郷とが、こんなふうに互角に均衡を保っていた時代が、ごく短かったにせよ、確かにあったようだ。しかし、そのような時代は、すぐに消えた。若い人が単なる未熟練労働者として都市部へと出ていかなければならないことじたい、質的にきわめて大きな変化だ。経済的な理由によって、人は故郷に住み続けることが出来ない、という時代の到来だ。故郷が消えていく時代の始まりだ。

農業政策の大失敗であることは明らかだが、なにかを試みようとして失敗したと言うよりも、そんなことはどうでもいい、とにかく工業製品を大量に作って大量に売るのだという方針による、農業の切り捨てだった。右肩上がりを始めた日本経済のなかで、地方は官僚によって捨てられた。価値のないものとされた。政治家にとっては投票者の頭数、という意味しか持たないことになった。

敗戦から五年ほど、一九四五年から一九五〇年くらいまでの期間、日本の農村部は安定していた。都市部にくらべると、はるかに豊かですらあった。しかし日本のぜんたいとしては、この期間は低迷し混乱していた。方向がまだ見つからなかったからだ。

ところが一九五〇年に朝鮮戦争が始まった。これによって戦後の日本は、進むべき方向を確定させることが出来た。大量に生産してそれをすべて買ってもらうと、たいへん儲かるだけではなく、経済力の基礎構造を作ることにつながる、という方向だ。アメリカ軍の注文に応じてさまざまなものを大量に作っては納入する、というかたちでの朝鮮戦争体験をとおして、日本は進むべき方向を見つけた。

マッカーサー元帥が去り、講和条約が結ばれ、一九五五年にはいまの言葉で言う五五年体制が出来、それは現在まで続いている。一九五六年、もはや戦後ではない、と日本政府は宣言し、日本は戦後第一回の質的転換をとげた。日本はそれまでとは別の日本になった。

どんなふうに別なのか。一例としてさきほど書いたとおり、人が故郷にずっと住んでいることが出来なくなるほどに、別なのだ。日本経済は轟々と立ち上がる。労働者は大量に必要だ。農村部が彼らを供給した。彼らが故郷から出ていった先は、新しい時代の夢の実現に向けて、苦労を重ねつつ耐えていく場所だった。

農村部からの労働力の流出は続いた。中卒や高卒の子供たちを中心として労働力の移動は続いても、やがて適当なところでおさまるのではないか、と人々は思っていた。しかし、流出はおさまらなかった。はるかに年上の大人たちも出ていくようになり、一九六六年にはついに、日本の農村部の人口に関して、過疎という言葉が使われるまでになった。

稼ぐか稼がないか。どこへいけば稼げるのか。価値は経済のみという支配律だから、経済活動の場を求めて、農村部から都市部へと、人口の流出は続いた。都市部が夢を実現させる場所ではなく、労働と消費の繰り返しのなかで消耗していくだけの場所であることは、一九六〇年代が終わる頃には、すでに確定していた。

と同時に、故郷であり続けるはずだった農村部も、そこならではの良さを急速に失い、取り残されてなにもなく、ただ寂しいだけの場所へと変わった。このようにして故郷は失われた。

いまどこか地方に住んでいても、東京ではないところに住んでいる、という程度の意味しか持たない。田舎は消えた、故郷はもうない。と同時に、あるいは入れ替えに、田舎も故郷も、金銭で買うものとなった。豊かな田園、青い空、おいしい空気、懐かしい農村の風情、新鮮な食べ物、こまやかな人情、温かい関係、山のなかでも海辺でも、優しく抱きとめてくれるような土地柄など、すべてはそのつど買うものとなった。

始まりは庭つき一戸建てではなかったか、と僕は思う。庭つき一戸建ての庭は、じつは故郷の田園や裏山だった。この庭がかなわない夢となって、生活に緑を、という願望あるいは要求へと、変化した。自宅の周辺に樹が多ければそれでいい、しかし落ち葉はやっかいだから、一年をとおして緑の葉をつけている樹を、という要求だ。

束の間の、もちろん疑似的な故郷や田舎を求めての小旅行はさらに進化して、リゾート地へでかけていく消費活動となった。青い空に青い海、そして夏の権化のような強い陽ざしへと特化すると、それは南の島のリゾート地だ。国内のリゾートは崩壊したようだが、故郷探しの旅はいまも続いている。海外のリゾート地は、いまだに消費の対象だ。

田舎や故郷はすべて消え去り、イメージや疑似イヴェントとして、消費の対象に生まれ変わった。世のなかのすべてが経済活動へと転換されていくことを許し、物やおかねだけを価値としてきた日々の、これはごく当然の到達点だ。

世界でいちばん怖い国

カーヴした静かな道からかなり高くなったところに、いまの僕の仕事場の建物がある。道の側にあるいくつかの窓から、カーヴしているその道のいくつかの地点を、それぞれ見下ろすことが出来る。ふと窓の前に立ち、なにげなく道を見下ろすと、老人が歩いている。見ていると次々に老人が道にあらわれる。どう見ても老人にしか見えない人たちが、いかにも老人の服を着て、たいそう老人らしく歩いていく。

おなじ年齢の女性たちにくらべると、男のほうがはるかに老人的だ。老人は男性名詞だ。歳をとった男性、それが老人だ。年配の女性たちも数多く歩いていくが、窓から見下ろす僕の視野に入ったその女性を、老人、と認識することは少ない。男の場合だけ、ああ、老人がいく、と僕は思う。

仕事場の窓からふと下の道を見て、そこを誰も歩いていないとき、ものの二分か三分も待てば、ほぼかならず老人が歩いていくのを、見ることが出来る。仕事場のあるあたりには、ことのほか多くの老人が住んでいるのだろうか。仕事場から駅まで、歩いて三分ほどだ。所要時間三分のこのコースを歩くあいだにも、ひとりやふたりの老人と、かならずすれちがっているように僕は思う。多いときには五、六人にもなる。

各駅停車の上り電車に乗っていると、駅に停車して開いた、僕にもっとも近いドアから、かなりの頻度で老人が乗ってくる。駅ごとに、おなじドアから、ひとりまたふたりと、老人が乗ってくる。やや誇張はあるが、その誇張は、たったいま書いたとおり、やや、でしかない。

老人が増えている。これは確かだ。これからもっと増える。日本は老人の国になる。この国で老いていく多くの人たちの、命運やいかに。ロマンス・グレーという言葉とその意味については、すでに書いた。素敵なおじさま、という言い換えについても、そこで触れた。急速に老人の国になっていく日本の本質とつながった言葉を、さらにいくつか、出来ることなら時代順に、僕は思い出そうとしている。

夕暮れ族とは、初老の男たちのことではなかったか。フルムーンというのもあった。老年は実りの年齢であると希望的に解釈し、そこへさらに満月という比喩を片仮名であてはめた、かなり凝った言葉だ。シルヴァー。そして実年。じつねん、と平仮名で入力して変換すると、僕のワープロは迷うことなく、実年を画面に出す。それから、熟年。

シルヴァーや熟年という言葉は、定着した感がある。実年も引き続き使われているようだ。これらの言葉は、老いていくことを、そして老いてしまったことを、なんとかそうとは言わずに、老いになんらかの価値を見よう、あるいは見ているように装いたい、という願望のこもった言葉だ。日本が急速に老人の国へと向かっている事実を認識しているからこそ、このような言葉を人々は使い始める。

おやじという言葉が、中年男性一般の意味で、主として若年層に使われるようになったのは、いつ頃からだったか。父親という意味でもあるこのおやじという言葉が、嘲笑、侮蔑、憎悪などの気持ちをからめて、中年男性一般に対して用いられるようになったという日本の事実は、興味深い。

この事実は、新聞ふうに言うと、父親の権威の喪失や家庭の崩壊などと、緊密につながっている。中年男性たちが若い人たちから、なぜおやじと蔑まれるのか。中年男性とは、日本ではサラリーマンだからだ。蔑まれているのは、サラリーマンの国である日本なのだ。

父親の権威はなぜ失われるのか。彼らがサラリーマンだからだ。日本は会社立国の国であり、サラリーマンの文化だ。そのサラリーマンがもはや決定的に蔑まれている。日本が日本人によって、容赦なく侮蔑されている。

おじさま。おじさん。おやじ。おじん。高度成長を会社の内部で支えた人たちの価値の推移を、この四つの言葉は見せてくれる。おじさまから、おじんへ。なんというあっけない崩壊ぶりか。日本という会社の国も、これとおなじように、あっけなく崩壊するのだろう。

中年男性。中年男。初老の男。そちらの年配のかた。四十男。五十がらみ。五十面下げて。六十の坂を越える。年寄り。お年寄り。こういった言葉は、俗世間ではいまも現役だ。行政の末端では、中高年層とか高齢者といった、冷たくて一方的な漢字言葉が常用語であると同時に、時と場合によっては、シルヴァーや実り、ゆとりなどという言葉も使われる。

この文章のなかで、老人という言葉を、僕は使ってきた。この言葉には固さが常にあることは否定出来ないし、冷たさだって充分にまといつけている。歳をとった状態の人を、ごく普通になんと呼べばいいのか。歳をとった人たちによる自分自身に関する自覚と、出来るだけ大きく重なり合った言葉がいい、と僕は思う。

まだまだ若い人たちには負けないよ、という台詞が紋切り型のひとつとしてある。まだ負けない、と本気で思うときがほんの一瞬あるかもしれないが、現実としてはただそう言っているだけであり、当人による本当の自覚は、俺も歳をとったなあ、という痛感であるはずだ。

歳をとった人、という意味の言葉でもっともいいのは、年寄り、という言葉のようだ。そういうことは年寄りに訊いたほうがいいとか、年寄りを馬鹿にしちゃあいけないというふうに、年寄りの知恵という価値に添う言葉であると同時に、年寄りがなにを言う、年寄りは邪魔だ、年寄りはいらない、といった言いかたとも、緊密に結びついて離れない。

年寄りという言葉においては、老人の持つプラスとマイナスとが、無理なく均衡している。老人には年寄りという言葉を使うといい、と僕が思う理由はここにある。年寄りという言葉は、ずっと昔から使われてきた。そしていま老人に対して年寄りという言葉を使うと、その言葉だけ時代をさかのぼり、昔の老人がしばしば持っていたかもしれない価値を、ふと想起させる。

年寄りという言葉が、いまでは、ごく軽く違和感をかもし出す。いまの老人に対して、年寄りという言葉は、どこかふさわしくない。いまの老人は、昔の年寄りではないからだ。いまの老人は、昔の年寄りが持っていたかもしれないプラスの価値を、感じさせない。いまの老人もなんらかのプラスの価値を持っているはずだとして、そのような価値の居場所が、いまの社会にはない。だから年寄りは消えた。

本来は父親の意味であるおやじという言葉が、いまの中年男性一般に対して、憎悪や敵意を込めて若年層によって用いられているのとおなじ質の出来事として、年寄りという言葉でいまの老人を言いあらわすことが出来なくなった。なにかほかの言葉はないか。じじいしかない。だからじつに多くの人たちが、じじいと言っている。おやじが歳をとれば、じじいになるのだ。

歳をとること、歳をとった事実、歳をとった人たちが持つはずの価値などは、戦後の日本で急速に下落した。会社立国のサラリーマンの国で、現役のときからただのサラリーマンでしかなかった人たちは、なにかあれば会社に逃げ込めばそれでよかった。定年退職するとサラリーマンですらなくなるのだから、価値の下落は決定的だ。毎年、大量の定年退職者たちが、会社から社会へと送り出されてくる。彼らが価値の下落を支え続ける。

シルヴァー。実年。熟年。こういった言葉は、そう言っておいたほうが都合がいいときに、用いられる。サラリーマンの定年後を、実りや熟しの歳月だと本気で思っている人は、ごく少ないはずだ。シルヴァーにいたっては、「英語でも白髪のことはシルヴァーって言うんだってね」という程度の言葉だ。

なんらかの都合のための、こういった言い換え言葉に、だまされてはいけない。面倒だからこう言っておこう、こう言っておけば多少はいい気分になるだろう、という程度の意図のもとに言い換え言葉は使われる。そして行政の末端の常用語である、中高年層や高齢者という冷たい漢字言葉のほうに、もっと注目すべきだ。

注目してなにがわかるのか。日本における老いのたどりつく先は、日本における死のありかたであるという、厳然たる事実がよくわかる。死に関しても、さまざまな言葉が生まれた。冷たい漢字言葉が多い。いかに言い換えても死は死であり、言い換えてもどうにもならないのが、死というものだ。

過労死は会社が平気で犯して国家が許容する犯罪だ。安楽死。尊厳死。そして脳死。安楽死とは、つらい延命装置をはずし、このへんで楽にしてくれ、してあげましょう、ともたらされる死だ。もたらしたいと切に願っているのが、死ぬ当人である場合が多いかもしれないことを承知したうえでなお、安楽死が早められた死であることには、変わりない。

尊厳死は安楽死とつながっている。闘病中の生活にある程度以上の質を求めると、それはクオリティ・オヴ・ライフだ。おなじことを死に対して求めると、その場合のクオリティには尊厳しかあり得ない。自分の命はここまでであるとはっきり認識して決断し、では本当にここまでと宣言してそのとおりにすることのなかに、尊厳という唯一のクオリティが宿る、という考えかただ。異論を唱えるのは難しい。しかしこれもまた、早められた死であることは確かだ。

脳死は、こうなったらもう死んだも同然です、回復する可能性は事実上のゼロですと、決定的な一点がきめられることによって実現する死だ。だからこれも早められた死だ。早めずにおくことにどれほどの意味があるのかという問題とは別に、これも早められた死であることは確かだ、とだけ書いておく。

早められた死が個人の問題にとどまるなら、そこにどんな問題が起こってもそれは個人のものだという考えを作ってしまうと、個人の問題とは反対側の位置に、国家によって許認可された制度としての早められた死、というものが成立するときが来るのではないか。

ここまでで結構です、と当人が決定する死が権利なら、もうさんざん生きたのだからまわりの迷惑も考えて、適当なところで終わりにしてはどうか、という催促にどう答えるかが義務となる。適当なところで死ぬ義務というものが、いつどんなふうに、世のなかに出てくるか。ここまでで結構です、と当人が決定する死よりもずっと前に、そろそろなんとかしましょうかと打診される死まで、じつはあとほんの二、三歩のところまで、来ているのではないか。

このあたりで結構ですと言うのは当人ではなくてもいいという法律が出来れば、死ぬ義務は制度となる。このような制度において、日本は世界でもっとも先進的な国になるのではないか。老人の国になっていく日本は、このような制度の可能性を、こぼれ落ちるほどに大きくかかえている。

まさか、と多くの人は思うだろう。サラリーマンの国である日本で、早期定年退職が制度になるかもしれない。このへんでどうですか、と早められる定年だ。早められる死と、まっすぐにつながっていないだろうか。定年と死とでは問題がまったく違うよ、と笑ったり怒ったりする人は多いだろう。出来事のいちばん外側だけを見るなら、両者はずいぶん違っている。しかし、出来事の内部のもっとも深いところでは、質は同一だ。

III

自分のことをワシと呼んだか

四歳から十二歳までを、僕は瀬戸内で過ごした。山口県の岩国と、広島県の呉というところに、ほぼ四年ずつ。どちらの地方の言葉も、自分は地元の人たちとおなじように使えたし、使っていたはずだと、長いあいだ僕は思ってきた。

岩国の言葉や呉の言葉を使っている自分に関する記憶は、とっくにない。そのような記憶はもう消えている。言葉を喋る行為は毎日かならずあったはずだが、その地方を離れて三十年、四十年と時間が経過すると、山口や広島の言葉を喋っていた自分についての記憶が消えていくのに反比例して、自分はどちらの地方の言葉も地元の人たちとまったくおなじように喋っていたはずだという勝手な思い込みが、僕の頭のなかに定着していった。

子供の頃の自分が、どちらの地方の言葉も地元の人たちとおなじように喋っていたという記憶は単なる思い込みであり、したがってそれは間違いなのではないか、ということに僕は最近になって気づいた。気づいたきっかけは人称の問題だった。どちらの地方でも、男の子供たちは自分のことを、日常的にはワシと呼んでいた。自分のことをワシと呼んでいた自分が果たしてあり得たか、という問いを自分に対して発すると、そんなことはまずあり得ないという答えしかないことに、僕は気づいた。

自分のことを日常的にワシと呼んだ自分が、記憶のなかにまったくない。ワシという自分をいくら記憶のなかに探しても、そんな人は見つからない。記憶が薄れに薄れ、最終的には消えてしまったから、それゆえにその人は記憶のなかにいないのではなく、自分のことをワシと呼んだ自分が、そもそも最初からいなかったのではないか。

いまの僕よりずっと年上の人、つまり、もはや生存者と言ってもいいような人の証言を、僕は幸いにも手に入れることが出来た。「あんたはずっと東京のもんよ。あんたひとりだけ東京の言葉を喋りよった」と、その生存者は自信を持って言った。瀬戸内にいた八年間、僕は東京の言葉でとおしたのだ。東京から岩国へと移るとき、この引っ越しは戦争という特殊な状況によって無理やりに引き起こされたきわめて不本意なことなのだと、身辺にいた人たちから僕は何度も聞かされた。

そして岩国と呉にいたあいだは、これはごく一時的な仮の出来事なのだと、おなじく身辺の人たちから、僕は繰り返し聞かされた。幼い僕は、このどちらをも、理解したようだ。そしてその理解に対して、幼いなりに筋を通そうとすると、地元の言葉は使わずに東京の言葉のままでいる、という選択をしなければならなかった。

岩国でも呉でも、自分自身に関する僕の自覚は一時的な滞在者であり、地元の人ではなかった。そのことを自らに確認するかのように東京の言葉でとおした僕は、少なくとも印象としては、相当に変わった子供だったのではないか。どこの方言も僕は嫌いではない。いろんな方言を喋ることが出来ればいいのに、と思う。しかし、いくら真似しても、地元の人のように喋ることは、とうてい出来ない。中途はんぱな真似はしないほうがいいにきまっている。だからいまの僕は真似しないが、子供の頃には真似をしていた。方言による喋りかたの真似は、僕にとっては面白い遊びのひとつだった。

たとえば自宅へ客が来ると、その客の喋りかたをずっと聞いていて、客が帰ったあと、僕はその人の喋りかたを真似して遊んだ。自分では使うことのない言葉のつらなりとその抑揚は、外国語のようで面白かった。自分では使わない言葉のつらなりとその抑揚とは、それによってなにが語られる場合でも、自分の言葉にはない視点の取りかたであり、そこからの論理の進めかたであった。人の方言を真似している僕は、自分の言葉にはない視点と論理の経路とを、仮想的にたどって遊んでいた。

聞いたばかりの喋りかたをすぐに真似してみるだけという限定つきで、子供の頃の僕は、岩国と呉の言葉を操ることが出来た。いまでもその名残が僕のなかにある。なにか課題センテンスをあたえてもらえれば、それをなんとなく岩国や呉の言葉らしく作り替えることが出来る、という名残だ。

「広島カープがまた負けたから、いまの私は機嫌が悪い」というセンテンスは、「広島カープがまた負けよったけえ、わしゃあ、ぶちはぶてちょる」とすれば、広島弁になっていると思う。言葉のつらなりよりも、それを音声にするときの抑揚のほうを自分はより得意にしている、と自分では思っている。

「ちょる」という語尾は、特に呉では多用されていたようだ。呉の人はなにかといえば語尾を「ちょる」とするから、「呉のちょる、ちょる、また来ちょる」などとからかわれていた。「ちょる」「ちょった」「ちょりよる」「ちょろうがや」「ちょらんけえ」などと、面白く変化する。

「いまはそう言っているけれど、あとになると話はまた別なのではないか」というようなセンテンス、つまりものの考えかたの経路は、「いまはそがいなことを言やあするが、あとになってみりゃあわからんでよ」とでも言えば、なんとなく山口県ふうでいいなら、これで充分だと思う。

方言は真似して遊んだだけであり、自分自身の言葉としては東京言葉でとおした自分についてさらに考えていくと、小さな謎に突き当たる。僕は東京言葉をそもそもどのようにして覚えたのか、という謎だ。

東京に生まれてそこで四歳まで育ったのだから、東京言葉はいつのまにか身について当たり前だろう、と多くの人は思うだろう。東京言葉を身につけるための、幼い僕にとってもっとも身近な環境は、僕にはなかった。父親は日本語はろくに出来なかった。少なくとも幼い僕が真似して覚えるためのお手本ではなかった。母親は、近江八幡、奈良、京都、大阪などの関西弁で、一生をとおした。

ラジオ局のスタジオでマイクに向かって喋る仕事を、僕は合計で十五年ほど続けたことがある。マイクに向けて喋っているときの自分を、いま僕は思い出している。どの方向への偏りも可能なかぎり小さく抑えた、たいそう中立的な、しかし標準語とは自分では言いたくないから、とりあえずは東京言葉としか言いようのない種類の言葉を、僕は自分の言葉としてなんの無理もなく喋った。それ以外の言葉を使うことが出来なかった、という言いかたをしてもいい。

いま自分が使っている、たしかに日本語ではあるけれども、どこの日本語とも知れないこの言葉こそ自分自身なのだという確認を、ラジオの仕事をとおして、僕は何度となくおこなった。そのような言葉を、では僕は、いつどこで、どのようにして身につけたのか。

瀬戸内から東京へ戻ってからは、ずっと東京だった。東京言葉は日常のなかにいくらでもあるのだから、自分の言葉が以前にも増して東京言葉となっていったであろうことは、疑いない。そしてそのことになんの不思議もない。しかも、幼い頃に東京言葉はすでに自分のものとなっていて、瀬戸内ではその言葉でとおしたという実績すらある。僕はなにを言いたいのか。自分の言葉を、自分はどのようにして身につけたのか、つまり作ったのか、という謎を自分で解いてみようとしている、ということを言いたい。

瀬戸内へ移るまでに身についた東京言葉が、僕の使う日本語の基礎となったことは、まず間違いないと思う。幼い僕の身辺にいた人たちの音声として受けとめた言葉を、幼い頭のなかにためておき、それを僕なりに整理しなおした東京言葉だ。

僕なりに整理しなおした東京言葉とは、いったいなにか。幼い僕の身辺に、じつにきれいな東京の女言葉を喋る二十代の女性がひとり、ほとんどいつもいたという。じつにきれいなとは、どちらの方向にも偏らない、したがっていっさいなにふうでもない中立的な東京言葉、というような意味だ。彼女のそのような言葉から、女言葉の要素を抜き去ったあとに残るものを、整理しなおして作った言葉が、僕の日本語の基礎になったのではないか。

自分の日本語の基礎となった言葉は、かなりのところまで整理されて中立的にきれいになった、人工的に作られた言葉だったようだ、といま僕はほぼ断定して楽しむ。そしてこんなふうに考えてくると、瀬戸内で過ごした全期間を東京言葉でとおしたことを、自分らしさそのものとして僕は受けとめなおすことが出来る。

一時的な滞在者にとって、整理され作りなおされた東京言葉は、自分の言葉としてたいそうふさわしい。ふさわしいからこそ、たいへんに適しているからこそ、幼い僕はその言葉でとおすことが出来た。自分の頭のなかで整理しなおし、作りなおした、どの方向に向けても大きく傾くことのない、出来るだけ中立的な、したがって土着的な根のようなものをどこにも持たない、僕ふうの東京言葉。

僕が自分の日本語として獲得したのは、このような言葉だった。そしてその言葉の基礎は、四歳までにすでに固まっていた。四歳の頃の僕が身を置いていた東京やその時代は、消えつくしてもはやどこにもない。当人である僕にとっても、そんな東京とその時代がかつてあったことだけは確かなようだ、としか言えないほどに、まずなによりも時間的に遠い。しかし、いまの僕と四歳の頃の僕とのあいだには、それほどの差はないと思う。

東京へ戻ってきた僕は世田谷の一角に住みつき、まず中学生としての三年間を過ごした。ほかのどの地方から見ても、まさに方言でしかないような東京の子供の言葉を、僕は日常的に使っていたはずだ。高校生としての三年間には、少年の乱暴な言葉を使ったに違いない。そして大学生の四年間に、乱暴な少年の言葉は、当時の大学生の言葉へと、延長されていった。

中学、高校、大学と、合計で十年間の表層における僕の言葉は、以上のようにごく普通のものだったはずだ。そしてその表層の下では、僕によって幼い頃すでに整理されなおされ作りなおされた自分だけの東京言葉が、底流として続いていたはずだ。そしてその言葉が、文章を書く僕にとっての書き言葉へと、ごく当然のこととして、必然的に、そうなるべくして、きわめてすんなりと、つながっていったのではないか。

今日と明日のお天気

日本がアメリカと戦争をしていた頃。太平洋の南の島々が悲惨な戦場となっている。日本軍は負けつつある。多数の日本兵が戦死していく。彼らの遺品が戦場に残る。多くの日本兵が退却していく。彼らの遺留品も残る。

遺品や遺留品のなかに、日本兵たちの日記がある。大量にある。全員が日記をつけていたのではないか、と思うほどの量だ。日本兵たちの日記を集め、戦争のために日本語の科学的トレーニングを受けたアメリカ人の専任担当者が、何冊もの日記を読んでいく。読み進むうちに、日本兵たちの日記には、共通する大きな特徴があることに、そのアメリカ人はやがて気づく。

特徴のひとつは、戦場へ来るまでの日本兵たちは、戦争の大義名分を日記のなかに書いていることだ。そして実弾の飛び交う戦場へ来ると、そのとたんに、日本兵たちは日記のなかに自分の心情を吐露し始める。主観的な心情を吐露することが社会的に常に許され促されてもいる状態は、日本人として生きていくうえでの大前提のような必須の条件だ。だから日記のページに向けての心情の吐露は、戦場の兵士たちにすら許されていた。

さらに別の特徴は、日本兵たちが毎日のお天気に執着し、それについて日記のなかに書いていることだ。毎日のお天気というものは、彼ら日本兵たちにとっては、なにかきわめて大事なものであるらしいと、日本兵たちの日記を読んで分析するのを任務としているそのアメリカ人は、興味深く思う。

以上のような話を、かつて僕はどこかで読んだ。雑誌の記事だったと思う。いつどこで読んだか、僕は思い出すことが出来ない。その記事を書いた人、そして日本兵の日記を自分の軍務として読んだそのアメリカ人が誰であったのかも、僕は記憶していない。

戦場で兵士が日記をつけることは、アメリカでは厳重に禁止されていた。家族に宛てた手紙ですら厳しく検閲された。特別に訓練された人たちの手に渡ったなら、兵士たちの日記や手紙は、作戦や兵力の質と量、作戦の展開などに関する、貴重な情報源となり得る。戦場でのお天気についての記述を多数の日記から拾い出して整理するなら、暑さが兵士たちにあたえている影響、降雨の量とパターン、気象条件と兵士たちの病気の関係など、かなりのところまでわかる。

だが日本兵たちは日記をつけた。日記をつけることは、軍隊内で正式に奨励されていたようだ。心情を日記のなかに吐露するとともに、彼らはお天気に執着し、そのことについて日記のなかに書き残した。日本の日記帳では、日付の下あるいは次の行に、お天気について書くスペースがある。昔ながらの日記帳ではかならずそうなっているし、いまふうの日記帳でも、多くはそうであるはずだ。

日記の書き手にとって日付だけでは、その日はひとつの明確な枠とはならない。日付の次にその日のお天気を書くことによって、その日というものが、確かな枠組みを獲得していく。いったん枠がはっきりきまると、それに続いて書き込んでいく内容が、書きやすくなる。その日のお天気は、その日というものの、いちばん大きな外枠だ。日本の日記の書き手には、この確かな外枠が必要だった。日付の次にお天気を書かないと、その日は完全にはその日にならない。

雨、とただひと言だけを書くにせよ、それがどのような雨だったか詳しく書くにせよ、とにかくその日のお天気を書かないと、日本人の日記は始まらない。その日のお天気という外枠を定めないと、その日は始まっていかない。その日、という枠をお天気にきめてもらう。枠がないとなにも出来ない。その季節のその日のお天気は、ほとんどすべてのことを規定する枠として、自覚のあるなしにかかわらず、日本人に対して強力に作用している。

日本人においては、自分という人のありかたは、季節によって、そしてその日ごとのお天気によって、内面的にも外面的にも、規定されていく。季節やお天気をとらえるための、全員に共通する視点として、季語という数多くの枠を、かつて彼らは持っていた。

そのときの季節、そしてその日のお天気は、ごく基本的には、その場所と太陽との、角度のありかたの関係だ。それ以下でもそれ以上でもないはずだ。しかし水田稲作という繊細で手間のかかる作業を中心とした農耕生活にとって、そのときどきの季節とお天気は、たいへんに重要なものだ。生活は暦のなかにのみ成立した。そしてそのような生活を支配する感情表現の隅々までを、多くの季語が引き受けた。

季語とは、季節の事象そのものであると同時に、比重としてははるかに重く、それに託されたその人の心情だ。季節の主観的な解釈だ。あるいは、季節を解釈することによって引き出された、その人の主観を託する媒介のようなものだ。

生活の全域にそのような媒介がある。暦のなかにすでに書かれているとおりに、毎日がそのような媒介だ。梅雨が明けたから自分はこうする。いまはお盆の直前であるから、したがって自分はこうである。土用だから自分はそうする。朝夕は早くも秋の気配だから、自分の気持ちもいまはこうである。

というように、一年三百六十五日のありかたを規定する季語的な枠のすべては、前年とまったくおなじに今年も、はっきりと固定されている。毎日というものは、季節とお天気とによって、すべて枠のなかに固定されている。その固定された枠を、日ごとに繰り返しなぞる。その行為のなかに自分がある。思考の放棄あるいはすり替えのための、それはまたとない好機となるのではないか。

日本では一年という時間のなかで、四つの季節が見事にひとめぐりする。日本人の心の秘密はこの事実のなかにある、と僕は仮説を立ててみる。日本のどの季節のなかでも、前の年も、さらにその前の年もと、どこまでもさかのぼることが可能なかたちで、お天気的にまったくおなじと言っていい日を、年ごとに体験することが出来る。

前の年とまったくおなじ気象条件の、したがって体感として寸分たがわないお天気の日が、気象という自然の原則として、一年後にはかならず来る。地球上の日本という位置においてこのことは特に顕著であり、そのことに日本人が生活のありかたのすべてを預けていた長い年月が、かつてあった。

一年のなかでひとめぐりする季節のとらえかたとして、どの季節をも、初、仲、晩と三つに分けるとらえかたがある。たとえば春なら、初春、仲春、晩春という順番での三分割だ。四季で合計すると十二分割となる。より細かなとらえかたをするためには、この十二分割されたひとつひとつを、さらにふたつに分ける。一年は二十四分割される。もっと微細に季節をとらえるには、二十四分割されたひとつひとつを、三つに分ける方法がある。一年は七十二分割される。この七十二分割された期間のひとつひとつが、候と呼ばれている。

日本の一年つまり四季は、七十二候だ。そしてひとつの候は五日間だ。日本で五日たつと、気象を中心にして自然の現象のすべてが、次に来るものへと入れ替わる。五日たつと、少しではあるけれど確実に、季節は次の段階へと変化する。それと呼応して、お天気の質も変化する。五日ごとに季節をとらえなおす必要があったほどに、日本では季節の移り変わりの速度が早い。

一年三百六十五日を二十四に分ける、という季節のとらえかたもある。三百六十五を二十四で割ると十五だ。この十五日間を、ひとつの節気と呼ぶ。この節気をさらに三等分すると、五日ずつとなる。その五日間も候と呼ぶ。一年は二十四節気七十二候だ。

春、夏、秋、冬のどれにも、九をつけるというとらえかたもある。春は九春、つまり九つの段階をへて、春という季節は進行していく。ひとつの季節を九十日とすると、ひと段階は十日だ。ひとつの季節は、その様相も質も十日ごとに次の段階へと変化していく、というとらえかただ。九十日のうち七十五日が過ぎると、つまり残すところ十五日まで来ると、その季節が次の季節へと変わっていこうとしている事実が、さまざまなかたちではっきりわかるようになるという。

日本人による季節のとらえかたは、こまやかに手が込んでいる。とらえかたの基本は、季節が進行していく速度への、農耕者としての対応ではないか。一年のなかではっきりと差のある四つの季節がひとめぐりしていくという周期は、かなりの速度だ。世のなかは三日見ぬまの桜かな、という句のとおりだ。

その速度のなかを流されていく人々は、ともすればせわしない気持ちになる。季節の移り変わりの速度によって、追い立てられているような気分にもなる。農作業が生活の中心となっているとき、このような気分はもっとも高くなるのではないか。早いもんだねえ、という日本人の感慨は、三日で変化する季節の感触を土台としている。

季節のとらえかたのこまやかに手の込んだ様子は、自分たちが生きる場所との、気象を中心とした手の込んだ関係のありかたから、生まれたものだ。一年間という時間は、季節が細かく細分されて出来た枠の連続だ。次々にやって来る枠のひとつひとつを、誰もがくぐり抜けていく。ひとつの枠から次の枠へ、そしてさらにその次の枠へと、せわしなく自分を移していく毎日が、生活の土台として強固に出来上がっていた歴史を、日本人は持っている。

日本に自然は豊富だ。このことに間違いはない。亜寒帯から亜熱帯にまでまたがる南北に長い列島と小さな島々は、水田稲作という農耕による生活の場だった。山や川、野や谷、そして海や空から、豊富な季語を引き出すことがたやすく可能だった。だから日本人はそうしてきた。

歳時記のなかにある季語の多くが、いまは死語も同然の状態だと僕は思う。それでもなお、日本人の生活のしかたや自分というもののとらえかた、自分の感情のありかた、他者との関係の持ちかたなどに、季語的にとらえた季節の移り変わりは、いまもまだかなりの影響力を発揮している。歳時記的に細分化されて連続するいくつもの枠の内部に、日本人の人生の、時間の推移がある。

季節の移り変わりをとらえるいくつもの細かな枠は、ずっと以前から日本にあったものだ。そしてそれらは、毎年なんら変わるところがない。ひとつの枠がやって来ると、自分はそれを迎える。しばしその枠のなかに気持ちを置き、その枠の持ち時間が過ぎると、次の枠が目の前へあらわれる。連続するいくつもの枠との、かたちどおりの対応、それがその人の一年間となる。そしてその一年は、正月が来て清算されてしまう。

日本にある自然は、地球上での日本の位置にふさわしいものだ。そしてその自然はたいへんに豊富だ。雨を中心にして、通常はたいへんにおだやかな自然の恵みを、日本は受けている。僕の経験だけでひとまず断言しておくと、世界のなかで気候がもっともおだやかなのは、この日本だ。

どうしていいのかわからなくなるほどに、身の処しかたに困るほどに、日本の気候はおだやかだ。あまりにもおだやかだから、それはいかなる主観的な解釈も許してくれる。あまりにもおだやかだから、それはどのような主観をも託すことが、たやすく可能だ。季節ごとの季語的な細分化は、気候そのものがおだやかだからこそ可能になったことだ、と僕は思う。

おだやかな気候は日本の秘密を作った曲者だ、とも僕は思っている。季節の早い移り変わりとそれに対する人々の対応のしかたに、深みはまったくない。それはごく軽度のものだ。桜が咲きましたねとか、もう散りましたねなどと口にするけれど、それはそれだけのことだ。手紙の冒頭に書く陳腐な季節の言葉となんら変わらない、凡庸な一般通念のようなものだ。歴史の底めがけて深々と根を張った、したがって文化的に意味を失うことのけっしてない、確固たる価値の体系などではない。

季節感というものは、ほぼ完全に過去のものだ。たとえば季節のものとしての食べ物には、昔は旬という期間があり、その期間に食べた。おいしいものを自分の食べたいときにいつでも食べるのだという欲望は、戦後の日本では経済の力によってあっさりと満たされることになった。

いつでも自分の好きなときに食べたいと願う人たちがたくさんいるなら、それを供給すればよく売れて儲かる。だから供給への工夫がなされる。昔は旬という期間のものだった食べ物が、一年をとおして供給されるようになる。経済の力は日本全国に流通の網の目をかぶせた。ほとんどのものが、食べたいときにはいつでも、食べることが出来る。責任のともなわない欲望は経済によって満たされ、そのことをとおして、たとえば季節感という価値を消してしまう。

そのときどきの欲望や衝動を、次々に満たしていく存在である自分というものが、当然の権利の正当な発動者として、いまの日本では確立されきっている。確立されきっているとは、欲望や衝動の充足が、生活の基本原理としてその全域に浸透している、ということだ。生活のぜんたいが、生きることそのものが、経済の力によって、その隅々まで支配されている。

自分の欲望や衝動を、いつでも好きなときに満たすという生活が、いまの日本ではたやすく可能だ。いつどんなときでも、自分の欲望が中心となり得る。それ以外のすべては、周辺の出来事でしかない。季節感というようなものは、欲望の中心軸からもっとも遠い周辺へと、退いている。

真夏の服が自分にはいちばん似合うから、とにかくいまはいつでも真夏の服を着ていたい、というような欲望は日常的でもっともわかりやすいだろう。真夏の服とは、要するに可能なかぎり薄い生地の服、ということだ。けっして真夏という季節感に満ちた服のことではない。そのような服は真冬でも売っている。安くて暖かいコートはいくらでもあるから、それを上にはおれば寒さはさほど感じない。都会ではいたるところ暖房が効いている。経済の力によって東京ぜんたいが暖房のなかだ。

死語というものが数多くある。あれも死語、これももはや死語と、思いつくままに列挙していくと、ひととき笑って楽しめる。季語がそっくり全部、いまや死語であるという事態のなかに、日本人は生きている。

日本人は自然を愛しているとか、季節の微妙な変化を美しく繊細に生活のなかに取り入れる伝統を持っている、などといまだに言われ、多くの人はそのとおりだと思っているが、こういうのはもはや完全に嘘だ。

TVの気象ニュースは、季節の微妙な変化を愛でるためのものではない。明日は雨が降るのか降らないのか、それを知るためのものだ。雨が降ると自分の都合がなにほどか妨げられる。だから雨が気になる。だから気象ニュースを見る。

自分の都合の前には、季節感など日本ではひとたまりもなかった。いったん農耕を離れてしまえば、季節感はあらゆる陳腐さの発生源でしかないことがはっきりした。たとえば秋は、行楽、食欲、文化の季節、というふうに。日本人にとって、じつは季節感は、もともと吹けば飛ぶようなものだった。経済力という風が五十数年にわたって吹き、季語事典が一冊、飛んでなくなってしまった。

基本英単語について

太平洋戦争中の日本が、アメリカによる日本の本土への爆撃を初めて体験したのは、一九四二年四月十八日のことだった。真珠湾攻撃から半年後だ。

航空母艦に爆撃機を積んで日本へ接近し、飛行甲板から爆撃機を飛び立たせて東京を爆撃し、そのまま中国大陸へと飛行してそこの飛行場に着陸する、という計画だった。ジェームズ・ハロルド・ドゥーリトル中佐が率いて指揮した、アメリカ陸軍のB－25ミッチェルという爆撃機十六機によって、この計画のとおりに爆撃は実行された。

この計画が生まれた頃のアメリカには、B－18、B－23、B－25、B－26などの爆撃機があった。ホーネットという航空母艦の約百三十七メートルの飛行甲板から、改装をほどこしたB－25なら飛び立つことが出来る、と判断された。

ホーネットを使って実験がおこなわれた。風速が時速二十ノット、ホーネットの時速が十ノットで、B－25は余裕を残して飛び立つことが出来た。飛行甲板にB－25を十六機も積むと、それだけで甲板はぎっちりといっぱいになる。いちばん最初に飛び立つ先頭のB－25にとっては、滑走路として使うことの出来る甲板はもっとも短い。それでもB－25は飛び立つことが出来た。

B－25の用意と訓練が始まった。すべては最高機密だった。サンフランシスコのアラミダ海軍基地で、ホーネットは十六機のB－25を積み込んだ。そして四月二日、ホノルルに向けて出航した。飛行甲板に爆撃機を十六機も積み込んだホーネットは、ちょっと異様な光景だった。そのホーネットが、ゴールデン・ゲート橋やオークランド橋から、見たい人なら誰にとっても丸見えだったという。

四月八日には、随行するもう一隻の空母、エンタプライズが、ハワイを出航した。ふたつの艦隊は洋上で合流し、日本へと向かった。そして十七日の朝、艦隊は日本の哨戒艇に発見された。爆撃機は犬吠崎まで七百四十一キロのところから、出撃することになっていた。だがその地点へ到達するまでに発見されたため、犬吠崎まで千二百四キロの地点から、B－25は発進しなければならなかった。

中国の着陸予定地点よりもかなり手前までしか、燃料は持たない。それは承知のうえで、十六機すべてがホーネットから飛び立った。最初の計画では東京を夜間に爆撃することになっていた。出撃が早くなったから、爆撃の時間も手前へずれた。東京が最初の爆弾を受けとめたのは、午後十二時三十分だった。

ドゥーリトルの東京爆撃と呼ばれているこの日本本土の爆撃について、僕はなにも知らない。『東京上空三十秒』というアメリカの劇映画を、僕の記憶では子供の頃に見た。事実をかなり忠実に追っているということだが、どんな内容だったかなにひとつ覚えてはいない。『ドゥーリトルズ・トーキョー・レイダーズ』というノン・フィクションを、大学生の頃に読んだ。この本の内容についても、記憶していることはなにもない。

ドゥーリトルの東京空襲について、ぜんたいを正しく俯瞰できるような本を一冊でいいから読みたいと、以前から僕は思っていた。二年前の夏、『ドゥーリトル日本初空襲』（吉田一彦著、徳間書店）という文庫本を、私鉄駅のプラットフォームの西陽を浴びている売店で見つけた僕は、それを買って読んだ。よく整理された資料をもとに、ぜんたいをひとつの視点から順番に、混乱なく見通すことのできるすぐれた著作だ。

ホーネットを飛び立った十六機は、東京を爆撃したのち、どうなったか。一機はウラジオストックに不時着した。残りの十五機は中国まで到達したが、十一機は空中で機体を放棄し、乗員たちは落下傘で降下した。そして四機は不時着した。十六機すべてが破損し、トータル・ロスとなった。

乗員は一機につき五名だった。だから十六機では合計八十名だ。三名が死亡し三名が重症を負い、八名が日本軍の捕虜となった。残りの人たちは、ひとまず無事だった。日本軍の捕虜となった八名をめぐって、『ドゥーリトル日本初空襲』のなかに、少なくとも僕にとってはきわめて興味深いエピソードが、ひとつあった。ドゥーリトルの東京空襲に関して僕がなにを忘れようとも、このエピソードだけは、おそらく忘れることはないだろう。

捕虜になった八名は上海に留置された。そして東京へ連れてこられ、さまざまに尋問を受けた。上海へ戻されてから、八名は裁判にかけられた。かたちだけの裁判だったという。八名全員が死刑の宣告を受けた。再審で五名が終身禁固刑に減じられ、三名は死刑の宣告を受け、一九四二年十月十五日、上海で処刑された。ドゥーリトル爆撃隊の、六番機の一名、そして十六番機の二名だった。

「捕虜になった飛行士に極刑をもって臨んだのは、恐怖に対する裏返しの反応と考えることもできるだろう」と、『ドゥーリトル日本初空襲』の著者は書いている。アメリカの爆撃機の編隊が東京の上空から爆弾を投下した。このことに対して、日本の政府や軍部がたいへんな恐怖を感じたとしても、それは当然だろう。真珠湾攻撃からまだ半年たっていない時期の出来事だ。

アメリカの爆撃機の乗員三名の処刑を、日本政府は公式に発表した。しかしアメリカ政府は、ドゥーリトルの東京爆撃それじたいに関して、詳しい発表をおこなわなかった。特に爆撃隊が受けた被害については、情報は伏せられたままだった。全員が無事に帰還した、とアメリカ政府が言いとおそうとした期間もあった。

東京爆撃の事実をアメリカ政府が認めたのは、爆撃から三週間あまりが経過した五月十日になってからだった。しかしこのときにも詳しい情報はなにも公表されなかった。日本のラジオ放送、そして日本の外へ持ち出される日本の新聞などをとおして、アメリカの新聞やラジオなどの報道機関が東京爆撃についておぼろげに知っていく、という経路しかなかった。

敵であるアメリカに対して、軍事作戦の一部として放送されるラジオ・トウキョウという放送を、日本は持っていた。東京を攻撃した爆撃隊が、全員無事に帰還したというアメリカ政府の発表はまっ赤な嘘である、アメリカ政府は国民を騙そうとしている、ドゥーリトルは捕虜となった部下を見殺しにした、などという日本による放送をとおして、東京爆撃や捕虜となって処刑された乗員がいることなどを、アメリカの人たちは知っていった。

アメリカの爆撃機の一機や二機が日本へ爆撃しに来ることはあっても、たちまち高射砲で撃ち落とされるだけだし、脱出した乗員がその後どんなひどい目に遇うか、手を下す当の日本人にすら見当もつかない、とラジオ・トウキョウで発言した日本の少佐がいたという。この発言はアメリカで大きな反応を引き起こしたそうだ。

一九四三年の四月になって、ドゥーリトル爆撃隊の捕虜が日本によって処刑されたことを、アメリカの大統領は正式に発表した。処刑についての日本による発表では、処刑された人の名も正確な数も、公表されなかった。「そのうちの何名かが処刑された」というような発表文のなかの「何名か」という表現に、日本は some という単語を使った。大統領が正式に発表したとき、日本側のこの公式な文章も公表されたのだと僕は思う。

大統領による発表がおこなわれたのは処刑から半年後だ。ドゥーリトル隊の何名かが捕虜になったこと、そしてそのうちの何名かが処刑されたらしいことは、すでにアメリカ国内に広く知られていた。乗員の家族たちを中心に、親しい人たちにとって最大の関心事は、捕虜になったうちの誰が無事で誰が無事ではないのか、ということだった。処刑があったことを大統領が発表しても、処刑されたのが誰と誰なのかは判明しないままであるというもどかしさが、あとに残った。そしてそこにあたえられたのが、some という単語ひとつだった。

日本側が処刑の発表に使った英文を、僕は知らない。しかし、想像することは出来る。ぜんたいに妙な生硬さのある、馬鹿丁寧と受け取るならそうも取れる、したがって違和感のぬぐいきれない英文だったのではないか。日本は絶妙な手際で故意にこのように書き、その総仕上げとして、some という曖昧きわまりない単語を使ったのだ、とアメリカは解釈した。意図的にそう解釈した、と言ってもいい。「アメリカ全土の新聞が激越な言葉を連ねて日本憎しの心情をあおり立てた」という。

こういったことはすべて日本に伝わった。処刑の正当性をラジオ・トウキョウが主張すると、そのことがアメリカの怒りの火に油を注ぐ、というような連鎖が始まっていった。そしてその連鎖のなかで、日本に対する強烈な敵愾心は、アメリカの総意として立ち上がっていくことになった。アメリカの総意としての、日本に対する攻撃心や復讐心の燃え上がりは、戦争の遂行に関するよりいっそうの努力という方向でも、大きな効果を発揮した。捕虜の処刑が大統領によって発表されたあと、戦時国債の売り上げは急激に上昇したという。

アメリカの爆撃機による日本本土への攻撃という作戦は、真珠湾攻撃は卑劣なだまし打ちであったという、すでに確立されていたイメージのなかをくぐり抜けたあと、捕虜をあっさり死刑にする日本に対する復讐、という経路へと入り込んだ。日本の軍事施設を爆撃して日本の戦争能力を消滅させるというおもて向きの正当性は、日本の都市への無差別爆撃によって日本を徹底的に破壊するという、現実の道すじを獲得することになった。

ドゥーリトル隊による日本本土の爆撃は、それだけを検討するなら、それは失敗だったと言っていい程度のものだ。しかし、ほとんど失敗であったこの試みからも、日本に対する無差別爆撃への道すじが読み取れる。空母を日本に接近させるのはリスクが大きすぎる。しかもその空母の飛行甲板から爆撃機を飛び立たせるというような方法ではなく、どこかに本格的な基地を作り、長距離を飛んでなおかつ大量の爆弾を積むことの可能な爆撃機をあらたに開発しなければならないという、B－29による本土爆撃への道すじだ。そしてこの道すじの終点に、広島と長崎に投下された原爆がある。

ドゥーリトル隊による東京への爆撃は、日本軍にとって青天の霹靂に近い出来事だったようだ。大いにあわて、狼狽し、恐怖にかられたであろうことは、なにも知らない僕にも想像はつく。なにかの大きな組織が、突然の非常事態にあわてふためくと、どのようなことが起こるか。

現在の民間組織に置き換えて想像すると、コンピューターや電話、ファクシミリなどによる交信が、関係各所あるいはまったくそうではないところなど、とにかくいたるところに飛び交い、不正確な情報や根拠のない憶測などが、無数に交錯するはずだ。訂正や修正、確認などが必要になり、ぜんたいの交信は何乗倍にもふくれ上がる。

当時の日本軍の内部でも、おなじことが起こった。軍隊だから暗号による無線通信が多い。アメリカはこれを傍受して大量にストックし、日本軍の暗号を正確に解読するための手がかりとした。暗号は読み解かれた。待ち伏せていると、解読した暗号のとおりに、日本軍の艦隊や艦船があらわれる。作戦はすべてつつ抜けだ。ミッドウェー海戦以降、日本軍がこうむった潰滅的な打撃の連続は、このようにしてもたらされた。

『ドゥーリトル日本初空襲』という一冊の本にすべてを負って、以上のような文章をここまで書いてきた僕は、someという単語ひとつについて思わないわけにはいかない。

太平洋戦争というそもそも巨大な事態のなかでは、すべての出来事はすべてかならず連鎖反応をしていく。連鎖の重なり合いによって、事態の進路がとんでもない方向へと決定づけられることは、充分にあり得る。巨大な事態のなかで、とんでもない連鎖を作っていくひとつの重要な要素として、someという基本英単語がある。にわかには信じがたいような力をその単語が発揮した事実について、僕は思う。

ドゥーリトル隊のうち三名を銃殺刑にしたことを正式に発表したとき、日本政府がその英文のなかで使ったsomeのひと言が持った力は、someという英単語が発揮した力として、英語の歴史始まって以来の最大のものだったのではないか、などと僕は書きたくなる。

処刑したアメリカ人飛行士の名前も人数も公表しないという方針なら、「捕虜のうち何名かを処刑した」というような言いかたしか出来ない。そして「何名か」という表現に、日本政府はsomeという単語をあてた。someはごく平凡な基本語のひとつだ。いちばん普通の意味は、いくつとは特定されていない曖昧ないくつか、というような意味だ。この曖昧さを利用して、someという言葉を多少とも意地悪に使うことは、文脈によっては可能だ。しかしその使いかたはじつに陳腐だから、意地悪な使いかたをしていることは、初めからばれている。

だからこそ日本はこのsomeに、あらんかぎりの悪意や敵意、嘲笑、残忍さなどを託したのだとアメリカが解釈したなら、その解釈を覆すことはもはや誰にも出来ない。ただし、some

のひと言にこれほどの効果を上げさせる明確な意図は、日本政府にはまったくなかったと僕は考える。

日本政府が処刑を発表したときの英文は、わざとそう書いたととれなくもない、生硬さと丁寧さとが奇妙に同居する、アメリカ人としては違和感を持たざるを得ない英文だったとしても、その英文そのものには日本側の非はないとも僕は思う。ただし解釈は自由であるから、これは意図された残忍さだ、とアメリカは解釈してみせた。とんでもない方向へ進んでいく連鎖反応とは、たとえばこういうことだ。

some というひと言も、いっさいなんの意図もしかけもない、単なる翻訳ないしは置き換えとして、日本の当事者は some を使ったと僕は思う。しかし事情が事情であるだけに、some という一語が潜在的に持つ力は限度いっぱいに拡大され、なおかつとんでもない方向へと進むことになった。このようなやりかたこそ、卑劣で狡猾、残酷で非道な日本の本質がなせるものである、とアメリカが力説すれば、それは定説としてたちまちアメリカ国内に流布し、次の連鎖へとつながっていく。

some という単語は、いまの日本人がその英語のなかで多用する単語のひとつではないのか。「そういう部分が若干あるかもしれませんね」とか、「おそらく一部はまだそうだと思いますよ」というような得意な言いかたを頭のなかで和文英訳すると、若干とか一部などの言葉は、非常に多くの場合、ほぼ自動的に some になるのではないか。

数値などはっきりさせようがないし、いまこの段階で数値をあげることに意味はなにもないから、したがって曖昧にとらえて曖昧に言っておくだけという、日本語としてごく普通の言いかたを、そのまま無防備に英語へと延長させたものの言いかたは、明確な数値を求めて相手を問い詰め追い込むというような交渉のしかたを本質としているアメリカ人にとっては、狡賢く曖昧にぼかしてはぐらかす、なんとも苛立たしくも腹の立つものの言いかたである、ということは充分にあり得る。

広島の真珠

半年だけと期間を区切って、日本のＴＶ各局のニュース番組を録画で可能なかぎり見た、という体験を僕は持っている。ＴＶを見ない僕にとっては、体験と呼ぶにふさわしい出来事だった。ＴＶという経路ごしに、視聴者という不特定多数に向けて、ニュースがどのように語られているかを知るためだ。

日本のＴＶのニュース番組には、ふたとおりが存在していることを僕は知った。紋切り型という類型と、内輪の話という類型の、ふたとおりだ。用意された原稿をカメラに向かってひとりで読むだけの場合でも、すべては紋切り型で処理される。紋切り型の言葉が連なった結果、お知らせくらいにはなるかもしれないが、それ以上の内容はなにもない。

内輪の話という類型の場合には、主役のようなアンカーがセットのまんなかにいる。局のアナウンサーつまりただの会社員だったり単なる司会者のような人だったりする。彼がまんなかにいて進行をとりしきり、その両脇には、若い女性や男性、そしてゲストのコメンテイターなどが、常に何人か配置されている。

主役が当たり障りなくすべてをとりしきり、とびきりつまらない感想や意見を、脇にいる人たちが述べる。すべての話題は彼らのあいだで交わされる内輪の話として進行していき、視聴者は彼らの話に疑似的に参加する。そのなかの誰かがひとりでニュースを読むときには、その人はふと内輪の話を離れて、見事なまでの紋切り型となる。原稿を読みあげる、という紋切り型だ。

不特定多数に対して、なにごとかを喋り言葉で語るときのスタイルというものは、日本語の世界では確立されていない。紋切り型というスタイルがあるだけで、それ以外のスタイルはない。内輪の話という類型は、紋切り型を娯楽番組として提示するにあたっての、ヴァリエーションのひとつだ。

半年で以上のようなことがよくわかった。あらかじめ知っていることを、TVという現状のなかに確認しただけだから、なにがわかっても別にどうということはない。しかし、驚かされることが、なくはない。一般論として知ってはいても、現状のなかの具体的な出来事のひとつひとつは、僕の想像をはるかに越えているからだ。

たとえば、耐えがたく寂しく、耐えがたくつらい状況のなかにあり、これでは死んだほうがはるかにましなのではないかといつも思っている人に対して、「寂しくないですか」と、日本のTV記者は平気で質問する。平気を越えて、これは彼らお得意の言葉づかいだ。どんな答えを期待しているのだろうか。はいそうです、寂しいです、つらいですと、もう一度、言わせたいのだろうか。

ものの言いかたを知らないとか、口のききかたがなってないというような、言語活動がなんの訓練も受けていず、したがって洗練もいっさいされていないから、というような次元を大きく越えて、根はもっと深いところにある。

ＴＶだけに限らないが、自分たちの仕事の材料として弱者を扱うとき、その弱者が持っている小さな世界へ入り込み、その人だけを、そしてその人の世界だけを、材料として扱う。日本ではごく普通におこなわれることであり、これに対して誰もなんとも思わない。

このような扱いかたの当然の結果として、取材すればするほど、出口がどこにもなくなり、閉塞感が強まっていく。やりきれない感情が、その番組を見る人のなかに高まる。そしてその感情の高まりきったときが、その番組の終わるときだ。

こういう問題をアメリカの場合と比較すると、あるひとりの弱者が社会システムという遠近法を離れて、その人ひとりとして取材の対象になるときは、ヒューマン・インタレストという暇ネタに限られる。そして弱者はけっして暇ネタではない。

いろんな人がいるから、インタレストの多様さにはこと欠かない。どの人もエピソードとして成立する。だからネタにはなるが、社会システムとは切り離され、個々にばらばらになったところで、個々のエピソードとしてのみ成立する。どんな素晴らしいエピソードがあっても、それは暇ネタなのだ。

社会システムを抜きにして弱者は語れないから、弱者の話題は単なるヒューマン・インタレストにはならない。社会システムという大きな遠近法のなかにきちんと位置づけ、弱者のままに扱う。この弱者にどれだけの不利があるのか。それを可能なかぎり解消するには、どうすればいいのか。解消案はさまざまな具体策として、社会システムのなかでかたちを持ち、機能していく。社会システムという遠近法とは、こういうことだ。

社会システムとはぜんたいのことだ。そして日本人にとってぜんたいとは、いつだってありありと思い描くことの出来る、そしてまざまざと実感することの可能な世界ではない。説明されればなんとなくわかるようなわからないような、いつまでもぼんやりとしたままの、いっこうに切実でもなんでもない、どこか遠いところだ。

自分がいつもその身を置いている、ごく狭いけれども具体性に富んだ場の、常に目の前にあるあれやこれやという小さい部分を撫でまわすことによって、自分の気持ちは充足し満足もするという安住地のなかでは、自分と他者とをつなぐネットワークである社会システムなど、まず見えることはない。だからそれは、いつまでたっても、切実なものにはなっていかない。

自分とはなになのか、はっきりしないままでいっこうに平気な人たちだから、その自分たちの側から社会システムが作られていくということは、まずあり得ない。自分とは、他の人たちとは違う、何者かだ。しかし、自分とは他の人たちとは違う何者かだ、などと呪文のように唱えているだけでは、埒はあかない。

他の人たちとは違うとは、自分には自分の個性がある、ということだ。その個性が、存分に鍛えられて社会性を獲得すると、社会システムのなかで一定の役割を果たすことが出来るようになる。役割を果たすとは、社会システムのなかに参加することにほかならない。参加するとは、社会システムという公共の価値を、可能なかぎり多くの人たちと分かち合っていこうという態度であり、その態度の維持こそが、公共性という価値を少しずつ作り出す。

ＴＶの番組のために社会的な弱者が取材されて材料となるとき、アメリカではその弱者の問題はただちに社会システムの問題となる。社会システム抜きで、弱者ひとりが孤立無援で、番組の材料になることはあり得ない。いかなる弱者といえども、社会システムの網の目にひっかかって支えられている、という救済のされかたを持っている。

しかし日本では、そのような社会システムなどについては、思いはいっさいおよばない地点から、弱者個人のプライベートで小さな内側が、撫でまわされ、つつかれ、覗き込まれる。そこはもともと小さな世界だから、材料はたちまちつきる。つきたときが番組の終わるときであり、気の毒な人という一幕物はそこで完結する。あとに残るのは、どうにも救いがたい種類の、いきどまり感だけだ。

日本では弱者は完璧に孤立している。社会システムとしてそうなっているのだから、お気の毒、かわいそうなどと言いつつ、弱者についての番組をＴＶで見る人たちも、おなじように孤立している。あまりにも孤立しているから、出来ることといえばせいぜいが、お気の毒、かわいそうと言いながら、さらにＴＶを見ることだけだ。

孤立した自分をかろうじて支えてくれるのは、もっと見たいという欲求と、それに応えてくれる日本のＴＶだ。かわいそう、お気の毒という決まり文句は、見ることしか出来ない孤立した人たちの、もっと見ずにはいられないからもっと見せろという欲求の、正当化だ。

社会システムによって支えられることのない日本の弱者は、個人的な不運や不幸として孤立するほかなく、その孤立の様子をＴＶで見る人たちもまた孤立しているから、不幸や不運は弱者当人とそれを見る人たちのあいだを循環するだけで、そこからの出口はどこにもない。見る人にとって弱者の境遇は、のちほど人と語り合うときの話の種であり、そのような話はたいていの場合、笑いで終わる。

日本のＴＶのニュース番組を埋める紋切り型の言葉は、常にたくさんある。であるからには、紋切り型は紋切り型として、なんらかの機能をしているはずだ、と僕は考える。それは日本を如実に映している。単なる姿かたちだけではなく、その本質を。

たとえば外国の取材現場にいる記者に対して、東京のスタジオのアンカーは、陳腐な概論や浅い総論的なことを、まずひとりで長く喋る。いったいなにを言いたいのかと思っていると、最後にひと言、「どう思いますか」と、漠然と質問する。

こういう紋切り型は、いったいなになのか。僕は不思議な気持ちになり、やがて不安な気持ちになる。僕の内部で、どこかでなにかが、決定的に不安だ。陳腐な認識や浅い理解という紋切り型を自分が提示し、相手がそのなかに入ってくれることを期待し、うまく入ってくれたなら、ともに紋切り型のなかに埋没することが出来る。埋没して、どうするのか。

ＴＶのニュース番組で原稿を読むだけにせよ、それは人前に出ることだ。多数の人を目の前にすることだ。そのときの自分が発する言葉のありかたが、見事なまでの紋切り型である状態は、確固たる個人として自分の意見を明快に述べる、というような言葉のありかたのちょうど反対側だ。

人は確立された個であってはいけないと社会システムが厳しく要求するから、個を埋没させるために紋切り型を採用する。言葉だけではなく、ポーズや表情、喋りかたなど、すべてが紋切り型だ。そしてそのように使われる言葉は、最高に機能したとして、どこにも中心点を持たない単なるお知らせでしかない。

これはいったい、なになのか。少なくともそれは民主主義ではない、という言いかたをしてみよう。もう何年も前の十二月初旬、アメリカで見たTV番組のことを僕は思い出す。その頃のパブリックTVには、『マクニール・レーラー・ニューズ・アワー』という番組があった。ロビン・マクニールとジム・レーラーというふたりのジャーナリストがアンカーを務め、時局や国際問題を報道し解説し、ゲストたちと討論するという番組だった。

『エッセイ』と題した短い時間が、その番組のなかにときどきあった。僕が見たそのときには、『ライフ』のロジャー・ローゼンブラットが、広島の原爆資料館について、ひとりで語っていた。次の週には真珠湾攻撃の記念日がめぐってくるから、彼は太平洋戦争、原爆、広島の原爆資料館などについて、エッセイとして語った。

彼が語った主題は、どんな事態にせよそれを引き起こした原因つまりコーズと、引き起こされた結果であるエフェクトとが、常に一対になっているというものだった。社会や世界のなかで起こるすべての出来事の基本は、コーズとエフェクトとの連鎖である、と彼は語った。

戦争もそうだ、と彼は語った。たとえば太平洋戦争では、さかのぼってつきつめるとじつに小さなコーズが、連鎖に次ぐ連鎖という増幅過程をたどり、ついには広島と長崎に投下された原爆という巨大なエフェクトになった、と彼は言った。

広島の原爆資料館を見た感想を、ひとりのジャーナリストとして、彼は明快に語った。「ここにはコーズがなにひとつない。あるのはエフェクトの影だけだ。これはじつに奇妙だ。ディスターヴィングだ」と、彼は述べた。ディスターヴィングとは、不安な気持ちに駆り立てられるような、というほどの意味だ。

「コーズがなにひとつなく、エフェクトの影だけがある」ことが、ひとりのアメリカ人ジャーナリストを、不安な気持ちへと駆り立てた。「エフェクトの影」とは、広島に原爆が投下された日の朝、若い女性が勤務先の職場へ持っていった弁当の、焼け焦げた弁当箱とか、建物の正面の石段にたまたま腰をおろしていた人の、原爆の閃光によって石に焼きつけられた影などのことだ。

なにがきっかけとなってなにがどう連鎖して戦争となり、連鎖の増幅の重なりのなかでいかにして原爆という結果になったのか、事実をすべて明快に人々に見せるのが健全な社会システムだとすると、「結果の影だけ」が提示されている状態は、アメリカのジャーナリストを確かに不安な気持ちにさせただろう。

日本という国では戦争までもが、個人的な不運や不幸に閉じ込められ、社会化されないことを、ロジャー・ローゼンブラットは知らなかった、と僕は思う。しかし、ここは民主主義の場ではないのだ、民主主義とはまるで違うなにかの場なのだ、という直感はあったはずであり、だからこそ彼は、不安な気持ちへと駆り立てられた。彼が語ったエッセイの結びのひと言は、「ノット・ア・シングル・パール・イン・ヒロシマ（広島に真珠はひと粒もなかった）」というセンテンスだった。真珠とは真珠湾、つまり、彼の言うコーズのことだ。

「ノー」を支える論理と説得力

いまのロシアがまだソ連だった頃、当時の首相のミハイル・ゴルバチョフが、日本を訪問した。これから書くのは、そのときのことだ。アメリカのCBSの『イーヴニング・ニュース』という番組は、一日にひと項目ずつ、ゴルバチョフの訪日をテーマにして、短いレポートを三日間にわたって放映した。

その項目のひとつに、ゴルバチョフは日本へおかねをもらいに来た、というテーマがあった。日本の大企業の、かなりの要職にあるとおぼしきひとりの日本人中年男性が、会社のなかの自分の個室で、『イーヴニング・ニュース』の記者のインタヴューを受けた。そのアメリカ人記者は、日本人男性に対して次のように言った。

「いまのソ連は経済的にたいへんなことになっていますから、ゴルバチョフさんの今回の来日の目的は、まずなんと言っても、日本から経済援助を引き出すことでしょうね。どうですか、彼は目的を達することが出来ますかね」

TVのニュース番組のインタヴューアーによるこのような質問のしかたは、きわめて教科書的で定石的なものだ。普通なら教科書のなかでしか使えないが、日本を代表する企業の、社内に個室を持っているほどの地位の男性は、こんな質問を受けてしまった。

彼はなめられていた、と僕は推測する。TVカメラで撮影されながらのインタヴューが始まる前の、準備的なやりとりのなかで、これならなめてもいい、とインタヴューアーは判断した。この程度の質問で充分に引っかかってくれる、とアメリカ人記者は考えた。

記者の質問に対して、日本人男性は次のように答えた。「ディペンズ・オン・ハウ・マッチ・ヒー・イズ・エクスペクティング（ゴルバチョフさんがどのくらいの額を頭に描いているかにもよりますね）」そう言った彼は、得意そうな笑顔を浮かべていた。その笑顔に乗じるかたちで、「ソー・ヒー・シュドゥント・エクスペクト・マッチ（あまり多くをあてにしてはいけないということですね）」と、アメリカ人記者は言った。

自分が思っていることを相手が言ってくれた日本人男性は、得意の頂点に達した。そしてその頂点で、「ノー」とひと言、得意さの仕上げをした。このような場合、日本人英語の人なら、「そのとおりです」という意味で「イエス」となるのが普通だが、彼は反射的に正しく「ノー」と言った。そのかぎりでは、たいへんにめでたい。そしてそれ以外においては、彼は職歴は長いと思うがいっこうに鍛えられてはいず、センスもなにもない。

そのことの当然の結果として、アメリカ人記者のごく平凡な誘導のままに、彼は「ノー」とひと言、言ってしまった。インタヴューした記者は、このような「ノー」のひと言を、自分のところのニュース番組の画面と音声に収め、報道したかったのだ。

彼は最初から計算していた。ことはその計算どおりに運んだ。世界の大問題であるソ連経済に関して、かくもあっさりと無防備に、「ノー」のひと蹴りをくれてしまう日本というものを、CBSの記者はニュース番組のなかに出したかった。彼はそのことに成功した。あまりにも絵に描いたような「ノー」だから、これはひょっとしたら演出だったかな、とも僕は思う。

この日本人男性は、雇われているひとりとして自分が所属している私企業ひとつだけを、代弁している。そのことによって、大きな意味で、彼は国益と対立している。ソ連をなんとかしなくてはいけないというのは、当時の世界ぜんたいのコンセンサスだった。日本とソ連との友好的な接近を好ましく思っていなかったアメリカは、ソ連に対する自由世界ぜんたいからの反応の一例もかねて、この日本人男性のような「ノー」のひと言を、ソ連と世界とのあいだにある距離の遠さとして、世界じゅうに示した。

いくつもあり得る表現のなかから、人が特定のひとつの表現を選んで使う理由は、その表現が使うに値する意味の深さを、その状況のなかで持っているからだ。その表現を使うことによって、確実に一定の効果をあげることが出来るからだ。「ノー」のひと言という種類の表現が、ソ連に対する日本の態度の表明として、ひとつの方向に向けてどれだけ大きな効果を生むかについて、この日本企業の男性は思ってみたことがあるのだろうか。

「ノー」のひと言だけという表現は、最終的で決定的な態度の表明だ。どんな表現にも、ともなうべき文脈というものがある。「ノー」と言いきるからには、それを支えるだけの膨大な論理が必要だ。この場合の論理とは、ソ連経済に関する日本からのヴィジョンの提示と、それが国際政治のなかで生み出す説得力だ。そんなものはなにもないし、もともと大した関心はないという意味での「ノー」のひと言は、日本人の得意技になりつつある。

江戸時代に英語の人となる

戦後の日本は世界各国から原材料を買い、国内で製品を作り、それを世界に売った。しかし世界のどことも、真の関係は出来ていないままだ。この不思議さを、どのように解釈すればいいのか。自分の都合だけを追った結果だ、という解釈はもっとも正しいのではないか。戦後の日本にとって世界という他者は、自分の都合の達成のために存在した。

国を挙げての自分の都合の追求を、戦後の日本はひたすらおこなってきた。日本に林立した会社組織群が、それを全面的に引き受けた。自分の所属する会社組織が社会のすべてであり、会社の外にはなにもなく、したがって外の世界は視野に入ってこないというありかたは、自分たちの都合さえ成立すればそれでいいという現実を、強力に作り上げた。会社の外にある世界は、会社組織とそのなかにいる人たちにとっては、潜在的には邪魔者だった。邪魔者との真の関係を作ろうとする人はいない。

日本国内での、日本人だけの世界という閉鎖された枠の強固さは、戦後の五十数年をかけていま頂点に達している。英語の学習にとって最大の障害は、日本を支配しているこの強固な閉鎖性かもしれない。日常の現実という範囲内では、あらゆることが日本国内で、そして日本語で、充分すぎるほどに間に合う。外の世界、そしてそこにある日本語以外の言葉は、基本的には自分とは無関係な、奇異なものでしかない。

閉鎖性を機能させている単位は会社組織だ。営業品目が世界のすべてであるという会社組織のなかで、サラリーマン語に身も心もひたりきった人たちが、たとえば英語をとおして、公共性に満ちた普遍的な場へと、自らの内部になんの障害も体験することなく、出ていけるものかどうか。自国語で固まった頭を、とりあえずはつたない英語を経由して、外というぜんたいに向けていきなり開いていくことが、果たして可能なのか。

英語の不完全な勉強よりも先に、まず自分の言葉がどの程度のものであるのか、彼らは冷静に観察しなければならない。観察した結果、不足している部分があるなら、そこを中心にして、自分たちの言葉を徹底的に学びなおす必要がある。生活内容の乏しさや貧しさ、底の浅さなど、すべてはそのまま英語に出る。しかもつたない英語だから、限度いっぱいに誇張されて、それは出てしまう。自分は英語が駄目と彼らが言うのは、じつはこういうことなのではないか。

ひとつの強固な枠の内部に閉じられた不自由なものの考えかたは、英語という言葉の構造が要求する思考の展開経路と、なじみにくいのではないか。その逆に、枠の内部に固定されていない思考は、英語の構造のなかにすんなりと入ることが出来るし、英語の性能を正面から引き受けることがたやすいのではないか。人を機能させる言葉である英語のなかには、機能的な思考ほど入りやすい。

いったんそこに入ると、前進性という機能によって、さらに前へと運ばれていく。人を機能させてやまない言葉は開かれた性質の言葉であるし、人を機能の最前線まで運んで解放する言葉でもある。英語の構造が要求する思考の出来る人は、英語の人になりやすい。そして英語によってさらに開かれていく。そのことの実例として、日本でおそらく最初の例は、中浜万次郎と彼の英語ではないか、と僕は思う。

中浜万次郎が英語で書いた手紙を、かつて僕は読んだことがある。中浜万次郎とは江戸末期のかつお漁船の船乗りだ。乗り組んでいた船が難破して鳥島に漂着したのち、アメリカの捕鯨船に救助された彼は、アメリカに渡った。捕鯨船のアメリカ人たちは、中浜にとって初めて接するアメリカ人だった。そのアメリカ人たちが喋る英語は、中浜が生まれて初めて聞く、英語という外国語だった。アメリカ人たちにとっても、中浜は初めて聞く日本語を喋る、初めて見る日本人だった。

おなじ船乗りどうしであるという認識は、双方に健全なかたちで存在していたようだ。ある程度までのコミュニケーションなら、理解し合うことの出来る言葉なしでも、最初からきちんと成立したという。ある程度までの、というような言いかたは、正しくないかもしれない。もっとも核心的な部分では、と言いなおすべきだろう。

アメリカへ渡った中浜は、多くの人たちとの交流を重ね、英語の教育を受けた。一度は日本語を忘れてしまうほどに、彼は英語を自分の言葉にした。彼はやがて日本へ帰った。そして、日本が外国に対して送った、歴史上初めての使節の一員として、威臨丸という船で二度めのアメリカを体験した。そのとき中浜は三十三歳だった。帰国の途中、彼はハワイに立ち寄った。僕が読んだのは、そこで彼が英語で書いた手紙だ。

ひとりの人が英語を自分のものにするということに関して、きわめて重要なことをその手紙は教えてくれる。中浜が英語で書いた手紙のなかに、限度いっぱいに自由に、のびやかに、中浜という人がいる。英語という言葉がその基本的な機能として持つ開放力や許容力、高い自由度などのなかに、中浜は自分を解き放っている。

本当に英語を勉強したければ、相当なところまで勉強を重ねたのちに、中浜の手紙を読むといい。英語の勉強がまだ初歩の段階にすら到達していないままに彼の手紙を読んでも、なぜそれがそんなにいいのか、理解出来ないままとなるはずだから。

中浜の英語には間違いがある。しかしそれは、彼がアメリカで親しく接した人たちがしていた間違いを、そのまま複写するかのように中浜も引き継いだ、という種類の間違いだ。それになにしろ昔のことだから、いまはこうは言わないけれど昔はこんなふうにも言ったようだという、現在とは異なる部分もある。

このようなことは、しかし、いっさいなんら問題とはならない。重要なのは、その人の思考のありかたと、英語との相性の良さだ。中浜は相性の良い人であったようだ。だから英語という言葉の機能によってさらに開かれ、自由度を高めた。だからこそ、ほぼ完璧に、英語を自分の言葉にすることが出来た。中浜よりも九年あとに生まれ、おなじくアメリカで英語を学んだ浜田彦蔵という人物の英語も、中浜に負けることなく素晴らしい。

日本人が英語をまるで自国語のように身につけることに関して、江戸時代にはどのような問題があったのか。難破や漂流をきっかけにしたとはいえ、アメリカに渡って英語を覚えて帰国したなら、英語の知識そのものに対して自分は厳しく処罰されるのではないかと、ただの船乗りにすら思わせたのが、江戸という世界だった。

ある程度までのトレーニングを積んだ人なら、誰もが参加出来るように開かれている、許容度や自由度の高さとでも言うべき性質を、英語は基本的な機能のひとつとして持っている。世界とのインタフェイスとして、つまり自国語の次に役立つ第二の言語として、英語を使う人が多い事実の第一の理由は、英語という言葉が持つ機能そのものにある。イギリスがかつて世界帝国であり、いまはアメリカが事実上の世界帝国であるから、世界の共通語はしかたなく英語なのだというとらえかたは、的を大きくはずしている。

その英語を日本人は不得意とし、下手であり苦手であるという。戦後の日本人は一度たりとも英語を正しく勉強した経験を持たないのではないか。長い年月をかけて充分に勉強したつもりでいても、じつは勉強の量はまったく不足している。学校であれだけ勉強したのにこんなに出来ないのだから嫌になる、というような見当違いの評価は、一刻も早く捨て去らなくてはいけない。

あらためて勉強しようとすると、その方法がまた間違っている。当然の結果としてたいして進歩しないから、嫌になるという気持ちが、すでに厚く存在するおなじ気持ちの上に重なる。勉強のしかたとは別に、英語に対する適性のようなものがもし測定出来るなら、いまの日本人は適性がひどく低いのではないか。誰でも参加することが出来、したがって新しいものをいくらでも取り込むことの可能な、許容度や自由度の高さという英語の基本機能そのものに、戦後の日本人の得意とする思考経路は、なじみにくいのではないか。

システム手帳とはなにか

システム手帳、という言葉を僕はさきほどから観察している。すっかり日本語になりきった言葉だ。いくら観察しても、もはやなにごとも起きそうにない。しかし、考えていく作業のスタートとしての観察なら、観察する価値はあるような気がする。システムという片仮名語に、手帳という漢字言葉が合体している。このような外観は、本来ならたいそう奇妙なものであるはずだが、誰もなんとも思わない。

システムという日本語は、日本人の大好きな言葉のひとつだ。自分たちがほとんど常にその身を置いているのは、なんらかのシステムのなかだからだ。底辺も頂上もそしてその中間も、すべての部分がくっきりと出来上がっている、ピラミッド状の上下関係システムだ。システム手帳という言葉のなかの、システムという言葉には、システム手帳が日本人によって用いられている状況が、そのまま映し出されている。

広い意味で会社組織と言っていい、雇用先というピラミッド状の上下関係システム。このシステムを核のようにして、さまざまに派生した上下関係システムが、生活の全領域を埋めている。ピラミッド状の上下関係システムは、その内部に身を置く人にとっては、固定された秩序だ。なにごともないかぎり変化はごく少ないという意味で、その秩序は安定もしている。

自分も雇用されてそのなかに身を置く、安定し固定された秩序としての上下関係組織、それがシステムであり、その組織内部での部署ごとの運営のされかたもまた、システムと呼ばれている。大きなシステムの内部に、いくつものサブ・システムが、大中小の序列も正しく、入れ子になっている。システムという片仮名日本語は、大雑把に言ってこのような世界を意味している。そしてその世界は、現在の日本そのものだ。

手帳という漢字言葉は、玉砂利になりきって百年を越えたという趣のある、小ぶりな玉砂利のような言葉だ。手帳という言葉を見ると、誰もがその人なりになんの無理もなく、手帳という具体物そして概念を思い浮かべることが出来る。そして手帳はシステムに奉仕するための道具だ。かくてシステムという言葉と手帳という言葉は、なんの無理もなしに合体して新たな日本語となった。

システム・ダイアリーという言いかたも、日本語にある。内容はシステム手帳だが、用途別に工夫されたリフィルとバインダー式の本体には日本人の考案者がいるから、システム・ダイアリーという言いかたは登録商標としての言葉かもしれない。

手帳という漢字言葉とダイアリーという片仮名語とを見くらべると、日本語としては手帳のほうがずっと有利だ。ダイアリーとはなにかと質問され、日記ですと答えることの出来る日本人は、けっして少なくないはずだ。しかし僕の感じかたでは、ダイアリーはまだ日本語になりきっていない。日記という言葉の片仮名書きにとどまるかぎり、ダイアリーは手帳に勝てない。ダイアリーという言葉からは、身に覚えがあるというかたちで具体物を思い浮かべることが、出来ないからだ。

ダイアリーは確かに日記でもあるが、アメリカ語では日付ごとに個別の記入スペースのある、予定などを書き込むための手帳を意味することが多い。日本語で言うところの日記は、ジャーナルあるいはパーソナル・ジャーナルだ。システム・ダイアリーやシステム手帳という言いかた、あるいは手帳と合体したシステムのひと言など、一見したところ和製英語のたたずまいだが、用途別に工夫されたリフィルは、英語でもシステム・リフィルあるいはシステム・インサートなどと呼ばれている。

そのリフィルがバインダーに綴じてあるものを、システム・ダイアリーと呼んで間違いではない。ただし、そのような物を知らない人やなじみのない人には、なんのことだかわからないだろう。システム手帳を英語で言いたいとき、もっとも一般的に通じやすい言いかたは、オーガナイザーという言葉だ。パーソナルをつけて、パーソナル・オーガナイザーと呼ばれることが多い。

システム手帳という言葉と、パーソナル・オーガナイザーという言葉を、僕は見くらべて観察する。オーガナイザーという単語のもとをただせば、オーガナイズという動詞だ。あくまでも個人にかかわるオーガナイズという動詞と、ピラミッド状の上下関係組織を常に意識するためのシステムという名詞を観察すると、両者がそれぞれに体現する世界は、両極端と言っていいほどに異なることにやがて気づく。

システム手帳は、ピラミッド状の上下関係組織の内部で、安全に身を処していくためのあれやこれやの情報を、あっちに書きこっちに書きする大福帳だ。オーガナイザーという言いかたになると、言葉が持っている視点が端的に異なるだけではなく、それを使ってなされる作業とその意味も、まったく違ってくる。

パーソナル・オーガナイザーのバインダーに綴じてある、用途別に工夫されたリフィルとは、いったいなになのか。用途とは、なにか。自分の手もとに入ってくるはずのさまざまな情報に対して、領域別の整理枠をあらかじめいくつも設けておく。リフィルの用途別とは、そういうことだ。

さまざまな情報を受けとめた自分が、それらをオーガナイザーの用途別リフィルに収めたその段階で、雑多な情報はなにほどか整理される。手に入れた段階でそのように整理しておくと、整理された状態で管理出来るし、使用するときには必要なだけの情報を内容別に見つけやすい。オーガナイズという行為の基本は、雑多なものを内容や性質別に区分けし、整理分類しておくことだ。

オーガナイズという言葉を試しに英和辞典で引いてみる。いろんな意味がある。そのなかのひとつに、「資料・知識などを系統立てる、整理しまとめる」という意味があげてある。整理とは、なにか。あるひとつの領域に関するものだけを、ひとつにまとめて他と区別しておくことだ。

領域ごとに、内容ごとに、性質ごとに、ひとつずつ区分けの枠を設け、そのなかに入れておく。そのようにオーガナイズしておいたほうが、収集した資料や知識は使いやすくなる。必要が起きるそのつど、広いぜんたいを探さなくてもいいからだ。

いちいちぜんたいを探さなくてもいいとは、どういうことなのか。自分が持っている資料や知識が、自分によってあらかじめ俯瞰出来ているということだ。すべてが俯瞰出来ているとは、ではどういうことなのか。収集してある資料や知識を使って自分がおこないたいことの筋道が、そのつど見つけやすいということだ。この地点から論理を出発させてまずそこへいき、そこからさらにそちらにつなげる、というような筋道だ。

では筋道とは、いったいなになのか。それは論理以外のなにものでもない。オーガナイズとは、自分の収集した資料や知識のぜんたいを俯瞰しやすいように、あらかじめ区分けし整理することだ。そうしておくことによって、資料や知識は使いやすくなる。使いやすいとは、資料や知識を足場のようにして、自分の論理を導き出しやすくすることだ。

論理は機能だ。オーガナイズという作業をとおして、必要なだけの資料や知識とともに、自分という人は、論理という機能となることが出来る。オーガナイズつまり整理や分類は、自分が論理という機能になるための、下準備だ。理にかなったかたちで整理や分類がなされていると、論理を展開させる必要が起きたとき、論理の展開と支えのための材料を、直ちに探し出すことが可能だ。

自分を論理として機能させるにあたって、もっともオーガナイズされていなければならないのは、じつはいくつものファイルのなかの資料や知識ではない。もっともオーガナイズされていなければならないのは、自分の使う言葉だ。論理は言葉によってのみ展開される。言葉がしっかりしていないことには、なにがどうなるものでもない。

喋る言葉にせよ書く言葉にせよ、論理のために論理的に使うには、言葉は論理的に積み重ねられなければならない。論理は論理的に述べられなければいけない。そしてそのことにかかわるすべての機能を、言葉が担っている。言葉とはじつはこういうものなのだ。

英語という言葉の構造と性能は、以上のように使われて初めて、完全に生きるようになっている。だから英語はそのように使われる。英語は前へ前へと進んでいくとすでに書いたが、とにかく前へと進んでいくという生まれついての性格は、ひとつの論理が次の論理を呼び、それによってさらにその次の論理が引き出されるというふうに、論理の積み重ねによって問題がつきつめられていく性能から来るものだ。

まともに使われたなら、前へ進まざるを得ない種類の前進性が、英語にはある。言葉が重なるにつれて、論理も積み上げられていく。そのことと正しく比例して、問題は核心に向けて追い込まれていく。

言葉を越える

筆舌につくしがたい、というやや古風な言いかたがある。筆とは書き言葉、そして舌は喋り言葉だ。自分が遭遇したなにかの出来事からたとえば苦難を受けたとして、それがどちらの言葉によってもとうてい言いあらわすことが出来ないほどに大きいことを、ごく簡単に言っておくための紋切り型だ。使われる状況、そして意味するところが少しだけ方向が違ってくるのだが、あまりのことに言葉を失うとか、言葉もなく立ちつくした、というような言いかたもある。

もっと日常的な言いかたとしては、とうてい言葉にならないとか、言葉ではとても言えない、というような言いかたがある。そうなるともう言葉を越えてるよね、という言いかたは、おそらくもっともポピュラーなかたちではないか。自分の日常のスケールをはるかに越えてなにかに感心したり、とてもそれが現実とは思えないほどに驚いたりしたときなどに多用される、最終的な決まり文句だ。

言葉では言いあらわせないほどのものが、人間の世界にあるだろうか。あらゆる言葉を楽々と越える、なにかものすごい実体が、あるところにはあるのだろうか。言葉にならないのは、言葉で言いあらわすトレーニングが、自分には欠けているだけなのではないか。自分が持っているスケールを大きくはずれたものを言いあらわすには、自分の小さなスケールのための言葉では、確かに間に合わないだろう。

これはかなわないと見るや、とうてい言葉では言いあらわせないものとして、自分とは明らかに別世界のものとして、自分からほどよく離れた場所に、まるで預けるかのように、置いてしまうのではないか。小さな自分を発信元とする、もっとも主観的なものの言いかたが、そうなったらもう言葉を越えている、という言いかたなのではないか。

「言葉でどう言いあらわせばいいのか、私は知らない」という紋切り型の言いかたが、英語にもある。言葉を越えている、という日本語からの直訳のような、「それは言葉のかなたである」という言いかたすらある。しかしこれらは、単なる陳腐な言いかたなのではないか。言葉で言いあらわすことを、早々とあきらめて預けてしまった態度の表明とは、質が異なるのではないか。

英語によって作られた自分という人は、他から明確に独立したひとつの主体だ。独立性も主体性も、言葉によって作られる。その言葉によって、なによりも先に主体がしなければならないのは、出来事のすべてを論理によって実証することだ。ちょっとなにかあるたびに、それはもう言葉を越えているなどと言っていると、自分の根源を自分で崩すことになる。

なにかひと言

ひと言主義とも言うべき傾向が、日本人にはあるようだ。相当に顕著な傾向ではないだろうか。なにかひと言、と相手からひと言を引き出したがる人は多い。ひと言とは、そのときその場での主観の働きにもとづいた、ほとんどなんの準備もない文字どおりひと言による、総まとめのような短い言葉だ。

ぜんたいを正確に俯瞰した結果の、冷静で客観的な言葉ではなく、その場の閃きでぱっとひとつかみにして相手にあたえるごく短い言葉は、短くはあっても含みのある言葉でなくてはならない。いかにも含みのありそうな言葉でなくてはいけない、と言い換えておこうか。受けとめた側が、自分の好きなように、どんなふうにでも解釈することの可能な短い言葉なら、それは含みの深い言葉となり得る。こういったひと言のもっとも陳腐な具体例は、色紙に書く短い言葉だ。

相手に対して自分が求めて引き出した短いひと言を、自分は受けとめて解釈する。その解釈に対する自分の満足度の高低に応じて、その短い言葉を発した人のぜんたいを評価する。日本人の好きなひと言主義は、こんなふうに機能する。多大すぎる評価になることも、しばしばなのではないか。ひと言の出来ばえが良ければ、それに対する評価も高くなるのだから。

人生の転機となったあのひと言。いまも忘れない、あのときあの人の、あのひと言。青春の一冊、あるいは、人生の転機となったこの一曲。ひと言主義のヴァリエーションは、さまざまにある。相手から引き出して自分が受けとめたひと言を、自分はしばらく眺める。そのひと言の含蓄の深さを測る。ややあって測り終えると、うーむ、なるほど、と解釈は成立し、そのひと言を発した人に対する評価も出来上がる、という便利なしかけだ。短いひと言で、その人のすべてをわかったような気になることが出来る。

急な求めに応じてその場で発せられたひと言は、主観のきわみのようなものではないか、と僕は思う。そしてその主観を受けとめる側も、自分の主観を重ね合わせたり投影させたりして、解釈する。主観ごっこ、そして解釈ごっこだ。

「主語を持たず、時間を持たず、結晶化されたような短い表現を、日本人は好む」という文章をメモした情報カードを、いま僕は見ている。自分の文章ではなく、なにかで読んで書きとめておいたものだ。

日本人の好きなひと言主義とは、主語も時間も面倒くさいから、指先でつまむことの出来る小さな粒にしてくれ、そしたらそれを受けとめてやる、というようなことなのだろうか。かつてたいへんに盛んで、いまはすっかりどこかへ消えた広告コピーというものは、日本人の大好きなひと言主義に、この上なく対応したものだったと言っていい。

万感を言いあらわすためのごく短い言葉、というものは確かに必要だし、厳然と存在もしている。型どおりで万能となる紋切り型だ。それ以外に言いようがないから、したがってそうとしか言えない、という種類のものだ。これもひと言主義のヴァリエーションだろうか、とふと思う。違う、と僕は思いなおす。万感を言いあらわすための紋切り型、たとえば訃報に対する弔電の文句などは、長い年月をかけて出来上がった普遍的なものであるのに反して、ひと言主義のひと言は、その場でいきなり、無理やりに相手から引き出すものなのだから。

過去と未来から切り離されて

自分、という人にとって、いちばん楽なありかたは、どのようなありかただろうか。自分、という人は、この自分自身という意味ではなく、いまの日本に生きている人たちのひとりひとり、というほどの意味だ。

自分という人の基本は、なにかを思い、その思いにもとづいてなんらかの行動をするという営みの、合計だ。思い、そして行動するためには、そのための場、つまり時間が必要だ。その時間というものを、過去、現在、未来つまりこれから先、という三つに分けて、そのそれぞれに、思う、という機能をあてはめてみることにしよう。

自分、という人のもっとも楽なありかたは、もっとも楽な思いかたにほかならない。過去に関してのもっとも楽な思いかたは、そのときはそう思った、しかしそのときはもう終わってどこにもないし、引きずってもいないから、過去などいまの自分にはいっさい関係ない、したがってなんの責任もないという、過去とは完全に切れた思いかただ。

現在については、どうだろうか。いまはこう思う、そしてそう思う自分とは主観の総体だから、なぜいまはそう思うのかその理由には、主観のおもむくままという理由しかない。いま自分にそう思わせる主観とは、ごく小さなふとした思いつきのような欲求や、どうでもいいような衝動としての気持ちの動き、といったものだ。なしですますことの出来ない同調性ゆえの、人とおなじく自分もこれが好きと思い込んでしまう心理なども、加えておかなくてはいけない。そしてこのような現在は、さきほど書いたような過去へと、かたっぱしから移っていく。

これから先については、いったいどんなふうに思うと、自分、という人はもっとも楽なのか。これから先について、どう思うか。まったくわからない、という思いかたが、いちばん楽だ。まったくわからないとは、そのときになってみないとわからない、ということだ。

自分、という人には、そのときという場が、かならず必要だ。場というものはいろんな条件を提示してくるから、それらを適当に組み合わせるなら、そのとき自分はどう思うかの回答は、ほぼ自動的に出てしまう。だから、そのときという場が、いまこの場という現在になるまで、なにもわからない、つまりなにも考えないでいる。それがもっとも楽だからだ。

現在は、まさに、そのとき、という場だ。過去のすべてが、かつては現在の、いまこのとき、という場だった。思ったり行動したりするために、かならず必要ないまこのときという場は、自分という人にとって、絶対のものであると言っていい。なにを思うにしろどのように行動するにしても、現在という場は唯一のきっかけなのだから、そのかぎりにおいてそれは絶対だと言っていい。

自分という人は、そのような絶対の現在のなかにいる人だ。現在というこの場がほぼ絶対のものなら、そこにいる自分という人も絶対に近いことになる。いまこの現在という場にいる、いまこの自分という人。それは絶対の存在なのだ。そしてこのような絶対の現在の人が持つ最大の特徴は、すでに書いたとおり、過去とも未来とも完全に切り離されていることだ。現在は刻々と過去になっていく。そして過去と未来とは、切り離されている。となると、自分という人は、真の関係をどこととも結んでいない人、ということにならないか。

ここで言う関係とは、いつもの仲間と毎日のように顔を合わせること、などではない。知らないことを学んでいく。重要なことを知っていく。多くのことを有効に関係づけて理解していく。感じ取る能力を高める。想像力を鍛え、洗練させる。というような、真の関係、これが自分という人から、ほとんど抜け落ちている。そしてその人は、そのことに気づいていない。だから、いまこの場という現在にいる自分に関して、深刻な欠落などいっさい感じていない。

いまこのとき、という絶対の現在と、自分という人とは、どのようにつながっているのか。さまざまな商品を買うことで、つながっている。いまはこれ、と声高らかに売り出されるものを、いまこの場の人である自分という人は買う。買わざるを得ないから買う、と言ったほうが正確だろう。

いまはこれ、と売り出されている商品は、無数に近くある。もっとも浅い種類の主観によって、つまりそのときどきの好みで、自分という人は商品を選んで買う。その行為は、いまはこう思うというありかたの、まさに典型であり核心だ。商品だから次々に取り替えることが出来る。次々に取り替えることこそ、絶対の現在との関係だ。そのときどきの好みを、理由にすらならないような理由にもとづいて、少しずつ変化させていけばそれでいい。こんな楽なことはない。

あらゆるものは取り替えることが可能だ。しかし、自分だけは、取り替えがきかない。それまでとは違った自分へと自前で変化していく、という経路を持っていない自分という人は、刻一刻の現在のなかにはまり込んで不動だ。自分という人は、このことをよく知っている。知っているからこそ、自分以外のすべてを、取り替えなくてはいけない。

取り替える理由として決定的なのは、それは自分には合わない、自分には向いていない、という理由だ。現在は刻一刻と次の現在へと変化していくのだから、自分という人は自分以外のものを常に、かたっぱしから次のものに取り替えていなければならない。あらゆるものが、前提として最初から、自分という人には向いていない。

さきほど書いたような真の関係など、これでは作りようがない。したがって、いまという現在が、ますます絶対的なものとなっていく。いまが絶対であればあるほど、自分という人は、過去や未来と切り離されていく。刻々と過去になっていく現在のなかに埋め込まれたまま、その人はどう変化することも出来ない。過去から学ばないから、未来は仮想することすら不可能だ。戦後五十数年の成果として、これがいまの日本の人たちの、およその基本形だろう。

漢字と仮名の使いわけかた

『本とコンピューター』という雑誌の一九九九年春の号に、「漢字とかな　どう使いわけるか?」という特集があり、二十九人の人たちが、自分のルールや感想をそれぞれに短く語っている。僕もそのなかのひとりだ。僕は次のようなことを言っている。

文章にとってもっとも大切なのは、前へ進んでいく力です。読む人にとっては、読むはじめから誤解の余地なく明快に理解でき、理解すればするほど前方に向けて進んでいくことの出来る状態を、作り出さなくてはいけません。

このことの妨げになるあらゆることに関して、書き手は細かく気を配るべきです。漢字と仮名の使いわけも、そのなかのひとつです。漢字は便利ですが、一定のルールなしに使うと、読む人の理解力が前へ進んでいくのを妨げます。見た目にも美しくありません。

僕のルールの基本は、たとえば「行」という漢字は、一行目、二行目、難行や苦行、行者といった文脈でしか使わず、「行く」や「行う」には使わない、ということです。「来る」も、人が歩いてこちらへ来る、というときだけ使い、「空は晴れて来た」というふうには使わない、などときめています。ルールはほかにもたくさんあり、列挙していくとかなりの数の箇条書きになると思います。

列挙していくとかなりの数の箇条書きになる、と僕は書いている。漢字と仮名の使いわけに関する個人的なルールが、かなりの数の箇条書きになるとは、いかなる場合も常にそれだけの数のルールを守る、という意味ではない。そのとき書いている文章の質や目的に合わせて、いろんなふうにルールを使いわける、という意味だ。

書いた言葉の印刷されたページを見て、この人は漢字が多いとか平仮名が多い、という反応をする人がたくさんいる。漢字が多いか少ないかは、僕の場合はその文章の質や目的によって異なるから、一般論は成立しない。しかし、どんな場合でもだいたいにおいて適用することの出来る、基本的なルールは持っている。

自分のルールを作るためには、漢字というものの性質をよく知っているに越したことはない。漢字はもともとは中国のもので、それを日本人は日本人のやりかたで使ってきた。漢字はおそろしく便利だったからに違いない。

開国したとたん、外国の物や言葉が、いっせいに日本に入ってきた。それらの言葉に日本人は工夫して漢字をあてはめ、日本人による理解の手段としての言葉を作っていった。かたっぱしから漢字をあてていくというかたちの翻訳をほどこして、日本は欧米を自分の国のなかに取り込んだ。国際化していく日本にとって、じつは漢字は、国際化のためにもっとも役立つ道具だった。

漢字による言葉は、ある程度以上の教育や訓練を受けた人にとっては、ぱっと見たそのひと目でなんのことだかわかる、という側面を非常に強く持っている。字面だけで意味が伝わるから、ああ、あのことか、とたちまちわかる。真の理解はじつはほとんどおこなわれていなくても、字を見てなんのことだか一瞬で納得させてその先へと進めさせるという、絶大な機能を漢字言葉は持っている。漢字言葉のこのような機能と、日常的にはなんの苦労もなしにつきあえるまでにならないと、日本ではまず言葉で苦労することになる。

真の理解はひとまずかたわらに置いておき、ぱっと見てわかったつもりでとにかく前進していくことの効率の良さを、日本は漢字をとおして手に入れた。戦後の日本は、このような効率の良さで支えられ運営された典型例だ。外国語の片仮名書きという、僕の意見では漢字の変種が大量に漢字に加わったから、効率の良さは桁はずれのものとなった。と同時に、真の理解がなされない度合いもまた、桁はずれに高まった。

漢字による言葉は、具体物であれ抽象概念であれ、自在にカヴァーする。端的に意味そのものである言葉だが、たいへんに空疎な言葉でもあり得る、という反面を持つ。戦後五十数年、空疎な言葉は出つくしたと思う人は、漢字を甘く見ている。言葉による情報を発信する営利企業の商品である、新聞、雑誌、本、TV、コミックスなど、それに官僚組織や会社組織などから、空疎な漢字言葉はいまだに放たれ続けている。新たな造語が無限に近く可能であるという漢字の能力に、人々はまったく無自覚に大きく依存している。

空疎であるとは、実体や現実などとの切実な関係はいっさいなしに、イメージだけで言葉が成立していく、というような意味だ。そして、成立したその言葉は、現実や事実になってしまう。具体的な事物をイメージに転換して受けとめるという、きわめて人工的な理解のしかたを、漢字のおかげで日本人は得意としている。

現実、現在、現物などからいかにへだたっていようとも、それらを言いあらわす言葉が手頃なイメージ感を持っているなら、すべてはそのイメージでこと足りる。イメージを映像という言葉に置き換えると、日本人の映像好きが理解できる。映画、写真、絵画、TV、コミックスなどは、日本人の頭のなかではすべて漢字と密接につながっている。現実という世界、そしてそのなかにあるすべてのものを、日本人はイメージでとらえ、理解したつもりとなる。

映像というものの基本的な性質のひとつに、人々の目の前に映像が次々にあらわれるようにするとその映像はもっとも効果的である、という性質がある。目の前にあるもの、いま自分の目が見ているもの、それこそが現実だという日本人の得意な考えかたは、映像によって、そして漢字によって、培われた。目の前に次々にあらわれる映像のひとつひとつが、現実であり現在なのだ。いまはこの現実が、そしてそれが消えると次の現実が、目の前にあらわれる。

以上のようなことを考えていくと、漢字による言葉は相当なところまでごまかしがきくという最大の特徴に対して、充分な注意を払わなくてはいけないことがわかってくる。ぱっと見たひと目でわからせる効果とつながっていることのひとつに、漢字を巧みに配置することをとおして達成される、見た目の印象効果についても、僕は書いておきたい。

冷たさや硬さ、重さや権威のようなもの、事実として動かない感じなどを、ページを開いたときの印象として作っておきたいなら、漢字を巧みに使うにかぎる。ぱっと見て納得してもらえればそれでいいときには、とにかく漢字をうまく使っておけばいい、という言いかたも成立する。ただし、漢字を多用しすぎると、それに応じて効果は減じていく。

『本とコンピューター』のアンケートのなかで、「行」という漢字は「ぎょう」としてしか使わない、と僕は言っている。「行く」「行う」には「行」の字は使わず、それ以外のところで使う、という基本ルールだ。行為、行雲、行軍、行事、行員、行進曲、行商、行水、行政、行跡、などで「行」を使う。このような言葉を、こうい、ぎょうせい、などと平仮名で書くことに、当人の満足以外に意味はまったくない、と僕は思う。

「いくさき」という言葉はどうすればいいか。行先、行く先、いく先、行くさき、いくさき、と五種類ある。いくさき、と書くともっとも柔らかい。行先がもっとも硬い。「行く」は僕は使わないのだから、いく先、が僕の選択となる。いくさき、でもいい。ただし、行先表示板、というような言葉の場合は、このとおり漢字だけにしておいたほうがいいかもしれない。いくさき表示板、とはしないほうがいいのではないか。

通った、とだけ書くと、「かよった」のか「とおった」のか、わからない。だから、「かよった」だけを通ったと書き、「とおった」は「とおった」と書く、という個人ルールはあり得る。この逆でもいい。かならず文脈があるのだから、どちらの場合も通ったと書く、という態度でもいいだろう。

学校へかよった、という文脈なら、かよった、のほうがいいかと僕は思う。人がとおったというときなら、人が通ったとしたほうが、通る、という漢字による人の動きが見えるような気もする。それはきみの個人的な癖だ、と言われればそのとおりでもあるけれど。ただし、人が通った、という書きかたを自分のルールにしておくと、人通り、という書きかたが使える。ひとどおりと書くよりは、このほうがいいだろう。だから、通り魔も、ひと目でわかるこの書きかたに出来る。ただし、そのとおり、もとどおり、などには、通り、を使わず平仮名のほうがいいように思う。

大通り、バス通り、通り道、通り雨、通り相場、通り名、通り抜け、などは基本ルールどおり、通りが使える。意図的に柔らかくしたいとき、たとえば通り雨を柔らかな雨にしたければ、とおり雨、と書けばいい。かよう、の場合もいろいろある。かよい道は、通い道とどう違うか。通い妻は、どうするか。かよい妻では感じが出ない、と僕は思う。かよい道はこのままでもいいが、通い妻はかよい妻ではないほうがいいようだ。平仮名にするとおかしいものは平仮名にするとおかしい、というルールは忘れないほうがいい。

小説の文章は加工されつくした人工的な文章だ。少なくとも僕はそう思っている。加工の効いていない文章による小説を、読みたいと思うだろうか。そしてそんな小説を、そもそも書く気になるかどうか。加工の質や程度、方向などは、場合によってひとつずつ異なる。きちんとした基本ルールをまず持ったうえで、一編ごとに使いわけるほかないか。一編ごとに使いわけるとは、その一編を作者がどうとらえているか、ということだ。

きれいにとおった論理の道筋にしたがって、端正な思考と行動を重ねていく美しい女性が主人公の小説、というものは充分にあり得る。彼女が主人公なら、文章のすべては、彼女を効果的に描くために、機能しなくてはならない。

論理の出来ぐあい。その筋道。彼女の端正な思考や行動。展開の気味の良さ。こういったものすべてを書きあらわすための道具として、書き手は漢字と平仮名しか持っていない。片仮名語は可能なかぎり使わないでおきたい。書き手に出来るのは、漢字と平仮名の効果的な使いかただ。うまくいけば、心地良い硬さのある怜悧な印象を、ページぜんたいにわたって、視覚的に作り出すことができる。

美しい彼女がふとした瞬間に見せる色気と、その内部にある体温などをも書きたいなら、かならずや平仮名が好ましく機能してくれるはずだ。特に彼女の台詞で、あるいは彼女の描写において、平仮名を科学的に使いたい。平仮名の女なのか、それとも漢字の女性なのかという、基本設定における区分も、試みて面白いはずだ。

「ねえ、わたしたちのこんな関係、いつまでつづくのかしら」という台詞は、私、私たち、私達、続く、などと漢字を使わないほうがいいようだ。彼女は平仮名の女性だ。おなじ意味の台詞を、「現在の私たちのこのような関係は、いつまで続くのですか」と喋らせると、これは漢字喋りだ。ただし、私達、とまではしないほうがいい。いつまでを何時迄など、もってのほかだ。

「続く」と「つづく」は、僕個人の基本ルールでは、どちらでもいい。漢字のほうが印象は強く、そして硬くなる。議論的な文章では、「続く」を僕は使うだろう。続編、続映、続演、などは、ぞくへん、ぞくえい、ぞくえん、などと書くことに意味はないどころか、マイナスだろう。そのことや状態などが、ひと目でわかる漢字言葉なのだから、それはそのまま使うのがもっともいい。

「続々と」というのは、どうするか。「ぞくぞくと」とするのか。「続続と」もあり得る。おなじ漢字ふたつは重すぎる。とは言え、「ぞくぞくと」も、どこか幼稚だ。「続」のひと文字が「ぞく」とふた文字になり、それが二度重なるから、合計で四つだ。これは避けたほうがいい。つまり、「続々と」というような平凡な言いかたは使わない、というルールを作ればいい。あらゆる陳腐な言いかたをかたっぱしから使うと、書きなれない人の文章がしばしばそうであるように、漢字が多くなる。

平仮名が多くなる場合は、どんなときか。開いたページの見た目の印象を「白く」したいときを、まず僕は思う。日本語の活字が印刷された本のページが、ほどよく「白い」のは、なかなかいいものだ。見た目に心地良く、読んでも気分がいいとなると、平仮名に関しても緻密なルールを作る必要があるのだとわかる。

単に「白い」だけをめざすなら、あるいは、この人は漢字が多いと言われたくないのだったら、「開ける」漢字はみんな「開いて」しまえばいい。一見したところ読みやすい印象を作りたいとき、読みやすいから平易であるという訴えかけをしたいとき、漢字という重くて冷たくて権威的なものを私は避ける人なのですと言いたいときなども、平仮名を多くすればそれでいい。漢字とおなじく平仮名についても、自分のルールを持たなくてはいけない。

察し合いはいかに変形したか

思いやり、という言葉が日本で死語になる日が来るだろうか、と僕は自問する。思いやりという言葉はとっくに死語になっている、と僕は答える。思いやりとは、なにか。思いをやることだ。自分の思いを、他者にやること。やるとは、おこなう、ではないような気がする。あげる、進呈する、というほうの意味だろう。他者に向けて思いを延ばす、と解釈すればいいのではないか。自分の思いを他者に向けて延長させること、それが思いやりだ。

他者に向けて延びる自分の思いとは、なにだろうか。これはかなり難しい。理解する方法のひとつとして、同義語をひとつ見つけてそれを手がかりに考えていく、という方法がある。思いやりの同義語はなにか。

察し合い、という言葉はごく近いような気がする。思いやりの思いとは、察し合いの察しなのだ、と解釈することにしよう。思うとは、察することだ。察し合いというかなりのところまで具体的な言葉を、いま少し文芸的に美化すると、思いやりとなるのではないか。

さて、察するとは、なになのか。察し合うとは、どういうことなのか。それは単なる推測ではない。自分から完全に切り離されている他者に向けて、なにであれそのときの主題に関係した推測の触手を延ばしていくことを、察し合いとは言わない。

自分と他者は切り離されていず、共通する状況や価値観で結ばれていて初めて、察し合いは成立する。ふたり以上、と言うよりも集団のなかで、おなじ価値観のもとに全員がほぼおなじ状況に身を置いているとき、察し合いはその集団内で相互に成立する。

集団はなにか目的や目標を持っている。だからその集団のなかにいる全員は、それぞれに役割や義務などを負っている。誰もが役割や義務を持った集団が、目的や目標をかかげて所定の機能を果たそうとするとき、基本ＯＳのようにもっとも大事なものは、段取りや手順つまりルーティーンだ。小学校一年生のクラスであれどこかの会社の現場であれ、集団にとってもっとも好ましいルーティーンつまり秩序は、最高に能率が高いという種類のルーティーンだ。この能率の高さを全員が維持し続けるのが、集団にとってはもっとも望ましい。

高い能率で集団が目標を達成するための、ルーティーンという秩序の全員による維持、これが察し合いの目的だ。では集団のなかの人たちは、相互になにを察するのか。思いやりの同義語は察し合いであるけれど、もうひとつ、人に迷惑をかけないという言いかたも、思いやりや察し合いの同義語だと考えていい。思いやりや察し合いの目的は、集団のなかで自分が他の人に迷惑をかけること、つまり能率の妨げになることを、可能なかぎり抑制し排除することだ。

ぜんたいの秩序を自分が乱すと、ほかの全員に迷惑がかかる。だからそのような迷惑をかけないように、自分は自己を規制する。なにが迷惑であるかを察して、自分はそれを自分のなかから排除する。内容としてはこれほどに単純なことでしかないのだが、察する、という行為の方法は、いま少し複雑だ。

自分がもしこういうことをすれば、それによって全員に迷惑がかかるに違いないから、自分はそのようなことをするのを抑制する、と誰もが考えるはずだから、自分もおなじく自己を抑制する、という経路をたどって察し合いは機能する。集団のなかの他者に向けて自分を延ばし、他者のなかをのぞき込み、そこにおそらくは自分を見て、その自分の助けを借りて、自分は自分を抑制する。

集団への参加者が相互にこれをおこなうから、察し合いの網の目は参加者全員の数だけ存在する。自分に対する規制であると同時に、ほかの全員に対する規制としても、それは機能する。自分で単独に論理的に考えた結果として、もっとも正しい結論を導き出したのとは異なっているけれど、自分は自主的に良き判断と行動をしているのだという錯覚は、そのまま自分の能力としてまず自分自身が高く評価する。

その高い評価は、やる気のようなものにかたちを変え、さらなる察し合いを生み出していく。察し合いとは、このようなしかけだ。どのような集団であれ、それぞれの目標の達成に向けて、高能率なルーティーンという秩序を維持させるための、相互規制のメカニズム。かなり恐ろしい、しかもじつはひどく空疎な、しかけなのだ。秩序維持のために、つまり目標達成のために、誰もが自主的に自分の能力を使っている、と錯覚する。この錯覚の集積が、その集団を自らコントロールする。集団の外からいちいち指図しなくてもいい。

集団のなかで自分に要求されているのは、とにかくまず秩序を乱さないことだ。こんなことをしたら他の人たちに迷惑がおよぶはずだ、と誰もが思うはずだから自分もそんなことはしない、という察し合いをおこなうとき、自分は他の人たちに向けて延長され、その人たちの内部を見ていると同時に、他の人たち全員が自分のなかに入ってもくる、というプロセスぜんたいが自分の内部でおこなわれる。察し合いというしかけは、集団の構成員ひとりひとりにおいて、強固に内部化されている。

集団の秩序を守ることは最高の美徳とされ、常にそれは奨励されている。だから秩序を乱すこと、つまり他の人たちに自分が原因で迷惑がおよぶことに関して、自分の内部にはいつも罪悪感がある。この罪悪感が強ければ強いほど、ぜんたいの秩序という価値に自分も同調すべきだという、すべき感が強くなる。

思いやる、察し合う、人に迷惑をかけない、という行為は、高い能率による目標の達成をめざした、ぜんたいの秩序への同調の行為だ。他の全員から察し取る自分の役割や義務を、他の全員との協調のなかで真面目にこなすときの自分、という自分以外にどのような自分があるのかという問いに、答えはほとんどない。

いつかどこかで読んでカードに書きとめておいたひと言のコレクションのなかから、「日本人にとって『私』とは、ほんの束の間のものなのではないか」と書いてあるカードを僕は見つけた。ここで言う「私」とは、所属する集団を離れてひとりでいるときの人、と僕は解釈する。

夜遅く会社からひとりで自宅へ帰る途中。自宅でひとり風呂に入っているとき。自宅でひとり朝食を食べているとき。集団を離れているときの人を日常の現実のなかからつまみ出すと、確かにその人はどれもみな束の間だ。時間的に束の間であるだけではなく、内容的にもじつに頼りない。

もっとも束の間ではなく、もっとも頼りなくないときの自分は、集団のなかにいて期待されている役割や義務を果たしているときの自分だ。どのような集団のなかでどんな人たちといかなる関係を持ち、それがどんなふうに推移していくか。そういったことぜんたいを受け入れては同調し続ける日々、それが人生だ。

こういう人生を送っている人たちは、いまでもたくさんいる。しかし、これからの日々のなかでも、こういった人生が有効であるかどうか。前方にあるはずの時間に投影して検討すると、確たる論拠はなにひとつなくても、もうこれではやっていけないだろう、と判断する人は多いはずだ。察し合いの網の目を人々にかぶせることをとおして、高い能率で目標を達成していくというメカニズムは、それを前方の時間に投影させると、遠く過ぎ去った時代のもののように思える。効用はつきた、と判断しなくてはならないほどに、それは遠い。なぜだろうか。

人々のそのような機能のしかたでは、もはや利益が出なくなったからだ。戦後の日本では、学校と会社とで、察し合いのメカニズムは、おそらく最高限度まで機能した。おたがいに察し合って集団の秩序を守り、その秩序をとおして高い能率で目標を達成するという自己のありかたを、日本の人たちは学校で叩き込まれた。

学校を終えた人たちを、会社が社員として引き受けた。社内のさまざまな現場で、全員の協同作業で生産や販売の目標を達成していくという会社システムが、日本を支えた。そのシステムによって途方もない利益をあげた期間が、五十年ほど続いた。おなじことをやり続けて五十年という時間が経過すると、状況ははるか前方へと移っている。おなじことをやり続けた人たちは、効用のつきたシステムとともに、後方に取り残される。

五百年ほど前に生まれた資本主義は、この五百年間、突進を続けてきた。利益というものを求めて、いまもそれは突進している。ごく単純に言うと、「ある」と「ない」との落差を利益に転換しながら、資本主義はその現場を突進していく。「ない」ところへ「ある」ものを持ってくれば、それによって利益が生じる。西洋にはない胡椒を東洋から持ってきて売れば儲かる、というような素朴なところからスタートした資本主義は、利益をむさぼり食いながら、かたときも停止することなく突進を続けた。

「ある」と「ない」の落差を作り出す最大のものは、科学技術だ。技術の進歩は、それまでは存在していなかったような落差の領域を、いたるところに生み出す。そのような状況の最先端にあるのが、現在だ。現場の資本主義が追い求める落差とは、技術の飛躍的な進歩に次ぐ、さらなる飛躍的な進歩という、絶えることのない大変化の連続だ。明治以降の日本は、資本主義が突進していく現場のひとつだった。だからそこには、技術の進歩に次ぐ進歩という大変化の歴史があり、その歴史のなかで人々の生活は激変を重ねた。

重なる激変のなかで人々の質は変化していく。しかし、なんの土台も兆候もないところに、あるとき突然、唐突に大変化が起こるということは、あり得ない。それまではひとまずプラスに機能してきた、たとえば察し合いという特徴的なコミュニケーションが、ある期間のなかを経過することによって、マイナスの方向へと大きく変化する、というようなかたちでいくつもの大変化が起こる。

察し合いというコミュニケーションは、言葉が少なくてすむ、という大きな特徴を持っている。言葉をたくさん使ったとしても、内容はとぼしい。この特徴が、生活環境の激変の連続のなかで、どのように変形していくものなのか。

戦後五十数年の前半くらいまでは、日本の人たちはどちらかと言えば人数の多い家族という枠のなかで、生活していた。いろんな人がいつも身辺にいた。いろんな人たちとの、さまざまな関係が、常にあった。その多くのさまざまな関係ごとに、適切に使い分ける言葉にやがて習熟するというかたちでの、言語活動の日常的な洗練を期待することが出来た。

経済構造の変化をとおして、家族の数は少ないのが一般的となっていった。家族の基本はひとり暮らし、というところまで現在は進行している。激変を重ねる生活のしかたに密着して、言葉は大きく変化していく。さまざまなものやことを言いあらわすために言葉はある。言いあらわすべき対象が変化すれば、言いかたも変化する。言葉そのものが変化するし、その言葉の使いかたのぜんたいが、変化していく。

ひとり暮らしの人がひとりでいるとき、言葉の使いかたの基本は、さまざまな印刷物、TV、ヴィデオ、CDといった再生装置、PCのような電子経路のなかで、無言のまま視線で受けとめる、というかたちだ。人と語り合うときの基本形は、おたがいのこのような生活のなかでの感想や体験を告げ合う、というかたちをとる。

　真剣にかかわる領域がこれと言ってなにもなければ、おたがいにもっとも楽に使うことの出来る言葉で、埒もないあれやこれやが語られることになる。仲間との用は楽しく充分に足りる、という種類の言葉のいきつく先は、それひと言で間に合う擬音や擬態語だろう。

　程度がほぼおなじで、年齢や生活状況が似かよっている人たちが、それぞれに共通言語圏のようなものを作る。経済は状況を多様化させる。だから状況ごとに数多くの圏が生まれる。どの圏のなかでも、言葉が違う、使いかたが違う、言葉に対する期待が異なるというふうに、言葉をめぐってすべてが違う圏が、多数ばらまかれている状態が現在だ。

　圏どうしが接触することは、基本的にはない。だから言葉も交わされない。圏が違えばもちろん、おなじような圏のなかでも、言葉をめぐる能力は低下をきわめつつある。対話など出来ない、相手の話が聞けない、楽にあるいは反射的に喋ることの可能な、自分のことについてだけ一方的に喋る、というようなありかたは、たとえば社内の秩序という生産性に対して、大きなコストとなっているのが現在だ。

　思いやる、察し合う、人に迷惑をかけない、といった秩序は、いつのまにか静かに死語になったのではない。生活環境の激変に次ぐ激変に打ち砕かれ、粉々になって四散するという経路をたどって、死語になった。察し合うというコミュニケーションは、もともと言葉が少なくてすむ。言葉が少ないとは、言葉を使う状況がたいそう限定されている、ということだ。なぜそうなるか。察し合いというコミュニケーションのなかの自分という人は、他者を持たないからだ。

他の人たちに迷惑をかけない、全員で秩序を守る、全員で目標を達成するなど、常に他の全員が出てくるが、このようなかたちでの全員という人たちは、抑圧的にそして禁止的に自分を取り囲んで立っている、分厚い壁のようなものだ。目標への到達のためのプロセスとして、多くの言葉をつくし合うさまざまに異質な相手、という種類の健全な他者ではない。

他者とは禁止事項が貼り出してある壁であり、他の全員という他者は、したがってひとつのものだ。しかもそれは自分の延長なのだから、察し合いのコミュニケーションにとって、他者の不在はたいへん大きな特徴となっている。この大きな特徴は、時間の経過のなかで、どんなふうに変形していくのか。

活字離れ、という言葉がある。この場合の活字とは、本のことだ。本を読む作業は、情報を得ればそれでいい、というものではない。ひとりで読んでいくと、そのときの自分に理解出来る度合いに応じて、自分の知らない世界、あるいは自分の現状とはまるで異なる世界のあることが、わかる。まぎれもない他者が本のなかにいる。その他者をとおして、自分とはなにであるかについて、思索する。

精神的に自由な状態、つまり自分だけで孤立した状態で、自分とはまるで異なる他者と、本のなかで向き合う。そんなこと、とてもではないがつらくてしんきくさく、しかも必要ですらないから、そもそもしたいとも思わないという大量の人たちが、本を読まない。

自分が認めてもらえなかったり反論されたりするのが嫌だから対話から逃げる、という態度を大きな特徴として持っている人たちが、すでに世代として存在している。他者を欠いた現実は、ほとんどすべてが疑似現実だ。その疑似現実だけを提供してくれるメディアにかまけていればそれでいい、というありかたは確立されている。

そのようなメディアは、じつにわかりやすい。わかりやすさの最大の効能は、そのときどきのそのままの自分を現実の最たるものとして、全面的に肯定してくれることだ。他者不在を特徴とするコミュニケーションが、経年変化という変形をくぐり抜けていくと、他者はやっかいだ、他者は避けろ、他者などいらない、他者など不要なものにしてしまえ、というコミュニケーションへと、かたちを変える。

現在の自分がどの程度であろうとも、その自分をそのまま全面的に肯定してしまえば、他者はまったく不要だ。なぜなら他者とは、自分を作っていくプロセスを、外から遠慮なく検証するやっかいな機能だから。自分はこうありたいと願っているのだが、じつはまだこの程度でしかない。しかし、少なくともここまでは出来ているのだから、その限りにおいては自分は認められてもいい、というようなことを願うとき、認める役を果たすのは、ほかでもない他者という存在だ。

しかし、他者には他者の見かたがある。自分が自分を見たいようには、他者は自分を見てくれない、と多くの人たちがこれまで繰り返し論じてきた。自分が願っているとおりに他者から自分を認めてもらうのは、たいへんに困難だ。こんな気に障る、やっかいな存在である他者は、消してしまうに限る、という攻撃的な態度を支えてくれるのは、いまこの現在、という種類の価値だ。いまこの現在が最高の価値なのだとしてしまえば、その現在のなかにいる自分もまた、絶対の現在として自ら全面的に承認していい。

いまあるこの自分を、絶対的な現在として全面的に肯定すると、その自分に対してなんらかの意味で作用する抑止力というものは、ゼロになる。全面的に肯定した自分に対する抑止力をゼロにした状態は、バブルの頂点でいったん極限をきわめたのち、バブルの崩壊という日々のなかで、極限をきわめたまますらに変形をとげつつある。

日本人は集団主義であるとか、同質で均一である、没個性で他人とおなじであることを好む、全員参加の全員一致であるなどと、良くも悪くもすべての日本人はひとつにまとまっていると論じられた期間が、長く続いた。そのような論は、かつては日本人にあてはまった。いまではもうあてはまらない。

ぜんたいに共通するひとつの価値や言葉は、とっくに消えている。しかし、価値や言葉そのものが消えたわけではなく、経済原則のなかで多様化しただけだ。それぞれに異質な価値や言葉を持つ人たちが、集団とも言えないほどに曖昧なグループを、いくつも作っている。

経年変化とは、劣化のことだった。察し合いという強力な規制のなかに入った全員が、自前ではなにも考えることなく、戦後五十数年にもわたって、なんら変わることのなかったおなじ目標の達成だけを、続けた。だから彼らは、新しい価値を作り出すことが出来なかった。

「言語は実用の具であるとともに、人としての尊厳を支えるものである」

と書いた一枚の情報カードを、さきほどから僕は見ている。何年も前、本あるいは雑誌から、書きとめたものだ。僕自身の言葉ではない。ほかにもおなじようなカードが、いま僕のデスクの上に何枚もある。

「日本人の傲慢さは、言葉で関係を作ろうとしないことである。言葉をつくして、双方のために、論理を重ねようとしないことである」

というカードも見つかった。「言葉で関係を作る」ことの、おそらくもっとも大きな例は、「言葉をつくして、双方のために、論理を重ねる」ことだ。最初のカードが言っているとおり、「言葉は実用の具である」にもかかわらず、その「実用の具」をもっとも大切なことに用いようとせず、そのように用いることに関心もない日本人の尊厳は、いかにして支えられるのか。「傲慢」であることによって、それは支えられるのか。

「日本人は自分で考えなくてもいい状態が大好きである」

と書いたカードがあった。「言葉で関係を作ろうとしない」ことや、「言葉をつくして、双方のために、論理を重ねようとしない」ことなどは、「自分で考えなくてもいい状態」というもののの、最大の例ではないか。

「日本語は支配原理のための言葉になりやすい。慎重に理知的に思考をめぐらせることの苦痛を目の前にすると、日本人は思考をあっさりと放棄するからだ」

こんなことを書いたカードも、僕は見つけた。「慎重に理知的に思考をめぐらせることの苦痛を目の前にすると、日本人は思考をあっさりと放棄する」という言いかたは、「日本人は自分で考えなくてもいい状態が大好きである」という言いかたと、内容はおなじだ。

思考を放棄するとは、言葉を放棄することだ。そして言葉を放棄するとは、たとえば「お上」に、思考のための言葉をいっさい預けてしまい、思考もなにもかも代行してもらうことだ。「日本語は支配原理のための言葉になりやすい」とは、言葉を預かったほうは、その言葉を人民の支配や管理のために使う、という意味だと僕は解釈する。

「日本では問題が複雑でやっかいであるほど、他に同調する人が多くなる。判断に関して集団的な基準が重みを持ってくる」

と書いたカードを僕は見る。これまでのカードとおなじく、これもかつて僕がどこかで読んで気になったひと言だ。「他に同調する」ことの最大のものは、「お上」に言葉と思考を預けてしまうことだ。そして「集団的な基準」のもっとも強力なものは、人民に対して「お上」がおこなう統制だろう。

言葉や思考に関して、基本的に以上のような傾向を強く持っているという日本の人たちは、いったいどのような人生を送るのか。次のカードが、それに答えてくれている。

「日本文化とは、人間万事色と欲とする、典型的な男性社会の文化である。人は色と欲の面でガードが甘くなる」

これまで見てきた六枚のカードの内容ぜんたいを、ひと言でまとめあげるカードを僕は見つけた。そのカードには次のように書いてある。

「人は自分が獲得している言葉の質量の人生しか生きることが出来ない」

内容も含めて、このような表現は、いまやごく限定された通用力しか持たないのではないか、と僕は思う。いつもどの程度の言葉をどんなふうに使っているかによって、その人の人生の質はおのずからきまってくる、というような意味だ。ひとりの日本人から、日本という国ぜんたいまで、広くあてはまる法則だろう。

日本という国、日本語という言葉、その日本語で生きる日本人、というぜんたいにとっての、自分たちの言葉によって獲得された質や方向とは、どのようなものなのか。さまざまな視点からの意見があると思う。あるひとつの視点からの、端的な指摘を僕はカードのなかに発見した。日本語によって成り立った日本という国の近代および現代の質と方向とは、そのカードによるなら次のようだ。

「日本語のなかにあらかじめ一定の傾向を持って存在している特性を、ナショナルな利益の追求という目的に合わせて、日本人はよりいっそう特性化した」

解説が必要だろう。「日本語のなかにあらかじめ一定の傾向を持って存在している特性」とは、これまで何枚かのカードで見てきたとおりの、日本語とその使われかたに関するもっとも大きな傾向、というほどの意味だ。人々は言葉を国に預け、国はその言葉を統制や管理、支配などのために使う、といういちばん大きな傾向だ。

「ナショナルな利益」とは、人々の幸福や生活の安定ではなく、財界の一部や政界の裏人脈にとっての利益や権力の維持、と解釈したほうが正しいと僕は思う。国家による支配のイデオロギー、というやつだ。カードに書かれたひと言の後段の意味は、日本語の使われかたに関するもっとも大きな特徴を限度いっぱいに増幅して使った、という意味だ。

人が日本に生まれて日本人として育つとき、国語教育として日本語の教育を受ける。その国語教育とは、いったいなになのかという大きな疑問に対して、一枚のカードは次のように答えてくれている。

「日本の国語教育は、人々を権力体制にしたがわせ、自由を捨てさせるものである」

ここまでの文章のために、参考にし引用してきた数枚のカードは、すでに書いたとおり、何年も前に僕が本や雑誌で目にしたひと言を、書きとめておいたものだ。そのときは自分だけにとっての勉強のためだったから、なんという本や雑誌で読んだのか、筆者は誰だったか、日付はいつかなど、どのカードにも書いてなく、それが残念だ。引用であることは確かだが、書き写すにあたっては、自分にわかればそれでいいという考えから、原文どおりではなく多少は略して書いた可能性もある。

日本人論や日本語論は、すでにたいへん多い。日本も日本語も、そして日本人も、日本人自らの手によって、ずたずたに解き明かされていると考えていい。かつて僕が読書しながら書きとめた数枚の情報カードによってすら、日本人論や日本語論の正しい結論にたどりつくことが出来る。

結論の正しさは、そのまま、暗澹とした気持ちというものであり、その暗澹とした気持ちから今度は逆に、ほんとにこうなのだろうか、ほんとにこれが正しい結論なのだろうか、という思いが立ち上がってくる。カードはさらに何枚もある。なにを書きとめたか、すべて忘れている。気をとりなおし、一枚ずつ見ていく。

「日本人は、いま起きていることがらに、強く執着する。時勢についていくのが奇妙に巧みであり、流行に関してきわめて敏感である」

と書いたカードがあった。違う、まったく違う、日本人はその正反対だ、という意見は日本のどこからも出てこないと思う。なにをいまさら、とじつに多くの人たちが思うほどに、この指摘は正しい。

「日本人の生きかたは現在を絶対的な中心とした生きかたであって、即物性や即時性を強い特徴としている。赤裸々な現実やあられもない姿、腹を割ったと称する状態などは、したがって日本人がたいそう好むところである。いまここで自分の目の前にある臨場感こそ、生きてこの世にあることの唯一の具体的な証であり、日常的にはそれは流行や時流、トレンドなどのかたちをとる。そしてそれらは具体物であり、目に見えるし手に取ることも出来る。視覚的に楽しめるもの、個々人が手に取って愛でることの出来るものへ、人々の好みは大きく傾いている」

という内容のカードもあった。かつて僕が読んだ文章のなかから、主要な言葉だけがつまみ出されて、ならんでいた。それらをつなげて文章に戻していくと、以上のようになる。カードの内容はさらに続く。

「日本人にとって言葉は、常に現在の現象を写し取るものである。現在の現象とは、世のなかの移り変わりや、時々刻々の変化だ。その現在へ、ありとあらゆる過去が、主観のおもむくままに、自由自在によみがえって重なる。これほどまでに現在主義の自分たちにとって、存在証明のようにどうしても必要なものは、ただいまこの瞬間のものだ。この存在証明は、日常的には、物を買うというかたちであらわれる。彼らにとっての時間というものは、自分の目の前で刻一刻と更新され続けている、いまという現在である」

こういう人たちは、ものごとというものを、いったいどのように理解するのだろうか。それに対する答えとして、あるカードは次のように言う。

「日本人にただひとつ出来る理解のしかたは、自分がすでによく知っていることやなじみのあることにあてはめて理解する、という理解のしかたである」

すでに書いたとおり、日本の謎はすべて解き明かされている。しかも、とっくに。このカードの内容はさらに続いていく。次のとおりだ。

「自分が持っている現実や人間関係などにあてはめて理解する、きわめてゴシップ的な理解のしかたであり、あくまでも自分を中心にした現実に貼りついているから、自分のごく小さな体験世界の外へ出ることが出来ない。このような現実べったりの身のまわり主義は、多少とも抽象的な理解力を必要とされることに対しては、まったく反応を示さないという特徴を発揮する。自分の経験の外の世界、つまり未知の世界は、いつまでも未知のままにとどまり、理解は出来ない。おたがいの利益のために、論理の言葉で思考を重ねていくための手がかりとして、AとBというふたつのアイディアが対立的に提示されているとき、日本人はそこへ自分の知っている人間関係を持ち込み、あの人がAの側につけばBは負けるというふうな、敵対する合戦としてとらえてしまう。現実べったりの考えかただと、アイディアの対立は常に敵対でしかなく、どちらかが負けなくては収まらない」

日本人はあらゆる対象を、自分との関係という場のなかに置いて、理解しようとする。だから理解とは、あらかじめいくつかあるパターンのなかから、もっとも都合のいいものを探し当てることだ。どのパターンをとるか、つまりその対象についてその人がどのように考えているか、ほかの人から察知されやすい。察知されることを避けたいとき、意味がありそうでじつは空疎な紋切り型で、のらりくらりとかわしていくスタイルが、日本では社会的に認知されてきた。

現実主義や即物主義、人間関係主義などは、次々に自分の目の前にあらわれるいまこの現在、という時間の上に立っている。ついさっきの現実は、いまここにあるこの現実へと、すでに変わっている。そしていまこの現実は、早くも次のあの現実へと、変わろうとしている。こんなふうに、ただひたすら転変し続ける時間のなかでは、慣習くらいなら作られていくかもしれないが、伝統が形成されることなどとうてい無理だし、伝統が育たなければ文化などあるわけもない。文化とは、深い蓄積が生み出す、普遍性なのだから。

ただひたすら次の状況へと転じ続ける時間に対しては、日本の人々といえども、たとえば戦後の五十数年間、適応を重ねるだけで精いっぱいだったのではないか。強制された適応を生きる日々は、経済の右肩上がりがもたらした絶えざる大変化の連続という戦後に、まさに適応した生きかただった。そして、適応の連続を強制されて引き受けた日々のなかには、自由などなかった。自由になる自由すら知らずに、日本の人たちはここまで来た。

日本人がおこなってきた適応の連続に関して、次のように書いたカードを僕は見なくてはいけない。

「西欧文化のなかにある抽象的なものや観念的なものを、日本語にすることはほとんど不可能である」

明治このかた、西欧から日本に入ってくるものに対して、それが抽象であれ具体物であれ、日本人が懸命になって漢字をあてはめ、一種の造語活動をしたことは確かだ。

自由という言葉も、そのような苦しい造語の一例だ。自由という当て字は可能だったが、もともとそのようなものは体験したこともなく、当面は目にも見えない価値については、それがなにであるのか知らないだけではなく、そのような価値が存在するということすら知らなかったし、いまもおそらく知らない。抽象や観念は西欧文化から日本へ移植されなかったが、技術つまり物質は、充分に日本のものとなった。日本がかかわりを持ったのは、物質という最終的なかたちになったうえでの、西欧文化だった。

西欧では歴史が大事にされている。そこでは、現在までつながっている歴史の深みのぜんたいが、自分たちだ。単に観念としてだけではなく、日常の生活実感として、自分たちとは歴史の深みのことなのだ。戦後の日本は、敗戦とともに過去のすべてを悪と規定し、そこから自らを断ち切った。現在だけが次々にあるという日々のなかで、いまという最先端だけが、他のことをいっさいかえりみることなしに、経済を原動力として突進を続けた。

歴史の深みが機能しているなら、いまこの現在という価値だけが、次々に更新されつつ突進していくというようなことは、効果的に抑制される。歴史の深みのなかで、現在の新たな価値というものが、厳しい審査を受ける。日本ではこのようなことはいっさいなかった。

というようなことを書いていく僕は、「言葉とは人間の生活を可能にしている、基本的な道具である」と書いたカードを手にとって眺める。自分がいままさに体験しつつある、この現在のなかでの即物主義という日本人の態度に対して、このようなひと言は、もはやほとんど意味を持たないのではないか。しがらみの日常をこなしていくための、あの人にはこう言う、そんなときにはこう言っておくといった、言葉づかいという処世術のことかな、とでも受けとめてもらえるなら、それ以上を期待してはいけないのではないか。

「人間にとっての生活を可能に」するものとはなにか。それは論理というものだ。必要があるたびに、出来るだけきちんとしたかたちで、論理は表現されなければならない。その表現の手段は言葉だ。言葉がなければ論理など作れない。そして言葉で論理にかたちをつけていくときの基本ルールは、人と人とがどのような原則をどこまで共有するのかをはっきりさせる、というルールだ。人のありかたを規定し、その規定のなかに人を拘束するもの、それが論理だ。「言語とは国境内においては統合の要具であり、国境外からのインパクトに対する防壁である」と書いてあるカードのこのひと言は、このあたりに配置しておくと正しく収まる、と僕は思う。日本という国の内部がひとつに統合されているのは、日本語という要具が機能していればこそだ。日本語によって日本の内部がそのように統合されている状態は、日本の外からなかに入ってこようとする力に対して、防壁として機能する。西欧はもちろん、日本といえども、言語は国家にとっては組織原理なのだ。

国家という言葉を目にしたとき、あるいは耳から聞いたとき、日本人の反応のしかたとしてもっとも多いのは、自分の知っている具体物をあれやこれやとりとめなく思い浮かべる、という反応のしかただ。自衛隊、どこからか飛んでくるミサイル、税金、年金、首相の顔、不景気、金利、戦時下の生活、若い帝国兵士として自分が戦地へ赴いたときのことなど、人によってさまざまだし、際限はない。

国家という言葉に、日本の人たちは、自分がなんとなく知っている現実のなかから、なんらかの具体物をみつくろって、あてはめる。言葉によって抽象的に構築されている国家というものは、彼らの思考の視野には入ってはこない。

国家という観念が、それだけで単独に想定されていても、そこからはなにごとも始まらない。国家は国家理念というものを持たなくてはいけない。国家理念とは、自分のところの利益を守ることだ。いかなる手段によろうとも、というただし書きがつくのだが、通常はこれは暗黙の了解事項として、伏せられている。

いかなる手段によろうとも自分のところの利益を守るという国家理念は、たちまち国家どうしの深刻な衝突を招く。それを避けるために、外交というじつに面倒くさい駆け引きが、世界じゅうで複雑に何重にも交錯することになる。いつ果てるとも知れない面倒な駆け引きであり、それが果てるときはその国家が消えるときだ。

この外交を戦後の日本は徹底的にさぼった。国家のもっとも国家らしい部分を持たない国家、それが戦後の日本だったと言ってもいい。世界は東西に分かれて冷戦のなかにあり、憲法の条文の上では軍事力を放棄した日本は、アメリカの傘の下でアメリカの求めるままに軍事力を持った。まともなかたちと質での外交は、これでは最初からありようがない。

そこに乗じきって世界を相手に戦後の日本がおこなったのは、原材料を仕入れるための商談と、自分の国で作った製品を売るための商談だった。戦後の日本は会社立国の商談国家なのだ。最後はすべて数字に帰結するというルールのもとに、商談はとりおこなわれる。その数字が自分の都合に合うか合わないか。合わなければ断って商談をやめにすればいい。自分の都合に合うならば、最終的にどれだけ儲かるかの判定が、次の課題となる。儲けにならないときにも、商談は断っていい。商談国家の戦後日本は、いやなものはすべて断れる、と思い込むにいたった。

商談以外の経路による世界とのかかわり。これがなになのか、だから日本にはわからない。

外交は究極の商談だと思えばいい。かかわったとたんに、すさまじいリスクが生じる。引き受ける、というかたちでかかわったなら、その瞬間に発生する責任や義務は、ただごとではない。いやだよ、そんなの、断れ。なにもそこまですることないだろう。うちの社にとってなんの得にもならないし。世界に対して日本がもっとも得意としているのは、こういうことだ。

いつもの自分の、いつもの日本語

かつて日本の首相がアメリカのTV局で時局討論番組に出演したとき、放映されたその番組を僕は見た。このときのこの番組に対する、あるひとつの視点からの感想は、すでに別の本に書いた。今度は別の視点から、さらに少しだけ書いておこう。

その首相は英語の出来る人として知られていた。自らも英語には自信があったのだろう、彼はその番組に通訳なしで出演し、男性三人女性ひとりの、合計四人のアメリカ人ジャーナリストと対峙した。

慣れない異国で、しかも出演することにほとんど意味のない番組で、初めから四対一の不利となるというようなことについて、我が首相はなにも考えなかったようだ。四人のアメリカ人たちは、いつもの自分たちの番組という慣れた場で、日本の首相を待ちかまえればそれでよかった。スタジオのセットにある椅子のサイズが、自分の体に合わないというようなことすら、首相は意に介さなかった。

日本の首相ひとりと、アメリカのジャーナリストたち四名。彼らがいわゆる日本問題を英語で討論するのを見物していた僕に、ほどなくはっきりとわかったひとつのことは、英語なら英語という言葉の機能に対してなにをどのように期待しているか、日本の首相とアメリカのジャーナリストたちとではまるっきり異なる、という事実だった。

日本の首相のものの考えかたの根幹にあるのは、ものごとにはすべて善し悪しの両面がございます、というようなものだった。ひとつの出来事のなかに、好都合と不都合、プラスとマイナス、帯に短ければたすきには長いといった両面をかならず見て、その両面をそのつど案配しながらどこか中間あたりに道をつけていくという、アメリカのジャーナリストにはとにかく最初から嫌われるほかない価値観を日本の首相は持ち、その価値観に忠実に沿いながら英語で語った。

なにに関してであれ、それはそれ、これはこれだから、アメリカの言い分に対して譲れない部分があるということを言うだけであっても、その問題につきましてはそもそもの発端はこういうことで、そこからの経過としてはそうですが、おっしゃるとおりの部分とそうではない部分とがあり、ただいまの現実の問題としてはご説明したとおりですから、そのへんにはご理解をいただいて、というふうな展開になる。

かたやアメリカのジャーナリストたちは、ルールの人たちだ。ルールとは、いったんそれを引き受けたなら恐ろしいまでに対等で、どこまでも透明で、恐ろしいまでになにごとに対してでもあてはまる、という性質のものだ。日本にもこのルールをあてはめ、ルールの内部に取り込んだうえでねじ伏せよう、と彼らは待ちかまえていた。

四人のうちでも論客として知られている男性の、日本の首相に対する開口一番は、「アメリカは日本から自由に輸入しているのに、日本はアメリカからの輸入に関して、大きな障壁を国家として設けている。ホワイ・イズ・ザット?」という、あまりにも単純化されているがゆえに、日本の首相の相対主義では答えようもない質問だった。

アメリカのジャーナリストたちは、喧嘩腰で待っていたわけではない。いつも使っている自分たちの言葉で、日本の首相を迎えたにすぎない。日本の首相も、いつも使っている自分の日本語でものを考え、喋っていた。ただし彼の場合は、そのすべてをくるむいちばん外側の薄皮一枚が、英語だった。両者がいつも使っている言葉のあいだにある、際立った差異というものを、十数分にわたって僕は呆然と観察した。

湾岸戦争のときの日本の首相も、いつもの日本語ですべてを語る人だった。それまでずっと使ってきた政治家の日本語を、彼は湾岸戦争に対しても使った。戦争に関してブッシュ大統領と電話でやりとりしたが、日本はこのような考えにもとづいてこのように行動するという明確な態度の表明が、首相に出来たとは誰も思わない。

電話で話すよりもすぐにアメリカへいき、議会で演説するというのは望みすぎなのだろうか。演説でなにを語るか。日本で維持してきた米軍基地の重要性と、維持してきた判断の正しさがいま証明される、と言いさえすればそれでいい。同盟国としての理念の共有という態度は、これで表明できる。基地の維持経費について声を大にして語れば、日本ただ乗り論は一蹴できるし、アメリカはいまさら日本に軍資金など要求できないことも、言外の明白な意味となる。

追加支援の九十億ドルをアメリカから求められて、首相は承諾した。日本国民に対してのまともな説明は、なにひとつなかった。そして記者会見では、この支援金を供出しないと日本は国際社会で孤立する、と首相は言った。そしてこれが世界じゅうに報道された。

孤立はただの前提だろう。それに、孤立こそ望ましい状況である場合も、少なくはないはずだ。しかし、いつも考えているとおりのことをいつもの日本語で言うと、こうとしか言えない。

国際社会という言葉を英語で言おうとすると、ほとんどの場合、反射的に、インタナショナルなんとかになるのだろう。インタナショナルはあまり使わないほうがいい言葉だ。と言うよりも、賢い人はまず使わない言葉のひとつだ。国内を総動員態勢でがっちりと固めたうえでいっきに世界へ打って出る、というような感じがこの言葉にはあるから、賢い人は使わない。

しかしいったん使ったなら、責任も義務もなにもかも、あらゆる領域にわたって、極限的に双務的となってしまう。極限的に双方向的な義務や責任をどうするのか、明確に表明しなくてはいけない。日本はなにも言わなかった。孤立したくない、と言っただけだ。あれだけの銭を払ったじゃないかという論理は、必要にして充分なおかねを積むことが誠意になる日本国内だけでしか、通用しないことだ。

考えかたや態度をなにひとつ表明しなかった日本は、いつも日本語でやっているとおりのことをしたまでだ。そしてそれは、国際社会では、自動的にルール違反となった。なにもわかっていないというルール違反の上に、言うべきことをなにひとつ言わなかったというルール違反を重ねたのは、いつも使っている日本語で、日本の外でもすべてはまかなえるはずだと思ったからだ。

世界に貢献する日本、という言いかたが、あの頃は盛んになされていた。日本の首相もこれなら言えただろう。いつもの自分の言葉で、すんなりと言うことが出来る。なにかいいことを言った気持ちになれるかもしれないが、いまでは日本の大衆にとってすら、このような言いかたは、内容も意味もない単なる空疎な言葉でしかない。

たわむれに英語にしてみると、空疎さはよくわかる。世界は言わずもがなだとすると、貢献する日本とは、ジャパン・ザット・コントリビューーツだ。いったいなにを、どの方向へ、どの程度、どれほど真剣に、考えておこなうのか、いっさいは不明のままだ。

国際社会で孤立したくないとか、世界に貢献したいとかの言いかた、あるいはその気持ちは、いつも自分が身を置いているしがらみ的な人間関係の網の目の、しかるべき位置に自分を置いて安心していたいというありかたを、まったく無自覚なままに、そしてなんのあてもなしに、世界へと拡大しようとした試みだ。

「日本はアメリカと一心同体であります」と、アメリカへ赴いた首相が日本語で言ったのを、僕は記憶している。貢献する日本とおなじく、一心同体でありますという言いかたもまた、首相にとってはいつもの日本語なのだ。こう言ったとたん、極限的に徹底した、そして厳しいと言うならこれ以上のものはないほどに厳しい、具体的な責任や義務を日本は引き受けることになるのだが、いつもの日本語ではそんなことには思いもおよばない。

だから結果として、あのときはああ言ったまで、ということになる。国際社会のなかの日本とは、こういう国にならざるを得ない。そしてこういう国は、じつは敵なのではないかと、アメリカならずとも思うだろう。

政治家の言葉は、最初からそのように意図した結果の空疎さを、かならず持っている。内容はまったくない言葉が、語り口調によってさも意味ありげになっていて、陳腐だからこそわかりやすい誠実さを中心にした説得力をこめて、常に妙に滑らかだ。

日本国内だけでしか通用しないこのようないつもの日本語が、いつでもどこでもそのままに通用すると思って首相が喋っている様子を、アメリカのＴＶニュースの画面で見るときのいたたまれなさこそ、我が日本なのだ。

手帳のなかのお天気

表紙で計って縦が七十ミリ、横が百五ミリ、そして厚さは十五ミリ。一ページのスペースはこれよりひとまわり小さく、その一ページぜんたいのスペースが、細い罫によって五ミリ幅の十六行に、仕切られている。これがその手帳の本体だ。ページ数は一日一ページで一年分ある。

本体の前後には、カレンダー、日の入りと日の出、世界各国の祝祭日、メートル換算表、月間予定表、住所録、金銭出納帳など、手帳らしい情報のページがある。イギリス製の手帳だ。なんの変哲もないところがたいそう好ましい、ごく平凡な普及品だ。ポケットや鞄に入れていつも持ち歩く手帳だ。表紙の材質と作りは、一年くらいならなんとか持つだろう。

このくらいのサイズと容積、そして作りの手帳が、僕にとってはもっとも興味がある。興味があるとは、僕の場合は、それは謎である、という意味だ。この手帳を一年間にわたって、いったいなにに使えばいいのか。手帳だから手帳として使うのだが、では一年分もあるページに、いったいなにを書けばいいのか。それが僕にとっては謎なのだ。

日付や曜日は印刷されていないから、基本的な用途としてはたいへんに自由な日記なのだろう。日記という言葉の意味を広くとらえて、なんでも帳だ。思いついたこと、忘れたくないこと、覚えきれないこと、書きとめておきたいことなど、文字どおりなんでも書いておくための、個人的な大福帳だ。

自分がこういう手帳を使わないことは、わかりきっている。これまで一度だって使ったことはない。それなのに、毎年、まるできまりごとのように、手帳を何冊か買う。どれも雰囲気がよく似ている。たったいまサイズや厚さなどについて書いた、イギリス製の小さな手帳をいま僕は左手に持っている。

六月の終わり頃には、前半の全ページが書き込みでびっしりと埋まっているような人がいるとするなら、それはいったいどんな人なのか。ごく普通の人だろう。ごく普通の人がなんでも書きとめていくと、手帳のページはいつしか埋まっていく。

しかし、とにかくなんでも書いておくという手帳の使いかたは、手帳の使いかたとして正しくはないし、有効な使いかたでもないように僕は思う。手帳の正しい使いかたを知っている人とは、来るべき日々に役立てる作戦の土台として、体験を記録しておくことの大切さを知っている人だ。イギリスの人にはこのような人が多いのではないか、と僕はふと思う。

五ミリ幅の横罫は、ボールペンによる英文字での書き込みがしやすいなどと思いながら、買ったまま使っていない手帳を片手に持ち、ページを繰ってみる。謎に心ひかれて買った、何冊かの手帳のうちの一冊だ。しかし僕には書くことはなんにもない。だから使わない。

何冊もの手帳を忙しく使いわけ、そのどれにもびっしりと書き込んでいる人は、僕にとっては謎の人であるというようなことが話題になった席で、自分には手帳に書くことがなんにもないと言った僕に、あらゆることを書けばいいんですよ、と言った女性がいた。なるほど、そうか、とそのときは納得した。

仮にびっしりと書き込みをするとして、書いたままでは駄目なのだ、と僕は思う。過ぎ去った日々のページに自分が書いたことを折にふれて読み返し、咀嚼しなおし、整理しなおさないことには、過去の体験は前方に向けての作戦の土台とはなり得ない。

手帳のページにびっしりと書き込みをしたい、と僕が願っているわけではない。書けることがあるなら、それをびっしりと書き込んでみたいものだ、と思っているだけだ。過去の記録は将来において役立てるべきものであるはずだ。だからこそ、人は過去のあれやこれやを、手帳のページに書く。

過去のいったいなにが、将来のどこで役に立つのか、僕には見当もつかない。それに、自分ひとりの過去くらいなら、僕は覚えていることが出来る、などとも僕は思う。すべてを正確に記憶することは不可能としても、覚えている範囲内でまかなっていけるなら、それで充分ではないかと僕は思う。

いま手に持っている小さな手帳には、日付や曜日が印刷されていない。だからなにか書きとめるとき、日付が必要ならまず日付を書く。さて、その次に、なにを書くのか。そうだ、日付の次にはその日のお天気を書くのだ、ということを僕は思い出した。太平洋の戦場でアメリカ兵と戦いながら、盛んに日記をつけた帝国の兵士たちは、日記にお天気のことを書いたというではないか。その日というものがあるなら、その日のお天気もかならずあると言っていい。しかもその日ごとに変化するから、その日のお天気については、なにごとかをかならず書くことが出来る。

お天気だけについての日記を、買ったまま使っていない手帳に書く、ということを僕は思いついた。その日は三月二十九日だった。だからその日からさっそく始めて四月三十日まで、僕はお天気の日記を手帳のページに試みた。ひと月だけ書き込みをしたその手帳を、なぜかいまも僕は持っている。

東京の静かな住宅地のなかにある二階建ての家の、どちらかと言えば見晴らしに恵まれた二階の東南の角部屋の窓ごしに受けとめた、日本の春ひと月のお天気が、小さな手帳のなかの三十三ページにわたって、僕がかつて体験したとおりに、いまもそこにそのままある。次のとおりだ。

三月二十九日　軽い雨。そのあと、曇り。暖かい。おだやかだ。空は静かな灰色。いっさいなんの波瀾もない日曜日、という感じ。

三月三十日　晴れのあと薄曇り。ここから気象状況は次第に崩れていく気配だ。しかしいまは、すべてはたいへん静かで、落ち着いている。庭の梅はほとんど散った。門のかたわらの棕櫚の樹の向こうで、木蓮の花が咲いている。午後四時、急速にまっ暗に曇って、遠雷。都心はどしゃ降り、と電話をかけてきた人が言う。大雨、そして靄。気温は下がる。夕方には陽がさした。夜は晴れたが、遅くなって雨。
三月三十一日　晴れている。きわめておだやか。風がない。四時を過ぎて、気温はかなり落ちる。夜、二時過ぎ、雨の降り始める音。
四月一日　朝から雨。落ち着いた降りかただ。景色は雨に煙っている。なかなかいい。おだやかだ。午後三時、気温はかなり低い。雨のためか、さほどには感じない。
四月二日　晴れ。午後から曇る。雨が降りそうだ。曇りきらないまま、すべては静かだ。雲は広がらない。雲の広がる気配が空から消える。おだやかな空となる。夜、十時、雨が少しだけ降る。いい風が出ている。
四月三日　晴れ。しかし空は青くない。白くくすんでいる。桜が満開。今日は花見の日だ。夜になって気温が下がる。
四月四日　曇り。雨になるだろうか。夜になっても降らないか。雨になるか、それとも降らないままか。ただそれだけの、奇妙な宙吊りの状態。夜遅く、雨の降る音。
四月五日　朝から、おだやかに、雨。正午に上がる。空は明るい。午後二時頃、少しだけ降る。そしてすぐに上がる。軽い雨のあとの、静かな曇り日となる。このような日曜日をどう過ごせばいいのか。午後四時、薄陽が射してくる。おだやかな夜のなかに、雨の香りがある。
四月六日　晴れている。気温は高い。桜が満開。空の色はすっきりしない。くすんでいる。空気のなかに軽度の倦怠感のようなものを感じる。
四月七日　曇り。日本の気候はおだやかだ。このおだやかさは、日本の秘密だ。日本独特のなにかが、そこから生まれている、と僕は思う。個人的で私的な世界に人の気持ちを向かわせる、目立たないけれども確実にそこにある力のようなものが、そのおだやかさから発生してくる。気がつかない人にとっては、いつまでたっても気づかないままであるような、おとなしいおだやかさだ。

四月八日　晴れ、あるいは薄曇り。気温は高い。

四月九日　午前中は晴れて、空は高かった。午後から、空の色がくすんでいった。気温は高い。午後二時三十分、雨の気配があらわれる。気温は六度も下がった。

四月十日　雨。気温はやや低いか。雨はときどきやむ。夜も雨。じつは今日は京都に来ている。雨の午後、写真の撮影をする。桜が散っている。

四月十一日　晴れ。陽が射している。今日も京都にいる。

四月十二日　雲がある。雲の切れ目から陽が射す。四時十五分、雨が降ってくる。どうしていいのかわからないほどに、気候はおだやかに続いていく。気温が下がる。夜は寒い。

四月十三日　きれいに晴れて風がなく、じつにさわやか。気温は高い。今日のような日を、誰にとっても自分のすぐ外にある環境だとするなら、誰の内面も、環境との快適な均衡を、なんの努力もなしに、獲得することが出来る。このような日は、人それぞれが完全に自由に過ごすと、もっともいいように思う。夜は寒い。暖房が必要なほどだ。三月下旬の寒さ、ということだ。

四月十四日　晴れ。風がない。たいへんにおだやか。気温は高い。午後から曇る。それに比例して気温が下がる。空が曇っていくのを見るのは、気温が下がっていくのを感じるのと、同一のことだ。夜の七時、八時、雨となる。九時には上がっている。

四月十五日　薄曇り。あるいは、まあなんとか晴れている、と言っていいか。微風がある。それにしても、おだやかな日が続く。自分の内面を相手の、埒もないことが、このおだやかさには良く似合う。自分の内面に関する埒もないこととの優しい関係を、いろんなふうに作っていく作業にちょうどいい気候だ。多忙で殺伐とした、いわゆるビジネスの世界などには、まるで似合わない気候なのではないか。主観の独走を許してしまう気候だ。

四月十六日　晴れている。風があるようだ。音が聞こえる。風に力の厚みがない。人の気持ちを脅かさない風。この点だけをとっても、日本の気候はまさにおだやかだ。桜がまだある。

四月十七日　晴れ。風はない。なんとも言えないおだやかさ。気温は高い。ぴたっと止まって風がない。一日じゅう外で過ごすといいのではないか、と思う。時間の経過とともに、思いのほか早く大きく、気温が落ちていく。外に向かっていた気持ちは、それに合わせて、内面に向き始める。ひとりで主観をこねくりまわしたいという思いを、日本の自然は人に対して抱かせるのではないか。ずっと昔から。

四月十八日　薄曇り。晴れた日、とは言えない。風が少しあるようだ。気温は高い。このおだやかな気候は日常性を増幅する、と僕は感じる。生活にもっとも密着したもの、あるいは、生活にとってもっとも大切な土台となるもの、それがこの気候か。そしてそれがこれほどにおだやかだと、そのおだやかさを当然のこととして受けとめたきり、そこから先はなんの関心も示さず、無視し、忘れ去り、それとは完全に切り離されたところで、たとえば会社の仕事にかまけきって、過ごすことになりやすいのではないか。日々の気象条件が作り出す空気の状態との、正しくて緊密な接触の関係を、このおだやかさのなかで人は簡単に忘れるのではないか。忘れていることに、気づきもしなくなるのではないか。

四月十九日　曇っている。午後一時を過ぎて、雨。降る、というのではなく、ごく軽く落ちてくる、という感触の雨だ。少しだけあたりを濡らして、雨はすぐにやむ。雲にむらがある。変化し続けるそのむらを見ていると、自分のなかのどこかで、なにかが、大いに報われたような気持ちになる。雨へと変わりそうな曇り日の午後。午後五時を過ぎて、降り始める。雨の日となる。この変化が、なかなかいい。主観をもてあそびたい誘惑にかられる。そうしないためには、何人かの人たちとテーブルを囲み、楽しい議論をするといいのではないか。そのことをとおして、自分の内面は外界からの力によって均衡される。普遍性とまではいかなくても、ある程度までの社会性をおびた力が、その均衡のなかに生まれてくるのではないか。

四月二十日　晴れている。きれいな日だ。光が明るい。気持ちが外に向けてのびていき、広がっていく。ほどよく外へ、ほどよく広く。このようなほどのよさ、それが僕の言う、日本の気候のおだやかさだ。日本は、本来はたいへんに、ほどのいい場所なのではないか。曇った日や雨の日が内面を志向する日だとすると、晴れて明るい日は外界を志向する日だ。日本では曇った日が基本であり、晴れた日がその基本を中和する。

四月二十一日　晴れ。晴れの度合いが、昨日より薄い。しかし雲はない。

四月二十二日　雨。風もある。外、というものと気持ちのありかたについて、思わざるを得ない雨だ。雨はやがて横殴りとなる。風が強くなる。そして夜には、おさまる。十時には雨も風も止まっている。雨の匂いが夜のなかに残っている。

四月二十三日　晴れ。昨日とは対照的な日だが、強烈な対照ではない。あくまでもおだやかな、ほどのよい対照だ。どこかに昨日の続きがある。空では青さがいまひとつ確定しない。白くくすんでいる。風が少しある。気持ちは外に向けてのびていく。しかし昨日の記憶は、内面へと向かう気持ちを、僕のなかに残している。外へ向かう力と、内側へ向かおうとする力は、しかし、バランスを保っている。これは不思議だ。

四月二十四日　晴れている。風が強い。その音が聞こえる。風の音の周期に部屋のなかで気持ちを合わせていると、雨の日とは違ったかたちで、関心は内面へと向かっていくようだ。日本の気候のなかに身を置いていると、人はその気持ちを内面に向けたくなるのか。あるいは、そこに身を置いている人の内面に、どこからともなくいつのまにか、気候が主観のための素材として、入り込んでくるのか。

四月二十五日　晴れ。風はない。きわめておだやかだ。空に青さが不足している。青さのこちら側に、透明でなおかつ、ごく淡く白濁したフィルターがあるような。その淡い白さは、視線つまり気持ちが遠くまでつき抜けていくことを、どこかで微妙に妨げているように、僕は感じる。日本の気候は、人の認識力のなかに、遠近法を作りにくいのではないか。そのかわりに、平面的で一元的な内面を、作りやすいのではないか。

四月二十六日　晴れ。このような日曜日の、もっともそれにふさわしい過ごしかたは、どのようなものなのか。天気との呼応関係のなかでの、もっとも正しく充実した過ごしかた、というものがきっとあるはずだ。自然の触手を体に感じることの難しい生活のなかには、気候と正しく呼応したその日の過ごしかたというものは、あり得ない。

四月二十七日　晴れ。微風、という言葉そのもののような、微風。空は相当に青い。気温は高い。じつにいい日だ。樹や草の葉から反射される光が美しい。タンポポ。小さな青い花。タンポポの落下傘。このような小さなものを、今日はよく見るといい。ほかになにが欲しくて、これ以上になにを望んで、人はこのようなものを見ずにいるのか。日本の気候のなかには、人の外と内とが、完全に均衡する日がある。今日というこの日があるなら、それ以上にはもうなにもいらないという種類の、至福の日だ。このような日が、日本の気候のなかでは、周期となって繰り返される。

四月二十八日　晴れ。ほどよい風。じつにいい。陽ざしのなかと外との対比の様子が、完璧におだやかだ。このような日の、全体的なバランスの良さを、なににどう使えばいいのか。今日のような日に、人々はいったいなにをしているのか。午後六時を中心にして、その前後、時間が止まったようになる。夜と昼との分岐点だ。

四月二十九日　晴れ。素晴らしい。いったいどう過ごせば、自分はこの素晴らしさと対等になれるのか。自然との一体感、とよく人は言うが、そのような言いかたは不遜だ、と僕は思う。自然のなかのほんの小さな片隅で、ひととき自然とともにあればそれで充分だ。それ以上のことは、人間には不可能だ。居場所の正しさ、という問題だ。正しければ、それはそのまま、最高の幸せとなる。自然の片隅へ、静かにひっそりと入り込んでいくことについて、夕食の前の不思議な時間に思う。

四月三十日　雨。かなり降っている。ふた月前にさかのぼるほどの、気温の低さだ。夜の十時、雨は上がっている。雨の匂いを宿した冷たい空気。午前一時、晴れた夜空を見る。今日という日を、どのように使えばよかったのか、と僕は思う。

あとがき

その年の夏はすべて終わった京都の、きれいに晴れてまだ存分に暑い残暑の日、水魚書房の水尾裕之さんから、僕はこの本の執筆依頼を受けた。東大路のどこだったか、横断歩道の信号が変わるのを待ちながら、歩道の縁に僕たちはならんで立っていた。ぜひ書いてください、と水尾さんは言った。書きます、と言わざるを得なかったから、書きます、と僕は答えた。

何年も前から、およそこのような本の書き下ろし原稿を、彼は僕から受け取りたがっていた。折にふれて、いろんなかたちで、執筆のための提案を僕は彼から受けた。彼の語る趣旨に僕は充分に賛成だった。彼の提案をめぐって、打ち合わせのような話は重ねた。そんな本があればこの僕だって読みたい、などと僕は言っていた。そしてついに、夏の終わりの京都で、僕はコーナーに追い込まれてしまった。あとはもう書くほかない、というコーナーだ。一九九八年の夏の終わりだ。

その年の暮れには原稿が完成した、という状態でありたかった、といまの僕は思う。しかし僕が原稿を書き始めたのは、年が明けてからだった。自分で自分のことについて、短いエッセイひとつふたつではなく、一冊の本を書かなくてはいけない。どこからどう手をつけて、どこへ向けてどのように進めていいものか、さあ考えるぞ、というモードになかなか入れなかった。

そんなある日、いまから二十年、三十年前の僕の写真が、仕事で必要になった。スニーカーの空き箱に入れてあるプリントのなかを探していて、僕は三歳のときの自分の写真を見つけた。ゼロ歳から二十五歳までのあいだにたまった自分の写真を、僕は二十五歳のときにすべて捨ててしまった。スニーカーの箱に見つけた三歳のときの写真は、僕が三十代のなかばに、ハワイの知人からもらったものだ。そのときのいきさつは、この本の最初の文章に書いてあるとおりだ。

そうだ、この写真から書けばいいのだ、と僕は思った。この本のいちばん初めにある文章が、そのようにして出来た。第一歩の次には第二歩があるだけだ。だからここからは簡単だ、と僕は思った。

しかし、さほど簡単ではなかった。三歳だった頃の自分の話から始めて、子供の頃のこと、成長してからのこと、なぜどうして作家になったか、いつもどんなことを考えているのかなど、あらゆる話題が自分自身をめぐってのものである一冊の本は、書きようがないと言ってしまうと、ほんとに書きようはない。

三歳の次は四歳だ。四歳の頃の自分について、なにか書くことはあるだろうか。六歳の自分についてはどうか、七歳は、そして八歳は、と時間順に考えていくと、ふと思い出す小さな話がなくはない。それらひとつずつについて、ごくおおまかに、僕は何枚ものカードに書きとめていった。その作業を進めていくと、あれについて書けばいい、それも書けるではないかというかたちで、文章のためのきっかけが次々に浮かんでくるようになった。

カードにメモしていくと、やがてカードはひと束と言っていい量になった。そのひと束のカードを片手に、まるでカード・ゲームのように、僕はデスクにカードを一枚ずつ、置いていった。このカードの前にそのカード、そしてさらにその前にこれ、というふうに順番を作っていった。すべてのカードがなんとなく順番を作ってならぶと、この本の最初の三分の一のおおまかな外枠が、そこにあった。

そのカードを順番どおり束にし、最初の一枚から僕は点検していった。広げることのできる話はほどよく広げ、加える話は加え、ぜんたいとしてはこんな話に落ち着くといいというふうに、書くべき内容を整えていった。束を作っているカードすべてに関してその作業を終えると、あとは最初から書いていくだけとなった。だから僕は書いた。書いていく途中で、第二部と呼んでいい部分に書くべきことが、いくつも続いて、僕の頭のなかにあらわれた。第一部のときとおなじように、それらのアイディアも僕はひとつずつカードに書いておいた。

第一部を書き終えた僕は、段取りとしては第一部とまったくおなじことを、第二部のために繰り返した。第三部についてもおなじだ。驚くべきことに、ある日のこと、書くことを予定したことをすべて、最後まで書いてしまった。季節は夏だった。京都で依頼を引き受けてから、ちょうど一年が経過していた。

原稿とディスクを水尾さんに渡しながら僕が思ったのは、こういう本のタイトルを考えるのはたいへんやっかいではないか、ということだった。秋も深まる頃、しかし気象は明らかに変調で、少しも秋らしくならないどころか、いつまでも暑い日の夕方、東京は世田谷の鰻屋で、水尾さんとふたりでタイトルを考えた。

この本の内容をごく簡単にひと言で言うなら、三歳の坊やは成長して作家になった、ということだ。可能なかぎり言葉を切りつめると、坊やは作家になった、という言いかたになる。なったという完結型よりも、なるという途上型のほうが好ましい。坊やは作家になる。坊やは、という言葉の次になにかひと言はさめば、それはそのままタイトルではないか、というところまで僕たちの話は進んだ。どんなひと言がいいのか。こうして、というのはどうか。坊やはこうして作家になる。

タイトルはそれにきまった。鰻の力を借りて出来たタイトルか。けっしてそんなことはない。飲んだビールはおたがいに小瓶を一本ずつだから、これは力にもなにもなりはしない。校正刷りにまで到達している原稿の内容が、じつはそのままタイトルなのだ。タイトルは原稿のなかにあった。

ある雑誌では日本一だと紹介されていた蒲焼とご飯を食べながら、僕たちは笑った。僕は書いた当人だから、自分がなにを書いたか、半分くらいならまだ記憶していた。水尾さんは原稿を丁寧に何度も読んだから、内容については僕よりも詳しく知っていた。なにしろこの坊やだから、作家になるほかに道はなかったではないか、ということに僕たちは笑った。

片岡義男

片岡義男（かたおか・よしお）
1940年、東京生まれ。早稲田大学法学部卒業。著書に、『スローなブギにしてくれ』『いい旅を、と誰もが言った』（以上、角川書店）『彼とぼくと彼女たち』『昼月の幸福』（以上、晶文社）『ここは猫の国』（研究社出版）『日本語の外へ』『日本語で生きるとは』（以上、筑摩書房）『赤いボディ、黒い屋根に2ドア』『音楽を聴く』（以上、東京書籍）『私も本当はそう思う』（小社）など、多数がある。

坊やはこうして作家になる

2000年2月2日　第1刷発行

著　者　片岡義男

発行者　水尾裕之

発行所　水魚書房
〒167-0041　東京都杉並区善福寺1-18-13-105
電話 03-5310-2580　FAX 03-5310-2581

発売所　星雲社
〒112-0012　東京都文京区大塚3-21-10
電話 03-3947-1021　FAX 03-3947-1617

印刷・製本　中央精版印刷株式会社

ISBN4-434-00032-2　C0095